हमारी-तुम्हारी लव स्टोरीज

हमारी-तुम्हारी लव स्टोरीज

40 प्रेम कहानियाँ

सुमन बाजपेयी

ज्ञान गंगा, दिल्ली

प्रकाशक : ज्ञान गंगा, 2/42, अंसारी रोड, दरियागंज, नई दिल्ली–110002
 / संस्करण : प्रथम, 2023 /

ISBN 978-93-93111-51-7

HAMARI-TUMHARI LOVE STORIES

stories by Smt. Suman Bajpai

Published by **GYAN GANGA**

2/42, Ansari Road, Daryaganj, New Delhi-110002

अगर लोगों के बीच भी तुम्हें
मेरी याद आए तो समझ लेना यह प्यार है
अगर कोलाहल में भी तुम्हें
मेरी आवाज सुनाई दे तो समझ लेना यह प्यार है
अगर आईने के सामने खड़े होने पर
तुम्हें मेरा अक्स दिखाई दे
तो समझ लेना यह प्यार है
अगर गुनगुनाते हुए मेरा नाम
तुम्हारे होंठों पर आ जाए
तो समझ लेना यह प्यार है।

—सुमन बाजपेयी

महसूस करें प्रेम की छुअन

प्यार वह अहसास है, जो कभी तितलियों के पंखों के सारे रंग समेटे हुए हवा में उड़ना चाहता है, कभी सूरज की किरणों के साथ आँख-मिचौनी खेलना चाहता है, तो कभी समुद्र तट की ठंडी रेत पर लेट सपने देखना चाहता है तो कभी कॉफी के घूँट को एक सुकून देनेवाली ताजगी की तरह गले में उतारना चाहता है। कभी रेशमी रेशे की तरह अस्तित्व से लिपट जाता है, तो कभी मखमली ओढ़नी सा शरीर के पोर-पोर में बिछ जाता है। या फिर बस यूँ ही चुपचाप बैठ अपनी चाहत को दिल के भीतर महसूस करना चाहता है, अपनी आँखों में भर लेना चाहता है।

प्यार भी किसी खट्टे-मीठे स्वाद से कम नहीं होता है। तभी तो तकरार भी गुदगुदा जाती है और रूठना भी किसी उत्सव से कम नहीं होता है। प्यार तीखी मिर्ची सा कभी दिल जला देता है, तो कभी गोलगप्पे के पानी सा चटखारे लेने का आनंद देता है। कभी चाशनी की तरह प्रेमी एक-दूसरे के जीवन में मिठास भरते हैं तो कभी वे अहं के टकराव की वजह से दो द्वीप बन दो किनारों पर जा खड़े होते हैं। फिर भी प्यार हो ही जाता है, दीवानगी की हद तक पहली नजर में हो जाता है। किसी को देखते ही लगता है, यही है वह जिसके साथ जिंदगी गुजारना चाहते हैं, यही है वह जिसके साथ अपनी भावनाओं को पंख देना चाहते हैं, जिसकी छुअन को महसूस करना चाहते हैं।

प्यार तो ऐसा मीठा झोंका है जो मन के बंद कपाटों पर कब दस्तक देने लगे, पता ही नहीं चलता। प्यार कब चाहत को उड़ान दे, दिल किसी का हो जाने को मचलने लगे, पता ही नहीं चलता। वह तो बारिश में भीगे जिस्मों की कहानी कहता है, वह तो सूरज की तपिश से दहकते जिस्मों की कहानी सुनाता है। रूठना-मनाना, विरह, वेदना, मिलन, तड़प, खुशी, त्याग, प्यार के लिए कुछ कर जाने की चाह, सारे बंधनों को तोड़ देने का हौसला, बिंदासपन और अल्हड़पन—सब प्रेम के ही तो रूप हैं। प्यार का रंग चाहे कोई हो, रिश्ता चाहे कोई हो, प्यार का हर रंग अपने आप में

अनोखा होता है। हर रिश्ता बाँसुरी से निकलती मीठी धुन की तरह होता है। हर बार प्यार करनेवाले जब कैनवास पर रंग छितराते हैं तो उसकी चमक निराली ही होती है।

ऐसे ही प्यार से सराबोर खट्टी-मीठी, तीखी, चटपटी, छोटी-छोटी 40 कहानियों का गुलदस्ता है यह संग्रह 'हमारी-तुम्हारी लव स्टोरीज।' इसकी कहानियाँ आपको प्रेम की ऐसी दुनिया में ले जाएँगी जिसमें आपने कभी-न-कभी तो कदम रखा होगा या हो सकता है, जल्दी ही कदम रखने-वाले होंगे। युवा प्रेमियों को अपनी सी लगेंगी ये कहानियाँ और जो प्रेम से सराबोर हो चुके हैं, उनके दिल फिर से धड़कने लगेंगे इन्हें पढ़ते हुए। उनका फिर से प्रेम में डूब जाने का मन करेगा। भावनाएँ प्रेम की छुअन को टटोलने को आतुर हो उठेंगी।

इन कहानियों को पढ़ते हुए मन के दरवाजे खुले रखें। न जाने कब प्रेम आप के जीवन में दस्तक दे बैठे।

आशा है हर बार की तरह मेरी ये कहानियाँ भी पाठकों को पसंद आएँगी।

—सुमन बाजपेयी

अनुक्रम

1

पहली सिप में प्यार

बुकशॉप से पुस्तकें खरीदकर बाहर निकली तो सड़क के दूसरी ओर बनी एक दुकान पर उसकी नजर गई। बुकशॉप पर वह कोई दो महीने बाद आई थी। बीच में जरूरत पड़ी थी तो व्यस्तता होने के कारण पुस्तक खरीदने के लिए भाई को ही भेज दिया था। इससे पहले उस दुकान को नहीं देखा था, हालाँकि बहुत ही भीड़-भाड़ वाला इलाका है, पर आसपास की दुकानों के बारे में तो उसे पता ही है। कितनी बार उसने और मारिया ने विंडो शॉपिग की है। याद आया, यहाँ तो नमकीन और मिठाई की दुकान थी। दो महीने में ही इतनी बढ़िया, एकदम मॉडर्न लुक की दुकान खुल गई।

वैसे उसका ध्यान उस ओर जाता भी नहीं, पर उसके नाम ने उसे आकर्षित किया। 'द मैड-मैड स्टीम इंजन।' साथ ही, कॉफी के प्याले का चित्र बना हुआ था। ट्राई करके देखती है कि आखिर क्या खास है यहाँ की कॉफी में। कॉफी पीते हुए पुस्तक पढ़ लेगी, सोचकर वह दुकान में घुसी। दो-चार टेबल छोड़ ज्यादातर भरी हुई थीं। यंग क्राउड ही था। डेकोर भी बहुत शानदार था। एलिस इन वंडरलैंड का थीम था। फूलों और घड़ियों से सजी थी दीवारें। उनके बीच-बीच में 'द स्टीम इंजन' लिखा था और विभिन्न आकारों के डिजाइनर प्यालों की पेंटिंग थीं, जिनसे धुआँ निकलता दिखाया गया था।

सजावट से निगाह हटते ही सबसे पहली नजर उसकी गई काउंटर पर, हाँ सही है, काउंटर के बाहरी हिस्से पर भी पेंटिंग बनी हुई थी, लेकिन उसकी

नजर उस पर नहीं, बल्कि काउंटर पर खड़े युवक पर गई थी। वह मोबाइल पर ऑर्डर नोट कर रहा था, जैसे ही उसने उसे काउंटर की तरफ बढ़ते देखा, वह मुसकराया।

"वैलकम 'टू स्टीम इंजन', मैम। हमारे यहाँ की दीवाना बनानेवाली कॉफी आपको जरूर पसंद आएगी।" कहते हुए उसने स्वागत किया। वह लंबे कद का था। उसके घने काले बाल रेशमी थे। लाल रंग की प्लेन टी-शर्ट और ट्राउजर पहना हुआ था। कॉलेज स्टूडेंट ही लग रहा था।

उसकी ओर देखते हुए उसकी काली आँखें चमकीं। वक्त ठहरता हुआ लगा मेघा को। क्यों… ? वह अपने साथी को चलते हुए गाने को बदलने की हिदायत देने लगा। एक रोमांटिक धुन हवा में तैर गई।

"व्हाट वुड यू लाइक टू हैव ?"

वह चुप खड़ी रही। शब्द मौन थे, पर मन हिचकोले ले रहा था। क्या सोच रहा होगा वह ? उसने खुद को झकझोरा।

"कोई जल्दी नहीं। टेक यूअर ओन टाइम," वह मुसकराया। साँवली रंगत पर होंठों की जुगल जोड़ी कोई वाद्ययंत्र बजाती प्रतीत हुई।

"कॉफी विद बोबा," बोलते हुए शब्द रुक-रुककर निकले।

"गुड च्वाइस! आप पहली बार आई हैं, इसलिए किंग साइज कप में कॉफी सर्व करूँगा, विद नो एक्स्ट्रा चार्ज।"

"नहीं, आप मुझसे पूरी पेमेंट लें," मेघा ने अपना क्रेडिट कार्ड उसे थमाते हुए कहा।

वह उसे एक रसीद थमा, काउंटर के दूसरी ओर चला गया। दो मिनट बाद वह कॉफी लेकर वापस आया। मेघा कप ले एक कोने में जाकर बैठ गई। पहली सिप ली और कनखियों से उसे देखा। क्यों आकर्षित हो रही है वह उसकी ओर ? कॉफी का पहला घूँट गले में उतरा तो लगा, दिल में प्यार भी उतर गया है। 'लव एट फर्स्ट साइट' कितना मजाक उड़ाती है, वह जब भी उससे कोई यह बात कहता है। उसे क्या हो रहा था! हर घूँट के साथ दिल में मानो कोई जलतरंग बज रहा था। क्या मिलाकर दिया है उसने कॉफी में ?

क्या प्यार का पाउडर भी डालता है यह? क्या उसका फोन नंबर माँग ले? वह बाहर निकलने लगी तो आवाज आई, 'डू कम अगेन।' उसने मुड़कर नहीं देखा।

क्या पता, मुड़कर देखती तो खिंची ही चली जाती उसकी ओर।

अगले दिन कोचिंग क्लास में बैठी वह बेसब्री से मारिया का इंतजार कर रही थी। हमेशा लेट आती है! वह खीझ रही थी। वह उसे बताना चाहती थी, उस लड़के के बारे में।

"यार, ट्रैफिक था।" मारिया बैग डेस्क पर रखते हुए उसकी बगल में बैठ गई। मेघा के चेहरे को देख वह समझ गई थी कि उसकी प्यारी सहेली उसे कुछ बताने को बेताब है।

"बोल दे फटाफट। सर आ गए तो दो घंटे तक तुझे बात पेट में रखनी पड़ेगी और फिर तेरा हाजमा खराब हो जाएगा।" मेघा ने उसे घूरकर देखा। उस पर गुस्सा होने का समय नहीं था। दस मिनट में क्लास शुरू होनेवाली थी।

"मैं कल एक कॉफी शॉप में गई थी।"

"तो? इसमें क्या खास बात है?" मारिया ने लापरवाही से कहा।

"चुप बैठकर सुन। वहाँ था कोई। वहाँ काम करता है। हो सकता है, पार्टटाइम जॉब करता हो। उसमें ऐसा न जाने क्या था कि मुझे लगा कि वही मेरा ड्रीम बॉय है। इससे पहले किसी लड़के को देख ऐसा मीठा-मीठा अहसास नहीं हुआ था। उसके सामने मैं बोल तक नहीं पा रही थी। क्लास के बाद वहाँ जाकर देखते हैं। हो सकता है, शिफ्ट में काम करता हो, पर नंबर तो मिल ही जाएगा।"

"ओह माय गॉड! मेघा, तेरे गाल टमाटर जैसे लाल हो रहे हैं। तुझे तो प्यार हो गया है। कहाँ है वह कॉफी शॉप?" मारिया की उत्सुकता बढ़ती जा रही थी।

"बुक शॉप के सामने। उसका नाम भी बड़ा मजेदार था। कुछ अलग-सा। रुक सोचकर बताती हूँ। उसका थीम वंडरलैंड का था···"

"द मैड-मैड स्टीम इंजन।" पीछे से एक आवाज आई।

वह पीछे मुड़कर देख पाती, इतने में ही प्रोफेसर अंदर आ गए। उनकी

क्लास में किसी की बोलने की तो क्या, इधर-उधर देखने तक की हिम्मत नहीं होती थी। उस पर से हर क्लास की मोटी फीस लेते थे, इसलिए हर कोई बहुत ध्यान लगाकर उनके लेक्चर्स सुनता था। मेघा के कान लेक्चर सुन बेशक रहे थे, पर दिल और दिमाग, दोनों बेवजह आसमान में चक्कर काटते बादल की तरह चहलकदमी कर रहे थे।

किसने कहा होगा? होगा कोई मनचला जो उस जगह जाता होगा और उसे उस कॉफी शॉप का नाम पता होगा। कोचिंग क्लास में ज्यादा परिचय किसी से नहीं होता है। जब वह आकर बैठी थी तो पीछे की सीट खाली थी। कौन, कब क्लास में आया, कौन ध्यान रखता है। जाहिर है, जो भी पीछे बैठा था, उसने मारिया से बात करते हुए सारी बातें सुन ली होंगी।

उसका मन कर रहा था कि वह पीछे मुड़कर देख ले। भीतर एक सिहरन उठी थी उस आवाज को सुनकर…वही तो नहीं? नहीं, उसका वहम है।

मारिया ने उसे कोहनी मारी। हौले से फुसफुसाई, "अपने मन को काबू में रख। प्रोफेसर की निगाहें तुझ पर हैं। कुछ पूछ लिया तो तेरी शामत आ जाएगी। क्लास में मजाक उड़ेगा, सो अलग।"

शायद उसकी किस्मत अच्छी थी, जो प्रोफेसर ने क्लास एक घंटे में ही खत्म कर दी। उन्हें किसी जरूरी मीटिंग में जाना था। उनके जाते ही मेघा ने पीछे मुड़कर देखा। उसकी दिल की धड़कनें कोई धुन गुनगुनाने लगीं। वही युवा बैठा था। उसके चेहरे पर फैले विस्मय के भावों को वह हँसा, "हाय, आई एम गौतम," उसने एक कागज का टुकड़ा उसे थमा दिया। उस पर फोन नंबर लिखा था।

"मेरी शिफ्ट कल शाम की है। तुम तब आ सकती हो, टू सिप द कॉफी अगेन।"

मेघा ने कागज के टुकड़े को हाथों में दबा लिया। वह मुसकराई। उसे यकीन नहीं हो रहा था कि उसके साथ यह सब हो रहा है। परी कथा की तरह लग रहा था सबकुछ।

□

2

खुशनुमा बारिश

ऑफिस आने-जाने के लिए मेट्रो पकड़ना और आराम से बैठकर या तो ऊँघते हुए या कुछ पढ़ते हुए या पूरे रास्ते भीड़ को कोसते हुए खड़े होकर सफर करना। बस, किसी तरह से टाइम से नौकरी की जिम्मेवारी निभाने पहुँच जाना और शाम को घर पहुँचकर खाना और सो जाना…क्रमबद्ध तरीके से जैसे जिंदगी चल रही थी, वैसे ही सफर भी चल रहा था। एक मेट्रो स्टेशन से चढ़ना और दूसरे पर उतरना। और किसी रास्ते की ओर जाने के बारे में सोचने का समय ही नहीं था। पढ़ाई पूरी करने के साथ ही प्लेसमेंट हो जाए तो समझो नौकरी ढूँढ़ने की परेशानी खत्म और भागम-भाग वाली जिंदगी शुरू। न कोई रोमांच, न ही कुछ चटखारे। रोमांस करने का तो सवाल ही नहीं उठता था। हालाँकि माँ लड़की ढूँढ़ रही थीं कि अब शादी हो जानी चाहिए। वह कैसी लड़की चाहता है, उससे न तो कभी पूछा गया, न कभी उसने बताया या शायद उसे खुद ही नहीं पता था कि उसकी चाहत में कौन बसती है या कोई चाहत है भी कि नहीं? उसके जैसे साधारण इनसान को कोई परी मिलेगी या आकाश से उतरी कोई अप्सरा उसकी जिंदगी को हसीन बना देगी, ऐसी कल्पना उसने कभी नहीं की थी।

भागते-दौड़ते, शोरगुल और न समझ आनेवाली बेचैनी के साथ जी रहा था। न कभी बारिश की बूँदों को हथेलियों पर लिया था, न ही ठंडी हवा के मदमस्त झोंकों को सरसराते महसूस किया था। न कभी बर्फ के गोले उठाकर

किसी पर उछाले थे। जो भी कल्पनाएँ थीं, वे भी सब फिल्मों की देन थीं। सस्ते उपन्यासों में गरम साँसों के उतार-चढ़ाव को पढ़ बस मन बहलाता था। इससे ज्यादा समझ नहीं थी प्यार की।

मेट्रो के दरवाजे बंद होने की घोषणा हुई। सीढ़ियों से भागती, साँसों को उखड़ने से बचाने का प्रयास करती, वह दौड़ी चली आ रही थी। दरवाजा बंद होने ही वाला था। वह दरवाजे के पास ही खड़ा था। पल भर में ही सब हो गया। उसने अपना बैग दरवाजा के बीच में फँसा दिया। दरवाजा खुल गया। वह लपकती हुई अंदर घुस गई।

जींस के ऊपर बैंगनी रंग का शॉर्ट कुरता पहना हुआ था। कंधे पर मल्टीकलर स्टोल झूल रहा था। साँवली रंगत में चाँदनी सी चमक रही थी। कंधे तक कटे बाल, कानों में झूलते ईयररिंग्स और बड़ा-सा लैदर बैग। देर तक वह अपनी उखड़ी हुई सांसों को सँभालती रही। भीड़ इतनी थी कि सटकर खड़े रहने के सिवाय और कोई विकल्प नहीं था। उसकी गरम साँसें उसे छू रही थीं। उसकी बाँहों का टकराना···वह चाह रहा था कि अपने को थोड़ा समेट ले, पर स्पर्श सुकून दे रहा था। नहीं, यह सुकून उन सस्ते उपन्यासों के छिछले जिस्मानी टकराव जैसा नहीं था, यह अंतर्मन के सुप्त एहसासों को जीवंत करने जैसा था।

देख रही थी वह उसकी तरफ। आँखों ही आँखों में उसने धन्यवाद कहा। पता नहीं ये लड़कियाँ कितने भावों को जीती हैं। समझना भी जानती हैं पुरुषों के इरादों को। वह जान-बूझकर उससे सटने की कोशिश नहीं कर रहा है, उसकी आँखें जता रही थीं। हालाँकि देखा जाए तो उन आँखों में सिवाय आभार के उसके लिए कुछ भी तो नहीं था, पर वह बह गया। उसके लिए चाहे कुछ न हो, लेकिन आँखों में सुरूर पैदा करनेवाली एक मदहोशी थी, मानो बेहिसाब जाम उड़ेल दिए गए हों। उसके मन की नाव उनमें उतरने को बेकाबू होने लगी। चेहरा, होंठ, देहयष्टि···सब साधारण थे। बस, आँखों में पूरी एक दुनिया बसी हुई थी—सपनों की, खिलखिलाहटों की, जज्बातों की···

उसके जैसे बेरंग इनसान के अंदर उस दुनिया ने, जो अजनबी थी, अनजान थी, ने अचानक ढेर सारे रंग उड़ेल दिए थे। वह खुद हैरान था अपने शायर हो जाने के खयाल से। आँखें भी कविताओं की लय में घुँघरू बाँध सकती हैं? क्या वह पल भर का उसका देखना, उसकी उन चाहतों को आकार दे सकता है, जिसके बारे में आज तक उसे खुद ही पता न था। स्टेशन पर उतर वह भीड़ में न जाने कहाँ गुम हो गई।

रास्ते एक हों तो मुलाकातों में रवानगी आते देर नहीं लगती। आँखों से छलकते जाम अब होंठों पर शब्द बनकर बहने लगे। शोर में भी बातें उफनती रहतीं। उसने सस्ते उपन्यास पढ़ने बंद कर दिए थे, वह अब उसे पढ़ रहा था। बातचीत का सिलसिला मेट्रो के अलावा व्हाट्सअप चैट पर आ गया। पहले इधर-उधर की बातों से संवाद का सिलसिला शुरू हुआ, फिर फोन पर हँसी की फुलझड़ियों के बीच रोजमर्रा की बातें शेयर की जाने लगीं। उसका मन होता तो थोड़ा-बहुत अपने बारे में कभी बता देती, कभी उसके बारे में पूछ लेती, लेकिन संवादों में किसी तरह की उग्रता नहीं होती थी। ठहराव था उसके हर अंदाज में।

"शाम को कॉफी पीने चलें?" उसने पूछा था।

ग्रीन पेस्टल कलर का खादी का कुरता और टाइट्स पहनी हुई थीं उसने। कानों में ऑक्सीडाइज्ड बालियाँ झूल रही थीं। बिल्कुल सादा रूप था, पर आँखों की कशिश बहा ले जानेवाली थी, हमेशा की तरह।

कॉफी के हर घूँट के साथ वह चीज स्टिक को परियों की जादुई छड़ी की तरह घुमाती किस्से सुना रही थी। वह वशीभूत-सा बैठा सुन रहा था, डूब रहा था आँखों की मदहोशी में। इतने दिनों में टुकड़ों-टुकड़ों में ही सही, बहुत कुछ जान चुका था उसके बारे में। जब भी वह कुछ कहती, एक उत्कंठा हमेशा उसे घेर लेती। उसकी दुनिया अजनबी नहीं रही थी, वह बिना दस्तक दिए, आने की अनुमति माँगे बिना ही उसके मन पर अपना कब्जा जमा चुकी थी।

"हम यूँ ही कभी-कभी मिल सकते हैं क्या?" पूछते समय अपने स्वर में लरजते कंपन को महसूस किया उसने। वह उसे किसी भी हाल में खोना

नहीं चाहता था, क्योंकि अब उसे पता था वह क्या चाहता है। वह उसके लिए किसी परी या अप्सरा से कम नहीं थी।

वह मुसकराई, "हाँ, मिल सकते हैं। वैसे मेट्रो में तो अकसर मुलाकात हो ही जाती है, फिर क्या कॉफी पीने के लिए मिलना जरूरी है?" उसकी आँखों में शरारत थी। "चलो मिल लेंगे यूँ भी कभी-कभी, पर नो कमिटमेंट। उम्मीदों के पहाड़ मत खड़े कर लेना, देव बाबू। मैं पारो नहीं हूँ, न ही बनना चाहती हूँ। अहसासों को बंद मुट्ठी में कैद करने में यकीन नहीं रखती। दोस्ती जैसा अहसास पंख दे, उड़ान दे, यही चाहती हूँ। अगर ऐसा कर सको तो तुम भी उड़ सकते हो मेरे साथ।"

कैफे से बाहर आए तो बारिश की बूँदें भिगोने लगीं। उसने हथेलियाँ फैला दीं और बोली, "देव बाबू, भीगेंगे मेरे साथ इस खुशनुमा बारिश में?"

वह तो कब से भीग रहा था उसकी आँखों की मदहोशी में! उसने भी अपनी हथेलियाँ फैला दीं। बारिश की बूँदें मोती की फिसलने लगीं। सच! बारिश भी क्या कभी इतनी खुशनुमा होती है!

□

3

संगीतमय सुर

अतीत की धरोहरों के बारे में जानने और उनका इतिहास खँगालने का जुनून उसे न जाने कहाँ-कहाँ ले जाता है। हिस्ट्री में एम.ए. करने के बाद, उसके पैरों में जैसे पहिए लग गए हैं। पी-एच.डी. के लिए भी तो विषय तलाशना है। कई बार सोचती है कि भारत का कोना-कोना छानने के लिए एक पूरी जिंदगी भी कम है। हर कोने में पूरी की पूरी एक विरासत खड़ी है। सौ के नए नोट पर छपी रानी की वाव (बावड़ी) की फोटो देख, चली आई थी पाटन। गुजरात की भूमि तो उसे वैसे भी बहुत रंगीला बना देती है।

सर्दियों की चटकीली धूप में वह सात मंजिला रानी की वाव की सीढ़ियाँ उतरती जा रही थी। मारू-गुर्जरा वास्तुशिल्प शैली में बहुत ही नायाब व योजनाबद्ध ढंग से बनी वाव की दीवारों पर बने पटोला साड़ी के डिजाइन देखे जा सकते हैं। सुना था कि यहाँ से 30 किमी. लंबी रहस्यमयी सुरंग भी निकलती है, जो पाटन के सिद्धपुर में जाकर खुलती है। इस खुफिया रास्ते का इस्तेमाल राजा और उसका परिवार युद्ध के वक्त करते थे। नजरें घूम रही थीं कि कहीं तो वह गुफा दिख जाए। गाइड तो बस किसी मशीनी रोबोट की तरह बोलता जा रहा था।

वह उसे पीछे छोड़ अकेले नीचे उतर गई। अपनी आँखों में और कैमरे में वह खुद ही उस स्थापत्य कला को कैद कर लेना चाहती थी। बारीकी से अवलोकन न करे तो उसे अपना ज्ञान ही अधकचरा लगता है।

"फोटोग्राफर?" एक स्वर गूँजा। आवाज में भी संगीतमय सुर लहराते हैं। ऐसा लगा, बावड़ी में बनी नागकन्या और योगिनी जैसी सुंदर अप्सराओं की कलाकृतियाँ अभी थिरकने लगेंगी।

"नॉट प्रोफेशनल फोटोग्राफर, शौक है।" वह अभी भी फोटो खींच रही थी। डायरी में लगातार नोट भी करती रहती है, लेकिन जो छूट जाता है, उसे बाद में फोटो देखकर लिख लेती है।

"सँभलें, आखिरी सीढ़ी पर हैं," चेताया उसने। ठिठक गई मंजरी। इस बार ध्यान से देखा। बाप रे, कितना लंबा है! छह फीट 2 इंच तो होगा। उसके सामने मंजरी की पाँच फीट छह इंच की काया बौनी लग रही थी। घुँघराले बाल, नाक के ऊपर किसी नजर के टीके की तरह आसन्न तिल। खादी का कुरता और जींस। कोल्हापुरी चप्पल और चेहरे पर एक बिंदासपन था। केयरफ्री अंदाज कह सकती है। हाथ में पीतल का कड़ा पहना हुआ था। उसका कैमरा देख समझ गई थी कि प्रोफेशनल फोटोग्राफर है।

"बच गई, वरना बावड़ी के न जाने कितने पुराने पानी में गोते लगा रही होती," झेंप मिटाने के लिए वह जोर से हँसी।

"मैं गिरने नहीं देता। वैसे भी परफेक्ट तैराक हूँ। मेरे साथ सुरक्षित हैं।"

कुछ अजीब लगा। 'मेरे साथ?' न जान, न पहचान, लंबू मियाँ करें सलाम! अपनी तुकबंदी पर फिर से हँसी।

वह ऊपर चढ़ती हुई सीढ़ियों पर जाकर बैठ गई।

"एक कंटेस्ट के लिए फोटो खींच रहा हूँ।" वह उसकी बगल में आकर बैठ गया। वह डायरी में नोट्स लिखती रही।

"जानती हैं, विश्वस्तरीय कंटेस्ट है। उसमें फोटो सेलेक्ट हो गई तो मेरे कॅरियर को काफी पुश मिलेगा," वह अपनी ही रौ में बोलता जा रहा था।

"आप अतीत ही खँगालती हैं या वर्तमान में भी जीती हैं?" अचानक वह बोला। हिंडोले पर बैठकर जब झूलते हैं तो जो सुकून और सुरूर आता है, वैसे ही एक सुरूर ने उसे घेर लिया। डायरी बंद कर इस बार सारा ध्यान उस पर लगा दिया।

"मुझे गलत मत समझें। आपको फोटो खींचते देख सोचा कि आप इस फील्ड से जुड़ी चीजें समझ सकती हैं। इसलिए बात करने लगा। आपको अन्कंफर्टेबल फील कराना नहीं चाहता था।" वह उठ गया।

"ऐसी बात नहीं। लिखने में इतनी तल्लीन हो जाती हूँ कि…"

"बाहर बैठते हैं घास पर। धूप सुहा रही है," उसकी बात पूरी होने से पहले ही वह बोला और सीढ़ियाँ फलाँग गया।

असमंजस में पड़ गई। बैठ ही गई जाकर वह भी घास पर। दो मिनट सुन लेती है इसकी बातें। हो सकता है, शेयर करने के लिए कोई न हो इसके पास।

"यह मेरा कार्ड है।"

शशांक शुक्ला, फोटोग्राफर, ब्लॉगर एंड ओनर ऑफ 'इमेज्स ऑफ लव।'

"ईशा बजाज।"

जैसा कि होता है कि बातें शुरू होती हैं तो कड़ियाँ जुड़ती हैं और कोई-न-कोई धागा सिलसिले को बुनता जाता है। अहमदाबाद जाएगी और वहीं से कल मुंबई की फ्लाइट लेगी। उसे दिल्ली की फ्लाइट पकड़नी थी। कोई फोटो एक्जीबीशन थी। रहता वह बेंगलुरु में था। कैब से अहमदाबाद तक के उस सफर ने दोस्ती के बीज बो दिए उनके बीच। कुछ देर पहले अजनबी सा लगने वाला शशांक ईशा को बहुत अपना सा लगने लगा था। बिना खुद को थोपे, दूसरे की भावना को समझना उसके स्वभाव में है, यह समझना उसके लिए मुश्किल नहीं था।

रास्ते में उसने अपनी डायरी निकाली और परिवेश को शब्दों में उतारने लगी।

"डायरी में क्या हर बात लिखती हो?"

"कोशिश तो यही रहती है।"

"हमारी मुलाकात के बारे में लिखोगी?"

"सोचूँगी," वह हँस पड़ी।

"तुम्हारी हँसी फूलों की पँखुड़ियों की तरह कोमल है और तुम खिले हुए

गुलाब की तरह हो, जिस पर मचलने को ओस की बूँदें बेकरार रहती हैं।"

ईशा सिहर गई।

हवाई जहाज में खिड़की से झाँकती धूप में अपने मन की बेचैनी को ताप देते हुए उसने डायरी में लिखा, 'अतीत के झरोखे से छनकर आता वर्तमान।'

लौटते हुए अपने वर्तमान के साथ भविष्य भी बाँध लाई थी। शशांक की आवाज के संगीतमय सुर उसे अभी भी सुनाई दे रहे थे। उसे लगा कि वह बावड़ी की सीढ़ियों पर खड़ी है, पर इस बार शशांक का हाथ थामे हुए।

□

4

चाय प्रेमियों का चार्जिंग पॉइंट

ट्रैफिक था, इसलिए कार की रफ्तार कम थी। वह रायपुर पहली बार आई थी, इसलिए ट्रैफिक की वजह से उसे कोफ्त नहीं हो रही थी। इस बहाने शहर की सड़कें और सड़क के दोनों तरफ बनी दुकानों के नाम देखने को मिल रहे थे। पता नहीं क्यों उसे बोर्ड पर लिखे दुकानों के नाम देखने में बहुत मजा आता था। कभी-कभी तो बहुत ही अतरंगी, अजीब नाम दिख जाते थे। उस याद है, इंदौर में एक जगह उसने पढ़ा था 'ठडी-ठंडी जलेबियों की दुकान।' वहाँ के लोकल गाइड से पूछा कि ऐसा अटपटा नाम क्यों है तो वह हँसते हुए बोला था, "मैडम, नाम अटपटा न होता तो क्या आपकी नजर उस पर जाती? जलेबियाँ तो गरम-गरम ही मिलती हैं, लेकिन बोर्ड देखकर कौतूहल लोगों को वहाँ खींच ले जाता है।"

कार थोड़ी और सरकी तो बाईं तरफ की दुकान के बोर्ड को देख उसके होंठों पर मुसकान आ गई। 'चाय प्रेमियों का चार्जिंग पॉइंट।' कितना दिलचस्प व इनोवेटिव नाम! जाहिर-सी बात थी कि यह ऐसा पॉइंट है, जहाँ पर किस्म-किस्म की चाय मिलती होंगी। कार अब सरक भी नहीं रही थी। चाय···कितनी ढेर सारी यादें जुड़ी हैं, उसकी इसकी खूबसूरत पत्तियों और सुगंध के साथ। वह खुद बहुत चाय की शौकीन नहीं है, इसलिए मुकुल की चाय को लेकर दीवानगी देख उसे हमेशा हैरानी होती थी। चाय के व्यवसाय में हो तो समझ आता है कि जानकारी होती है गरम प्याले में उड़ेले जानेवाली अनगिनत

किस्मों की चाय की, पर एक आई.टी. क्षेत्र का व्यक्ति चाय के बारे में इतनी समझ रखता हो, यह सोच किसी को भी हैरानी हो सकती है।

"पूरे के पूरे इंसाइक्लोपीडिया हो तुम। चाय पर थीसिस लिखने का इरादा तो नहीं है ?"

"स्वाद और सुगंध का सही मेल हो तो एक कप चाय सारी थकान मिटा देती है। कितना मजा आता है जब एक-एक घूँट गले में उतरता है और हर घूँट जिंदगी में एक रवानगी भर देता है।" कहते हुए ऐसा लगता मानो सामने चाय का प्याला रखा है और उसकी सुगंध को वह अपने भीतर उतार रहा है। "पर तुम क्या जानो प्रो. सुनयना साहिबा कि चाय के एक-एक घूँट की कीमत क्या होती है ? तुम चाय पीती कहाँ हो, गटकती हो। न प्याले को प्यार से अंगुलियों से पकड़ती हो, न उससे उठती भाप को महसूस करती हो, न ही उसके स्वाद और सुगंध को गले में उतारती हो।"

"मुझे डर है कि कहीं तुम कवि न बन जाओ।" वह उस छेड़ती तो वह गुनगुनाने लगता, "मैं कहीं कवि न बन जाऊँ, तेरे प्यार में ऐ चाय!" उसकी जिद और चाय के लिए जुनून देख वह भी चाय के स्वाद को समझ उसे पीने लगी थी। 'अपनी पसंद' नाम से जब एक आउटलेट खुला था तो कितना एक्साइटेड था मुकुल!

"मजा आ गया। बेहतरीन चाय मिलती है वहाँ। इतने फ्लेवर हैं कि लगता है रोज-रोज जाना पड़ेगा वहाँ। सोच रहा हूँ, टी-टेस्टिंग का कोर्स कर लूँ।"

उसके बाद तो 'अपनी पसंद' ही उनके मिलने की जगह बन गई। घंटों बैठे रहते। प्यार के कितने ही अहसास उन्होंने एक साथ बाँटे थे वहाँ। भविष्य की प्लानिंग से लेकर अपने-अपने घरवालों की नाराजगी तक। नहीं, न तो जात-पाँत का चक्कर था, न ही धर्म का, न ही स्टेटस का। मुकुल की बढ़िया नौकरी थी, आई.आई.टी. से निकले होने का गर्व था उसके पास और वह कॉलेज में प्रोफेसर, फिर भी दोनों का साथ परिवारों को स्वीकार नहीं था। पता नहीं दादा या परदादा के जमाने की कौन-सी दुश्मनी थी, जिसे पीढ़ियों से दोनों परिवार निभा रहे थे।

"माना कि मुकुल स्मार्ट है, उसका फाइनेंशियल स्टेटस है, लेकिन है तो हमारे दुश्मन का ही बेटा न," पापा-भाई, दोनों ही सप्तम स्वर में चिल्लाए थे।

"पर दुश्मनी है किस बात पर? और अगर है भी हमें कोई फर्क नहीं पड़ता, बल्कि अच्छा है न, हमारा प्यार उसे खत्म कर देगा।"

"प्रोफेसरी घर पर मत झाड़," माँ क्रोधित हो उठी थीं।

"और अगर हम फिर भी शादी कर लें तो?"

"करके तो देख, चीरकर रख दूँगा मुकुल को," भाई की आँखों में खून उतर आया था।

"इक्कीसवीं सदी में हमारे परिवार सदियों पुरानी सोच कैसे रख सकते हैं?" मुकुल उस दिन चाय पी तो रहा था, पर स्वाद और सुगंध को भीतर नहीं उतार पा रहा था। "मरने-मारने की बातें हो रही हैं। मैं तुम्हारी जान को खतरे में नहीं डाल सकता, सुनयना। कुछ समय के लिए नहीं मिलते। हो सकता है, हालात सुधर जाएँ।"

वह कुछ समय कब एक लंबे अंतराल में बदल गया, पता ही नहीं चला। समय घाव भर देता है, लेकिन उसके घावों पर बाहर से बेशक मरहम लगा दिखाई दे, पर भीतर से तो आज भी रिसते हैं। न जाने कहाँ होगा मुकुल अब! चाय के हर घूँट के साथ उसकी याद आती है।

"मैडम, लगता है आगे कोई एक्सीडेंट हुआ है। जाम लग गया है। न जाने कितनी देर लगे?" ड्राइवर ने कहा।

"मैं यहीं उतर जाती हूँ। चाय पी लेती हूँ, सामने वाली दुकान पर। अगर रास्ता खुल जाए तो तुम घुमाकर कार यहीं ले आना।"

टी पॉइंट में घुसी तो वहाँ का डेकोर देख वह हैरान रह गई। दीवारों पर चाय की पेंटिंग्स लगी थीं। किसी में भाप उठ रही थी, तो किसी में केवल चाय के रंग थे, किसी में अंगुलियों ने प्याले को थामा हुआ था। इतनी सुरुचिपूर्ण सज्जा देख वह दंग रह गई थी। अवश्य ही कोई कलाकार होगा इसका मालिक, उसने सोचा। फर्नीचर तक चाय के प्याले के आकार का था। काँच

के छोटे-छोटे अलग-अलग आकारों के प्यालों का कोलाज जैसा बनाकर मेजों पर सजाया गया था।

"वैलकम टू चार्जिंग पॉइंट।" व्हाट्सअप आया। नंबर अनजान था उसके लिए और कोई डी.पी. भी नहीं लगी थी। उसने सोचा कि ऑर्डर देकर टू कॉलर पर जाकर नंबर चेक करती है।

"मैम, योर इलायची, जिंजर फ्लेवर्ड टी विद सम चीज बॉल्स एंड रोस्टेड कैश्यू।"

उसकी पसंद कैसे जान ली? "पर मैंने तो अभी ऑर्डर दिया भी नहीं था।"

"सर ने भिजवाया है। यहाँ के मालिक। वह एक्सपर्ट हैं, न जाने कैसे आपकी पसंद जान गए।"

"थैंक्यू, लेकिन तुम मुझसे मिल सकते हो," उसने व्हाट्सअप पर अनजान नंबर पर जवाब दिया।

मुकुल के अलावा कौन जानता है, उसे इतनी अच्छी तरह से।

"सोचा नहीं था कि कभी फिर तुम्हारे साथ चाय पर डेटिंग करूँगा। सो गुड टू सी यू।"

"तो चाय के बिजनेस में आ ही गए?" सुनयना की नजरें मुकुल के चेहरे पर टिक गई थीं। बाल थोड़े हलके हो गए था, बाकी कोई बदलाव नहीं आया था। उसका मन करा, पहले की तरह उसके चेहरे को हाथों में भर कर चूम ले। प्यार जलतरंग सा बजाने लगा था। कहाँ खत्म होती है प्यार की खुशबू!

"प्यार छूटा गालिब, पर चाय नहीं छूटी," वह हँसा।

"प्यार छूटा गालिब, पर दुश्मनी नहीं टूटी," आँखें नम हो गई थीं सुनयना की।

"कोशिश है, ज्यादा से ज्यादा शहरों में अपने आउटलेट खोलूँ, ताकि चाय प्रेमी यहाँ आकर अपने प्यार को चार्ज करते रहें। फिर आना अपने पति के साथ।" मुकुल क्या जानता नहीं कि उसके सिवाय किसी के लिए उसकी जिंदगी में जगह नहीं है, फिर भी ऐसा कह रहा है?

"तुमने शादी नहीं की, फिर मेरे बारे में ऐसा कैसे सोच लिया?" मुकुल के हाथों पर अपना हाथ रख दिया था उसने। छुअन आज भी उसे अपनी लगी। प्यार के सारे बीते पल दोनों की आँखों में सपनों की तरह तैर रहे थे।

ड्राइवर ने फोन पर बताया वह बाहर खड़ा है।

"चलती हूँ। ध्यान रखना अपना।"

"मैं जिंदगी को चाय की भाप में उड़ाता चला गया," मुकुल ने हौले से उसके गालों को छुआ मानो कहना चाहता हो, 'फिर मिलेंगे किसी मोड़ पर, किसी चार्जिंग पॉइंट पर।'

□

5

सोल कनेक्शन

"ट्रैकिंग पर चलें अमरकंटक इस बार?" अचानक ऑफिस के कुछ कुलीग्स ने जिद पकड़ ली। "सुना है, बहुत मजा आता है। नर्मदा नदी का उद्गम स्थल भी है। मौसम भी बहुत खुशनुमा है वहाँ अभी।"

"नहीं," एकदम सपाट शब्दों में उसने कहा था। स्वर में तीव्रता थी या चिढ़, हैरत से देखने लगे थे सब।

तभी उसे लगा कि उसका फोन वाइब्रेट हुआ है। बिना नंबर, बिना नाम के उसका फोन कँपकँपाता है। अकसर ऐसा होता है जब भी शौमित्र उसके भीतर आवाज बन उतर आता है। हाथों की जुंबिश से जो काँप उठती हैं उसकी याद आते ही, दिल की धड़कनें जो उसे महसूस कर धड़कने लगती हैं, प्यार की थपकियों से…शायद उसे लगता हो कि उसके फोन में थरथराहट हुई है, फिर वे आपस में बातें करने लगते हैं।

"क्यों नहीं जाओगी?"

"वहाँ तुम्हारी यादें हैं। हम दोनों के साथ गुजरे पल हैं।"

"तो अच्छा ही है न, हम फिर से जी लेंगे उन पलों को। आखिर कब तक तुम खुद को एक अँधेरी गुफा में बंद कर उस सवाल का जवाब ढूँढ़ती रहोगी, जिसका जवाब कोई नहीं दे सका है। चली जाओ, मैं रहूँगा न तुम्हारे साथ।"

"जानती हूँ तुम होगे, लेकिन बता सकते हो कि जब इतना प्यार करते थे तो गए ही क्यों मुझे छोड़कर?"

"जाने दो इन बातों को, शिवी। नियति के आगे किसका वश चला है, वरना क्या वह छोटी-सी बीमारी मुझे तुमसे छीन पाती!"

"यार शिवानी, चलना। मजा आएगा।" बिंदा उसके सामने आकर खड़ी हो गई थी। बिल्कुल बिंदास और अलमस्त है वह। शिवानी ने इस ऑफिस में दो महीने पहले ही ज्वाइन किया था और अभी तक वह बिंदा से ही थोड़ा खुद को कनेक्ट कर पाई थी। वैसे भी शौमित्र के जाने के बाद से उसने स्वयं को समेट लिया था। उसके जीवन के इस अध्याय के बारे में ऑफिस में कोई नहीं जानता था।

"बताती हूँ, सोचकर," कहती हुई वह वाशरूम की ओर बढ़ गई थी। आँखों में नमी अकसर उतर आती है। अच्छा ही है, उसने काजल लगाना छोड़ दिया है। नहीं भूल सकती वह शौमित्र को···शिवानी ने तो उसे अपनी जिंदगी में आने से कितना रोका था, पर वह था एकदम नटखट, शरारती···रोकने से भी नहीं रुका···धड़कनों में समा गया।

"तुम मुझसे उम्र में छोटे हो, शौमित्र," वह उसे समझाने का प्रयत्न करती।

"तो क्या कम उम्रवालों का दिल नहीं धड़कता? कम उम्रवालों के अंदर वह खूबसूरत अहसास जिसे हम प्यार कहते हैं, कुलाँचें नहीं मारता? मैं तुम्हारे साथ प्यार के पंख लगाकर उड़ना चाहता हूँ। तुम क्यों बार-बार मेरे पंखों को कुतरने की कोशिश करती रहती हो?" थोड़ा संजीदा हो जाता तो उसे हँसी आ जाती। समझ चुकी थी कि उसके लिए गंभीर रहना असंभव बात है। बस, थोड़ा अभिनय आजमा रहा है उस पर।

"अपनी आँखों में काजल लगाया करो। बहुत गहरी हैं, डूब चुका हूँ मैं तो।" काजल पेंसिल थमा दी थी उसने शिवानी के हाथों में। ऐसा ही था शौमित्र···कब क्या कह दे, कब क्या कर दे, अंदाजा लगाना मुश्किल था। आर्टिस्ट था, इसलिए संवेदनाओं में डूबते-उतराते शायरी करता रहता। एक दिन शिवानी ने पायल पहन ली तो उसे रुनझुन कहकर पुकारने लगा।

"तुम बंगाली, मैं ब्राह्मण। क्या कॉम्बीनेशन होगा?"

"कॉम्बीनेशन नहीं, कनेक्शन है यह शिवानी पांडे। न उम्र का बंधन है न सरनेम का, इसलिए इस प्यार के कनेक्शन को लेकर ज्यादा एनालिसिस मत करो। तुम मेरी सोल हो और मैं तुम्हारा कनेक्शन। आई लव यू शिवानी, इतना ही क्या काफी नहीं जिंदगी साथ गुजारने के लिए?" वह उसकी आँखों में झाँकने लगता।

पल भर को शरम से उसके गाल लाल हो जाते।

अमरकंटक दोनों साथ गए थे ट्रैकिंग पर। खूब मस्ती की थी। नर्मदा के उद्गम स्थल पर बैठकर शौमित्र ने उसकी तसवीर बनाई थी।

"अपनी अगली एक्जीबिशन में लगाऊँगा इसे। टाइटल होगा—सोल कनेक्शन।" कितना खुश था वह!

और शिवानी उसका साथ पाकर जैसे किसी सपनीली दुनिया में छोटे-छोटे ख्वाब बुन रही थी। अमरकंटक से लौटने के दो महीने बाद वह कोलकाता गया था, अपने घरवालों को शिवानी के बारे में बताने। उसके गाल सहलाते हुए बोला था, "मुझे कोई आडंबर नहीं करना, इसलिए एक-दो महीने में ही सादे ढंग से शादी कर लेंगे। कॅरियर पर भी फोकस करना है भई।" वह चला गया था। वही था उसका अंतिम स्पर्श।

फोन पर बात होती रही, पर शौमित्र ने नहीं बताया कि वह बीमार हो गया है। "किसी कीड़े ने रात में काट लिया, शिवी, ओ माँ! जल्दी ही ठीक हो जाऊँगा।" न जाने कैसा इंफेक्शन था, जिसने उसके शरीर को खोखला कर दिया था।

वह चला गया, पर उसके साथ है। वह महसूस करती है उसे अपने आसपास। वह बात करती है उससे। उसे लगा फिर फोन बाइब्रेट हुआ है। दिल की धड़कनें तेज होने लगीं।

"जा रही हो न तुम अमरकंटक?"

"हाँ।"

"किससे बात कर रही हो?" बिंदा थी।

"जस्ट ए सोल कनेक्शन।" वह बाहर निकल आई।

□

6

मेन्यू कार्ड

मानस को लंबे समय से महसूस हो रहा था कि उसकी शादी के कोई मायने नहीं रह गए हैं। प्यार और खुशी की जगह केवल साथ रहने की मजबूरी उसके और शुभा के बीच बची रह गई है। वह तो ऐसा ही मानता था, हालाँकि शुभा ने न तो कभी ऐसा कहा था और न ही कभी उसके व्यवहार से झलका था। वह तो हमेशा से नौकरी करने के साथ-साथ घर भी सँभालती आ रही थी। मानस ने शुभा को शिकायत करते नहीं देखा, मानो वह कोई मशीन है, जो सिलसिलेवार ढंग से सारे काम निपटाती जाती है। वह सुंदर है और एक वक्त ऐसा था, जब उसी ने शुभा को प्रपोज किया था, लेकिन अब उसके चेहरे पर छाई रहनेवाली एक अजब तरह की संतुष्टि उसमें खीझ पैदा करती है। किसी कठपुतली की तरह लगती है अब वह। शादी के बाद क्या रिश्ते में ऐसी ही ऊब जन्म ले लेती है ? मानस जब भी शुभा को देखता है, उसे उसके अंदर एक कठपुतली ही दिखाई देती है। बेशक वह उसे अपने इशारे पर नहीं नचाता, पर वह उसे एक डोर पर लटकी नाचती हुई प्रतीत होती है।

शुभा में उसे न तो कोई दिलचस्पी रही है, न ही उसे देख, उसे छू उसके अंदर प्यार की तरंगें नर्तन करती हैं। अपने साथ काम करनेवाली लिली उसे आकर्षित करने लगी थी। उम्र में छोटी थी, चुलबुली थी और आत्मनिर्भर थी। वह स्वयं से प्यार करती थी, इसलिए किसी से अपेक्षा रखने के बजाय, स्वयं

की खुशियों की जिम्मेदारी उसने अपने ऊपर ही ली हुई थी। शुभा भी कमाती है, पर उसके साथ लंबा साथ गुजारने के बाद मानस को अहसास हो रहा है कि वे दोनों एक-दूसरे के लिए नहीं बने हैं।

"हम साथ नहीं रह सकते। मुझे तुमसे डिवोर्स चाहिए।"

शुभा यह सुन जड़ हो गई। मानस को बहुत देर तक देखती रही। उसे विश्वास नहीं हो रहा था। उसने मानस को बहुत समझाने की कोशिश की और अंतत: उसे इसके लिए राजी होना ही पड़ा। मानस के मन में अब उसके लिए कुछ नहीं है, ऐसे में रिश्ते को घसीटने का कोई मतलब नहीं था। तय दिन दोनों तलाक लेने पहुँचे और सारी कागजी कारवाई के बाद आपसी सहमति से उनके तलाक की प्रक्रिया पूरी हो गई।

अदालत से बाहर निकलते हुए लौटते समय रात घिरने लगी थी। मानस ने कहा, "रात के खाने का समय हो ही गया है। क्यों न आखिरी बार एक साथ डिनर करें?"

"मैंने सुना है, इसी रास्ते पर जहाँ से तलाक लेने के बाद लोग गुजरते हैं, एक रेस्तराँ है, जो केवल तलाकशुदा युगल के लिए है या जो लोग तलाक लेने जा रहे होते हैं, उनके लिए। वहाँ कुछ स्पेशल डिश उन्हें परोसी जाती हैं।"

मानस ने इस बात पर कोई आपत्ति नहीं जताई। वैसे भी वह आखिरी शाम शुभा की हर बात मानने को तैयार था।

उन दोनों ने उस रेस्तराँ में प्रवेश किया, जिसका नाम था—'हम साथ-साथ हैं'। नाम पढ़कर दोनों को अजीब लगा। यहाँ आनेवाले युगल तो अलग होने के बाद आते हैं! फिर इस नाम का क्या औचित्य है?

एक वेट्रेस ने उनका स्वागत किया और एक कमरे में ले गई। वहाँ केवल एक मेज और दो कुरसियाँ ही थीं। केवल एक युगल ही उस कमरे में बैठ सकता था। रोशनी बहुत हलकी थी। बल्ब केवल कोनों में जल रहे थे। दीवारों पर हाथ में हाथ डाले, एक-दूसरे की आँखों में देखते, एक-दूसरे को चूमते, प्यार से देखते, युगलों की पेंटिंग बनी हुई थीं।

वेट्रेस ने उनके सामने मेन्यू कार्ड रखा। बहुत ही सुंदर गुलाबी मखमल का वह मेन्यू कार्ड किसी विवाह के निमंत्रण का कार्ड जैसा लग रहा था। उस पर सुनहरी रंग में शब्द अंकित थे।

मानस ने शुभा से कहा कि वही ऑर्डर करे। "बेहतर होगा तुम ही कुछ मँगा लो। मुझे समझ नहीं आ रहा कि क्या ऑर्डर करूँ?"

"सॉरी मैडम, सॉरी सर, पर हमारे यहाँ का नियम है कि यहाँ आनेवाला युगल, एक-दूसरे की पसंदीदा डिश मँगाते हैं। पसंदीदा डिश को हमने नाम दिया है, 'आखिरी याद'।"

शुभा तुरंत बोली, "वेजीटेबल लजानिया ले आइए इनके लिए, पर उसमें गार्लिक और ओरेगेनो मत डालना। इन्हें वे पसंद नहीं।"

वेट्रेस ने मानस को देखा और कहा, "सर, आप मैडम के लिए क्या ऑर्डर करना चाहते हैं?"

मानस को कुछ सूझ नहीं रहा था। शादी के आठ साल हो जाने के बाद भी उसे नहीं पता था कि शुभा की पसंदीदा डिश क्या है?

"आप लजानिया ही ले आएँ। हम दोनों को ही पसंद है," स्थिति को सँभालते हुए शुभा बोली।

"मैं चाहती हूँ, खाने से पहले आप हमारे यहाँ का स्पेशल कोल्ड ड्रिंक ट्राई करें।"

दोनों ने सहमति प्रकट की।

वेट्रेस दो गिलासों में कोल्ड ड्रिंक ले आई। एक गिलास में लाल रंग का कोल्ड ड्रिंक था और दूसरे में नीले रंग का। नीले रंग के पेय के ऊपर बर्फ के टुकड़े तैर रहे थे और लाल रंग वाले पेय से धुआँ निकल रहा था। "इनका नाम है समुद्र और आग।"

दोनों ने एक-दूसरे को देखा पर समझ नहीं पा रहे थे कि क्या बात करें।

कुछ देर बाद वेट्रेस फिर आई। उसके हाथ में लाल गुलाब का फूल था।

"सर, बुरा न मानें तो जानना चाहती हूँ कि आपको याद है कि पहली बार कब आपने मैडम को गुलाब का फूल दिया था? अब जब आपके बीच

सबकुछ खत्म हो गया है तो आखिरी बार यह फूल इन्हें दीजिए। क्या आप इसे खरीदना चाहेंगे?"

शुभा की आँखें नम हो गईं। उसे याद आया, आठ साल पहले जब वे कॉलेज में पढ़ते थे, तब मानस ने 'वैलेंटाइन डे' पर लाल गुलाब देते हुए उससे अपने प्यार का इजहार किया था।

वह बोली, "इसकी जरूरत नहीं है।"

मानस सोचने लगा कि कितने वर्षों से वह शुभा के लिए फूल नहीं लाया। वह बोला, "खरीदना है।"

वेट्रेस ने गुलाब के दो टुकड़े कर उन्हें गिलासों में डाल दिया। वे टुकड़े तुरंत उन पेय में घुल गए।

"इस गुलाब को हम 'प्यार का घोल' कहते हैं। अब जब आप पेय पिएँगे तो उसका स्वाद आपके अंदर बहते पानी और सुलगती आग जैसा अहसास देगा। दोनों के मिलने पर सब ठीक हो जाता है। आप चाहें तो दोनों पेय को मिला सकते हैं, वरना एक-एक सिप दोनों के गिलास से पी सकते हैं।"

दोनों चुपचाप एक-दूसरे को देखते रहे। ऐसा लग रहा था कि हजारों शब्द उनकी जबान पर अहसास बनकर आ रहे हैं, लेकिन होंठ खुलना ही नहीं चाहते।

अचानक कमरे का हलका प्रकाश भी बंद हो गया। अँधेरा छा गया और धुएँ की गंध के साथ अलार्म बजने लगा।

कोई चिल्लाया, "आग लग गई है। सब बाहर भागो।"

यह सुन शुभा, मानस के सीने से लग गई, "मुझे डर लग रहा है।"

मानस ने कसकर उसे बाँहों में जकड़ते हुए कहा, "डरने की जरूरत नहीं। मैं हूँ तुम्हारे साथ। चलो, यहाँ से बाहर निकलते हैं।"

बाहर आने पर उन्होंने देखा कि कोई आग नहीं लगी थी। तभी वेट्रेस आई और बोली, "क्षमा करें। आग नहीं लगी थी। धुआँ जान-बूझकर किया गया था। यह तो हमारी चौथी डिश थी आपके लिए। हालाँकि इसे खाया नहीं जा सकता, लेकिन परोसा तो जा सकता है। इसका नाम है 'दिल को जो पसंद है'।"

वेट्रेस के पीछे-पीछे वे वापस कमरे में आ गए। मानस ने कसकर शुभा का हाथ पकड़ा हुआ था।

वह बोला, "असल में हम दोनों एक-दूसरे पर निर्भर हैं। हमें साथ रहना चाहिए। हम कल ही दुबारा शादी करेंगे। दिल में तो तुम ही बसती हो मेरे। आग लगने के खयाल से मैं यह सोचकर काँप गया था कि कहीं तुम्हें कुछ हो न जाए। क्या तुम फिर से मुझसे शादी करोगी?"

"हाँ, सौ बार हाँ।" शुभा उसके सीने से लग गई थी।

"बिल," मानस ने वेट्रेस से कहा।

"सर, हम ग्राहकों से पैसे नहीं लेते हैं। हमारा बिल यह मेन्यू कार्ड है, इसे आप हमेशा सँभालकर रखें। इसके पीछे लिखा है कि हमारे बिल का भुगतान कैसे करना है?"

बिल पर लिखा था—"यह आपकी पत्नी हैं, जो हमेशा आपका खयाल रखती हैं और ये आपके पति हैं, जो मेहनत करते हैं और चाहते हैं कि आप खुश रहें। आप दोनों ही एक-दूसरे के लिए कुछ करना चाहते हैं अपने-अपने तरीके से, लेकिन कभी अहं तो कभी गलतफहमियाँ बीच में आ जाती हैं। अगर आप एक-दूसरे का साथ निभाते हुए प्यार भरी जिंदगी गुजारते हैं तो इसका मतलब है कि आपने हमारा बिल चुकता कर दिया है, वरना आप खुद तय कर सकते हैं कि हमारा भुगतान कैसे करना होगा! आपके स्वीट होम के लिए हमारी शुभकामनाएँ!"

दोनों एक-दूसरे का हाथ थामे बाहर निकल आए। मैनेजर ने खुशी से वेट्रेस से कहा, " मैं आज एक और घर को आबाद करने में कामयाब रहा। काश! डाइवोर्स लेने से पहले युगल हमारे रेस्तराँ में आएँ!"

□

7

इश्क बरसे

"पहले पढ़ाई की वजह से व्यस्त रहती थी और अब नौकरी के कारण। अपने लिए समय कब निकालेगी? प्यार के रंगों से अपने को भिगोने का इरादा है या यूँ ही बिना रोमांस के सूखी-पतझड़ सी जिंदगी गुजारने का इरादा है? अरे, मैंने भी टॉप किया था और एक अच्छी कंपनी में काम कर रही हूँ, पर प्यार को हमेशा अपने से जोड़े रखा। मैं तो बिना इश्किया हुए एक दिन न गुजारूँ। शादी मत कर यार, पर इश्क में तो डूब ले।" पलक ने खास अंदाज में अपने पूरे शरीर को लहराते हुए कहा। उसकी जुल्फें लापरवाही से झूल रही थीं और उसके पास खड़ा दीपेन उसकी हर अदा पर और दीवाना हुआ जा रहा था।

"कुछ भी बोलती है। मैंने कब कहा कि मैं पतझड़-सी जिंदगी गुजारने का इरादा रखती हूँ? जब कोई दिल के दरवाजे पर दस्तक देगा तो मैं झट से उसे अंदर आने दूँगी।" रागिनी ने भी चुलबुले स्वर में उसे जवाब दिया। अगर ऐसा न कहती तो उसे पता था कि पलक उसका पीछा छोड़नेवाली नहीं है।

"कहते हैं प्यार को आप नहीं ढूँढ़ते, वह आपको ढूँढ़ता हुआ अचानक कहीं से भी, कभी भी आ जाता है।" रागिनी जाते-जाते बोली।

दीपेन का हाथ पकड़ते हुए पलक बोली, "इसका कुछ नहीं हो सकता। स्कूल टाइम में किसी को अपना दिल दे बैठी थी। इंफेच्यूशन था बस, लेकिन उसके बाद इश्क से तौबा कर ली इसने। सिली गर्ल।"

रास्ते भर कार चलाते हुए रागिनी के दिमाग में पलक की बातें ही हावी रहीं। जो मन आता है, बोल देती है। वह क्या नहीं चाहती पास से रंगीन तितलियों को महसूस करना, नदी किनारे किसी का हाथ थाम बैठ पानी में पड़ती अपनी हिलती-डुलती परछाईं के बारे में कोई कविता सुनना, किसी का कहना वह सबसे सुंदर है, उसकी आँखें नशीली हैं और उससे वह बेपनाह मुहब्बत करता है। उसे देखते ही उसके चेहरे को हाथों में भर प्यार करने को दिल करता है, उसके होंठों पर कोई होंठ रखे, यह चाह उसे बेचैन कर गई। कोई हो, जो उसे बाँहों में भर ले और उसकी छुअन उसकी नस-नस में जुंबिश पैदा कर दे।

उफ! क्या सोचने लगी है वह। उसने अपने विचारों को झटका। सच कहती है पलक, भाग-दौड़ में वह उस खूबसूरत अहसास से खुद को दूर कर रही है, जिसके लिए लैला-मजनूँ, शीरी-फरहाद और रोमियो-जूलियट का नाम लिया जाता है। पलक को न जाने क्यों लगता है कि वह अभी भी पुरानी यादों में जी रही है। वह उस पहले प्यार में अब बेशक जी नहीं रही, पर थोड़ी टीस जरूर बाकी है, लेकिन किसी के आलिंगन में बँध जाने की आतुरता उसमें भी है। वह भी फाल्गुन की रंगीन बौछारों में इश्क में भीगना चाहती है, पर प्यार क्या ऐसे ही हो जाता है?

"रागिनी, इनसे मिलो। हमारे नए फोटोग्राफर जयंत पटेल।"

दो पल के लिए सकपका गई रागिनी नाम सुनकर। फिर गौर से उसे देखने लगी। मार्केटिंग मैनेजर के केबिन में मुसकराता खड़ा था वह छह फुटा इनसान। गोरा रंग, हलकी मूँछें, एकदम काली आँखें और होंठ के पास एक तिल मानो नजर का टीका हो। बाल लंबे थे, पीछे से रबड़ बैंड लगा रखा था। कलाई में बहुत चौड़े डायल की घड़ी थी और उसके साथ ही एक टैटू बना हुआ था, शायद कोई एब्स्ट्रैक्ट ड्राइंग थी। नहीं, यह वह चेहरा नहीं। वर्षों के अंतराल में कोई चाहे कितना ही क्यों न बदल जाए, परिचय की पहचान झट से नजर आ जाती है। जब उसने 'हैलो' कहा तो भी उसके चेहरे पर मुसकान बनी रही। रागिनी ने सोचा, लगता है, मुसकान को फेवीकोल से चिपकाए साथ लिये चलता है।

“हमारे नए क्लाइंट की ड्रेसेस के लिए यही शूट करेंगे। तुम इन्हें सारी बातें ब्रीफ कर दो। बार-बार शॉट्स न लेने पड़ें। वैसे भी यह फैशन डिजाइनर हमारे लिए बहुत इंपोर्टेंट है, इसलिए इसके कैटेलॉग के लिए खींची जानेवाली फोटो एकदम यूनीक होनी चाहिए। मॉडल भी हमने बहुत बेहतरीन चुनी है, इस काम के लिए।”

“यस सर,” कहकर वह केबिन से बाहर निकल आई। पीछे-पीछे वह भी, अपना कैमरा थामे हुए।

फैशन शूट की वजह से रोज ही रागिनी की उससे मुलाकात होती थी। वह उससे ऐसे बात करता मानो बरसों की जान-पहचान हो। माना मस्त-मौला है और फैशन फोटोग्राफर होने की वजह से सदा ही लड़कियों के संपर्क में रहता है, पर इसका मतलब यह तो नहीं कि उससे फ्लर्ट करने लगे। शायद वह ही कुछ ज्यादा सोचती है, रागिनी अपने को समझाती और काम में लग जाती। कभी ड्रेसेस चुनते हुए, कभी ज्वैलरी का चयन करते हुए उसका हाथ छू जाता तो रागिनी को जैसे करंट लगता। उसके पूरे जिस्म में एक मीठी-सी झुरझुरी दौड़ जाती। वह उसे देखती तो लगता, जैसे उसकी आँखों में कोई सागर लहरा रहा है, जिसमें टाइटेनिक पर खड़ी जोड़ी एक-दूसरे में समाने को तत्पर है।

वह उसके करीब जा रही है या वह उससे नजदीकी बढ़ाना चाहता है, वह समझ नहीं पा रही थी।

“जरा यह ड्रैस पहनकर दिखाओ, रागिनी।”

“मिस्टर जयंत, ड्रैस मैंने नहीं मॉडल ने पहननी है और उसी का शूट आपको करना है।” वह तीखे स्वर में कहती।

“मुझे जयंत कह सकती हो। औपचारिक होने की जरूरत है क्या? उम्र में तुमसे दो-चार साल ही बड़ा हूँगा। हमारे काम में एक सहजता का होना जरूरी है, ताकि एक्सप्रेशंस निखर कर आएँ।” वह मुसकराने लगता और उसकी आँखों में ऐसे झाँकता, मानो उनमें डूबकर दिल में ही उतर जाएगा। “मैं जानता हूँ कि मॉडल ने ड्रैस पहननी है, पर तुम पहन लोगी तो आइडिया

हो जाएगा कि इसे ज्वैलरी और बाकी एक्सेसरीज के साथ कैसे कंप्लीट करना है? मॉडल हमें उतना समय नहीं देती और न ही उनमें प्रोफेशनल ढंग से काम करने का धैर्य होता है।"

"नॉट पॉसिबल, जयंत जी।" उसने कहा लेकिन इस बार स्वर में पहले जैसी तीक्ष्णता नहीं थी।

वह कहाँ माननेवाला था? वैसे भी उसके काम करने का तरीका एकदम अलग था और वह फोटो शूट को लेकर कोई रिस्क लेना नहीं चाहती थी। कभी वैसे ही उस पर ड्रैस लगाकर देखता तो कभी ज्वैलरी पहनाते हुए उसका हाथ उसे स्पर्श करता तो रागिनी के गाल सुर्ख हो जाते। होंठ खुश्क हो जाते और वह अपलक उसे देखती रह जाती। वे दोनों कभी इतने करीब होते कि उसकी साँसों की गरमाहट उसे पिघलाने लगती।

"एक्सक्यूज मी," कहकर वह दूर छिटक जाती। वह उसे अच्छा लगने लगा था, उसके दिल के दरवाजे पर हौले-हौले बहती हवा की तरह दस्तक भी दे रहा था। पिघलने लगी थी वह···फिर भी नजदीक जाने से स्वयं को रोक रही थी। काम में महारत हासिल थी उसे। धैर्य भी गजब का था और मेहनती होने का गुण भी था। जिंदगी को व्यावहारिक ढंग से जीता था। उनकी सोच भी एक जैसी थी···इश्क बरसने को आकुल था उस पर और वह फुहारों को अपने ऊपर पड़ने से रोकने के लिए हाथों की छतरी बना भीगने से बच रही थी।

"तुम्हारी मुझसे पिछले जन्म की कोई दुश्मनी तो नहीं?" एक दिन उसने पूछा।

"क्यों?" वह सकपका गई थी। वह बहुत करीब खड़ा था। उसके चेहरे पर झुकने की जैसे गुस्ताखी करने की चाह में। उसकी खुशबू रागिनी के जिस्म पर लिपट गई थी। रागिनी का मन हुआ, चुपके से अपने दिल के दरवाजे को खोल दे।

"इस तरह मुझसे दूरी बनाकर रखती हो मानो मैं कोई दुश्मन हूँ," जोर से खिलखिलाया था वह।

"तुमसे तो नहीं, तुम्हारे नाम से जरूर दुश्मनी है," न जाने कैसे उसके मुँह से निकल गया था। औपचारिकता को किनारे पर पटक सहजता का झरना फूट पड़ा था।

बहुत जोर से हँसा वह। "ओह! तो सारी दिक्कत मेरे नाम की है। पहले कहा होता तो कब का बदल देता।"

रागिनी के चेहरे को हाथों में भर लिया था उसने। "माना कि पहला प्यार या इंफेच्यूशन भुलाई नहीं जा सकती, पर इस जयंत को ट्राई कर सकती हो। यह बंदा हमेशा इश्क बनकर बरसता रहेगा तुम्हारे जीवन में।"

वह होली के दिन मदमस्त होकर थिरक रही थी। पलक उसे देख हैरान थी, लेकिन वह उसके मन के भीतर से उजास की तरह चमकती खुशी को उसके चेहरे पर गुनगुनाते देख समझ गई थी की इश्क में भीग चुकी है वह। गाना बज रहा था 'रंग बरसे भीगे चुनरवाली, रंग बरसे।'

तभी हाथों में गुलाल लिये रागिनी की तरफ बढ़ते जयंत को देख अचानक वह बोल उठी, "इश्क बरसे भीगे चुनरवाली, इश्क बरसे।"

□

8

एक लव स्टोरी

बेंच पर बैठे थे दोनों।

वही बेंच उनका मीटिंग प्वाइंट था।

रेस्तराँ या मॉल में मिलना या सड़कों पर घूमते हुए बतियाना दोनों को ही पसंद नहीं था।

और बेंच भी ऐसा जो पार्क के एक घने पेड़ के नीचे किसी राजा के सिंहासन की तरह सजा हुआ था। कुछ दिन पहले ही उसे वहाँ लगाया गया था। उसके नए पेंट की खुशबू अभी भी महकती थी। बस, तब से दोनों का ठिकाना वही बन गया था। उनकी खुशकिस्मती थी कि जब भी आते, वह उन्हें खाली ही मिलता।

पेड़ के नीचे बैठना उसे इसलिए पसंद है, क्योंकि जब बात करने का मन न हो और वह नाटक के बारे में कुछ सोचना चाहती हो या फिर मन-ही-मन संवादों को याद करना चाहती हो तो वह पेड़ से गिरते पत्ते को उठाकर उसे हाथों में इस तरह उलटती-पलटती है, मानो उसकी चीड़-फाड़ कर रही हो। बेशक वनस्पति विज्ञानी नहीं है, पर साइंस स्टूडेंट तो रह चुकी है। चीड़-फाड़ करने की आदत स्वभाव में शामिल हो चुकी है। हालाँकि बातों को कहने का अंदाज उसका कुछ निराला ही है, ठीक उसके नाम की तरह। जी, उसका नाम निराली है।

लंबे समय से पहचान होने और लगातार होनेवाली मुलाकातों से अभय

इतना तो निराली को जान ही गया था कि जब वह किसी दुविधा में होती है या उसके दिमाग में कोई उथल-पुथल चल रही होती है तो यूँ ही पत्तों के साथ खेलती रहती है।

"मन के समुद्र में क्या लहरें उठा-पटक कर रही हैं, निराली?" उसने पूछा। 'निराली' नाम उसे इतना पसंद है कि कई बार प्रयोग करता है, शायद प्यार की दीवानगी का असर हो!

वैसे उसका अंदाज भी कुछ कम नहीं है। गंभीर से गंभीर बात हो तो भी शब्दों को चटखारे ले-लेकर कहता है मानो गोलगप्पे का स्वाद ले रहा हो। तब सुननेवाले के होंठों पर मुसकान आए बिना नहीं रहती है।

निराली ने उसकी हथेली पर पत्ता रखते हुए कहा, "खुद ही जान लो इसे देखकर।"

"हो हो हो, हा हा हा," जोर से हँसा अभय।

"पत्ते की हालत देखकर तो लग रहा है, आज फिर पाँच पन्ने का लंबा भाषण सुनने को मिला है। बस, यह बता दो कि माँ ने दिया है कि बॉस ने या फिर घर पर सबने तुम्हें चेताया है कि मुझसे न मिला करो। बट आई बिलीव, तुम शादी तो मुझसे ही करोगी। आई नो यू लव मी लाइक ए मैड। देखो, मेरा साथ न छोड़ना।"

इस बार निराली ने उसे घूरकर देखा, "शटअप अभय। हर समय शादी-शादी करते रहते हो। कहो तो इसी बेंच के चारों ओर फेरे लगा लेते हैं। वैसे आज किसी से भी भाषण सुनने को नहीं मिला न माँ से, न बॉस से। इस बार नए कैरेक्टर का आगमन हुआ है मेरी लाइफ में। इसी से खलबली मची हुई है।"

निराली ने एक और पत्ते की चीड़-फाड़ करनी शुरू कर दी थी।

बात करने के अंदाज में दोनों एक जैसे ही हैं। गोया कि इन्हें सीधे-सीधे ढंग से बात कहना आता ही नहीं है, और यह भी नहीं कि बात एकदम से कह दी जाए। शायद नाटक करते-करते असल जिंदगी में भी थोड़ी नाटकीयता घुल गई है, लेकिन दिखावा करना दोनों का नहीं आता। इसलिए और युगलों

की तरह हाथ में हाथ डाल हमेशा 'आई लव यू' नहीं कहते हैं। उनकी लव स्टोरी भी उनकी ही तरह कुछ अनोखी है। विश्वास और चाहत का घुला-मिला रूप है उनका प्यार।

"ओह नो, नया कैरेक्टर अब कौन आ गया? कोई योग्य बैचलर? तुम्हारे मम्मी-पापा अब किसे ढूँढ़ लाए?" अभय बेंच पर से यकायक उठते हुए बोला, जैसे किसी ने उसे जोर से च्यूँटी काट दी हो।

"अब इतना भी हाईपर मत हो। बैठ जाओ।" निराली ने उसका हाथ पकड़ कर बैठा दिया।

बेंच भी मुसकरा उठा।

रोज-रोज ही तो सुनता है उनकी खट्टी-मीठी बातें। जिस दिन वे दोनों नहीं आते, कितना मिस करता है और पत्ते उस पर जमा होते रहते हैं।

"सस्पेंस ब्रेक करोगी या मैं जाऊँ? बोरियत हो रही है। कह भी डालो।"

"मेरी भाभी का चचेरा भाई कल घर आया था। यहीं दिल्ली में रहता है। मेरी उससे कुछ खास पहचान नहीं है। होगी भी कैसे? मेरा क्या लेना-देना उससे, लेकिन उसे पता है कि मैं थिएटर करती हूँ।" निराली ने पत्ता फिर से हाथ में ले उसकी चीर-फाड़ करनी शुरू कर दी थी।

"तो वही है नया कैरेक्टर जिसका आगमन तुम्हारी लाइफ में हुआ है? तो इस बात से परेशान क्यों हो?" अभय उकता गया था, लेकिन फिर भी हिचकते हुए पूछ ही लिया उसने।

न जाने निराली कैसे रिएक्ट करे?

"हाँ, अब सही समझे।"

चैन की साँस आई अभय को।

"दरअसल, तुम में बिल्कुल पेशंस नहीं है। तुरंत सबकुछ जानना होता है।" निराली ने फटकारा।

'और पेशंस रखना किसे कहते हैं?' उसने मन-ही-मन सोचा और पत्ते को उलटने-पलटने लगा, शायद पत्ता समझ पा रहा हो कि आखिर निराली क्या बताना चाह रही है? उसका तो दिमाग काम नहीं कर रहा था।

"ओके, मैं समझ गया अब। तुम्हारे पेरेंट्स उससे तुम्हारी शादी करना चाहते हैं। तुमने तो अवश्य ही मना कर दिया होगा। कहीं हमारी लव स्टोरी का दी एंड तो नहीं करने का मूड है तुम्हारा?" अभय इस बार सचमुच गंभीर हो गया था। निराली को खोने का डर उसे अकसर सहमा जाता है। बेशक वे दोनों आम प्रेमी युगलों की तरह एक-दूसरे के लिए मर-मिटने की बातें नहीं करते, बेशक उनका प्यार थोड़ा अलग हटकर है, पर प्यार तो है…

"तुम चुप ही रहो तो बेहतर है। एकदम फालतू बातें कर रहे हो। वह चाहता है कि मैं उसे अपने थिएटर ग्रुप में शामिल कर लूँ।" निराली ने ऐसे बताया जैसे किसी बहुत बड़े राज का खुलासा कर रही है।

"सोच रही हूँ, क्या करूँ? बस, इसी उधेड़बुन में हूँ। थोड़ा चिपकू किस्म का लगा मुझे। कोई भरोसा नहीं कि माँ-पापा ने उसे मेरे लिए पसंद किया हो और इस बहाने मुझसे मिलवाना चाहते हों, लेकिन मैं क्या कम स्मार्ट हूँ…कम-से-कम तुमसे ज्यादा तो हूँ।" निराली मुसकराई। उसके गालों पर पड़नेवाले डिंपल को झट से अभय ने चूम लिया।

"बुला लो उसे, देख लेंगे उसकी नौटंकी भी। पता चल जाएगा जनाब कितने महान कलाकार हैं?" अभय हंसा।

"बुलाया है। सोच रही हूँ, अपने नए नाटक में जोकर का पार्ट उस दे दूँ। वैसे भी वह किसी जोकर से कम नहीं लगता। अब चलोगे भी रिहर्सल के लिए कि नहीं? देर नहीं हो रही है क्या?" वह उसे घूरते हुए बोली।

निराली आगे चल दी। उसके पीछे अभय, लेकिन मन-ही-मन सोच रहा था, 'सच में स्मार्ट हो निराली, शादी मुझसे करोगी और जोकर उसे बनाकर रखोगी। चलो, कोई नहीं मनोरंजन के लिए जोकर की जरूरत भी होती है।'

पीछे से बेंच भी मुसकरा रहा था। आखिर उनकी लव स्टोरी का वह भी तो दीवाना था।

□

9

छतरीवाली लड़की

"हे, मिस अंब्रेला! छतरी पकड़े हुए कोई गाना तो सुनाओ, वह भी पूरे एक्शन के साथ," कॉरीडोर से धीमी, सधी हुई चाल में चलते हुए क्लास की ओर बढ़ती एक लड़की से दीपेश ने कहा। उसने पीले रंग का टॉप और सफेद रंग की फ्लोरल डिजाइनवाली स्कर्ट पहनी हुई थी। छोटे कटे बाल थे और कुछ लटें माथे से इठलाते हुए दाएँ-बाएँ झूल रही थीं।

"मेरी क्लास है," वह बोली। उसकी आवाज में कंपन था।

"कोई बात नहीं। ये कॉलेज है, कोई स्कूल नहीं कि क्लास बंक करने पर घर चिट्ठी पहुँच जाएगी।" यह कहने के साथ ही दीपेश ने जोरदार ठहाका लगाया तो उसके साथ खड़ी उसकी बाकी मंडली भी हँसने लगी।

"ओह हो दीपेश, कितनी नाजुक है यह और तुम इसे तंग कर रहे हो। फ्रेशर है बेचारी, धीरे-धीरे ही तो सीखेगी न कॉलेज के रूल्स," इरा ने बनावटी गुस्सा दिखाते हुए कहा।

"हम कौन सा इसे रूल्स सिखा रहे हैं, हम सीनियर हैं और अपने जूनियर का खास अंदाज में स्वागत कर रहे हैं।'' तरुण बोला।

"तो मिस अंब्रेला, तुम्हारा नाम क्या है और हमेशा अपने साथ छतरी लेकर क्यों चलती हो? मोहिनी ठीक उसके सामने जाकर खड़ी हो गई थी।"

"शैली," उसने सपाट शब्द में जवाब दिया। "मुझे नहीं आता गाना।" वह बोली। ऐसा लग रहा था मानो वह अभी रो देगी।

"एक छतरी को देखा तो ऐसा लगा। यह गाना सुनाओ और छतरी खोलकर थिरको," दीपेश बोला। उसकी आँखों में शरारत थी।

"एक लड़की को देखा···न कि छतरी को···" मोहिनी बोली।

"मुझे पता है, लेकिन पिछले दो दिनों से देख रहा हूँ कि यह हमेशा छतरी साथ लिये चलती है।"

"प्लीज, मुझे जाने दें।" शैली ने दीपेश को देखते हुए कहा।

दीपेश ने उसकी ओर देखा। न जाने उसकी आँखों में क्या था, न जाने उसके मासूम चेहरे पर उसने क्या पढ़ा, न जाने उसे अपनी झूलती लटों को पीछे करते देख, दीपेश ने क्या महसूस किया, वह एकदम बोला, "जाओ।"

शैली मुड़ी और इस बार तेज-तेज कदम रखते हुए अपनी क्लास की ओर बढ़ गई। हाँ अंदर जाने से पहले उसने पीछे मुड़कर देखा जरूर दीपेश की ओर। पलकें झपकाईं, जैसे उसे थैंक्यू बोल रही हो।

''लगता है छतरीवाली तेरा दिल ले गई। वरना तू ऐसे किसी को जाने दे···मुझे तो कभी इतना भाव नहीं दिया। दो साल से तेरे साथ हूँ,'' मोहिनी ने कटाक्ष किया।

स्कूल से लेकर अब तक न जाने कितनी लड़कियों ने उससे दोस्ती करनी चाही थी, वह मजाक तो सबसे कर लेता था, पर एक दूरी बनाकर। यों ही किसी लड़की को डेट पर ले जाना या उससे बड़े-बड़े वादे कर उसकी मासूमियत का फायदा उठाना उसे पसंद नहीं था। प्यार जैसी चीज से वह कोसों दूर रहता था।

आज वह कुछ अलग महसूस कर रहा था। शैली ने उसके दिमाग में खटखट की थी, या शायद दिल में···कुछ समझ नहीं पा रहा था वह। उसकी मासूमियत दीपेश को एक सीप की तरह लगी थी, जिसके अंदर स्फटिक से मोती भरे हों। निश्चल सौंदर्य और न जाने कितना कुछ कह जाती है उसकी आँखें। कुछ तो था उसमें जो उसे उसकी ओर खींच रहा था।

कॉलेज से बाहर निकला तो हलकी-हलकी बौछारें पड़ रही थीं। तभी वह उसे दिखाई दी, छतरी खोलते हुए। छतरी पर इंद्रधनुष के सारे रंग थे और

पीपली एप्लीक वर्क उस पर किया हुआ था। दीपेश ने तो हमेशा ज्यादातर काली रंग की छतरियाँ ही देखी थीं, पर इस पर तो जैसे पूरा इंद्रधनुष ही छितराया हुआ था। सचमुच कुछ अलग है यह, उसने सोचा। वह उसकी ओर बढ़ने ही वाला था कि तभी गेट के बाहर एक बड़ी सी कार आकर रुकी। वह झटपट उस ओर बढ़ गई। कार की पिछली सीट पर बैठा एक आदमी उतरा और तेज स्वर में उससे कुछ कहा।

उस आदमी के चेहरे के भावों को देखकर साफ लग रहा था कि वह उसे डाँट रहा था। वह सहमी सी छतरी बंद करते हुए कार में बैठ गई। कार शायद ड्राइवर चला रहा था।

दीपेश का ध्यान उस पर अब कुछ ज्यादा ही रहने लगा था मानो उसके तिलिस्म को समझना चाहता हो, या शायद उसका हमेशा छतरी लेकर आना उसमें कौतूहल पैदा कर रहा था। उसे रोज सुबह कार छोड़ने आती और ले जाने भी। जिस दिन बारिश होती, उस दिन उसके हाथ में वही इंद्रधनुष के रंगों वाली छतरी होती या फिर चटक रंगोंवाली जिन पर फूल बने होते। जब भी कोई उसकी बात करता तो उसे छतरीवाली लड़की कहता, लेकिन दीपेश को तो वह 'छतरी में चलती मासूम नजाकत' लगती थी।

उस दिन वह कॉलेज के अहाते में खड़ी कार आने का इंतजार कर रही थी। दोनों की नजरें मिलीं। उसे देख शैली के होंठों पर हलकी सी मुस्कान थिरकी मानो गुलाब की पँखुड़ियों पर किसी ने ओस की बूँद लाकर रख दी हो।

उस समय न तो बारिश थी न ही तेज धूप, फिर भी जैसे ही उसने कार को गेट पर देखा, झट से अपनी छतरी खोल ली। उसका छतरी से रिश्ता दीपेश को हैरान कर रहा था।

अगले दिन उसे कुछ नोट्स बनाने थे, इसलिए लाइब्रेरी चला गया। वह बैठी हुई थी। दीपेश का दिल धड़का। किताबें उसके सामने फैली हुई थीं और वह कुछ लिखने में तल्लीन थी।

"हैलो शैली! कैसी हो?" दीपेश उसके पास जाकर बैठ गया।

वह हड़बड़ा गई। "मैं ठीक हूँ।"

"तुम हमेशा छतरी क्यों लिए रहती हो?" उसने पूछ ही लिया।

"असल में हम मुंबई में रहते थे और वहाँ कभी भी बारिश हो जाती है। बस इसीलिए आदत समझ लो।"

दीपेश ने महसूस किया कि उसकी आँखें तो कुछ और ही कह रही हैं, बात सिर्फ यही नहीं है।

"तुम रोज कार से आती-जाती हो? कहीं दूर रहती हो क्या?"

"नहीं, दूर तो नहीं। पर अंकल को पसंद नहीं कि मैं अकेले कहीं जाऊँ, इसलिए वह रोज लेने और छोड़ने आते हैं। चलती हूँ।"

"कैंटीन में मेरे साथ चाय पीना पसंद करोगी?" दीपेश ने धड़कते दिल से पूछा।

"देर हो जाएगी। अंकल आनेवाले होंगे।"

"मैं तुम्हें घर छोड़ दूँगा। तुम अंकल को फोन करके आने से मना कर दो।"

"नहीं," वह हड़बड़ा गई। "वह नाराज हो जाएँगे।" बिना एक भी पल रुके वह वहाँ से निकल गई।

"लगता है हमारा दीपेश मजनूँ बन गया है," इरा न जाने कब लाइब्रेरी में आ गई थी।

दीपेश ने ऐसे दिखाया मानो वह नोट्स बनाने में व्यस्त है।

शैली से उसका सामना हो ही जाता था और धीरे-धीरे उनकी बातें भी लंबे-लंबे संवादों में बदलने लगीं। वह उसे देख मुसकराती। एक सहजता उनके बीच आने लगी थी। दीपेश को महसूस होने लगा था कि उसके अंदर बहुत कुछ ऐसा है, जिसे वह किसी से शेयर करना चाहती है। एक दिन उसके अंदर जमा लावा बह ही निकला।

"मेरी मम्मी थियेटर करती थीं। एक दिन जब वह शॉपिंग करके मॉल से बाहर निकलीं तो किसी ने उनके चेहरे पर तेजाब फेंक दिया। मैं तब स्कूल में

पढ़ती थी। बस तभी से मुझ पर भी प्रतिबंध लग गए। वह आदमी मेरे अंकल नहीं हैं। पापा का किसी ने मर्डर कर दिया था। कभी मेरी मम्मी के असिस्टेंट हुआ करते थे, फिर धीरे-धीरे उन्होंने हमारा पैसा, घर सब अपने कब्जे में कर लिया···हम अब इन पर आश्रित हैं। वह चाहते हैं कि मैं फिल्मों में काम करूँ, इसलिए कहीं अकेले नहीं जाने देते। इनसे छुपने के लिए मैंने छतरी का इस्तेमाल करना शुरू किया। उन्हें लगता है इस तरह मैं अपने चेहरे को बचा रही हूँ। वह नहीं जानते कि इस तरह मैं अपने को उनसे बचा रही हूँ। वह जब भी साथ चल रहे होते हैं, मैं छतरी खोल लेती हूँ। कार में भी अपने और उनके बीच छतरी खड़ी कर देती हूँ। ताकि वह मेरे चेहरे को छू न सकें···वह मेरे साथ···" वह फफक उठी थी। "यह छतरी मेरे लिए एक सुरक्षा कवच की तरह है।"

दीपेश ने कसकर उसके हाथ थाम लिए। "तुम्हें अपने डर पर काबू पाना होगा, शैली। मैं तुम्हारा साथ दूँगा। तुम मुझ पर भरोसा कर सकती हो, लेकिन अपने लिए लड़ाई तुम्हें खुद ही लड़नी होगी।"

शैली ने उसकी ओर देखा। उसे लगा विश्वास किया जा सकता है दीपेश पर। तभी एक तेज हवा का झोंका आया और छतरी उड़कर दूर जा गिरी। दीपेश ने छतरी उठाई और उसके साथ ही छतरी के नीचे खड़ा हो गया। क्लास बंक कर आज वह चली आई थी उसके साथ कुछ कदम साथ चलने के लिए। अच्छा लगा था उसे इस तरह बिना रोक-टोक के चलना। दीपेश की बातों पर मुसकराना और उसका संबल पाकर जीवन को डरे बिना जीना।

"चलो आज मैं तुम्हें खुले आकाश के नीचे ले जाता हूँ। मेरे घर की छत बहुत खुली है। दुनिया को जानने के लिए सोच का विस्तार करना पड़ता है खुले आकाश की तरह। हम समय पर वापस कॉलेज लौट आएँगे।"

"पर, तुम्हारे घरवाले?" खुले आकाश के नीचे बैठने का खयाल उसे सहला रहा था, पर डर और संशय के बादल उस पर अभी भी मँडरा रहे थे।

"कोई कुछ नहीं कहेगा। वैसे आज घर पर कोई नहीं होगा। पर फिर भी तुम सुरक्षित हो मेरे साथ।"

छत पर जाकर छतरी को दीपेश ने एक डंडे पर अटकाया और उसके नीचे चटाई बिछा दी। उसके नीचे दोनों बैठ गए। शैली को सबकुछ किसी सपने की तरह लग रहा था। और दीपेश को यकीन हो गया था कि प्यार कितना प्यारा एहसास है।

□

10

किश्ती और नदी

समुद्र किनारे बैठी वह रेत पर उँगलियाँ घुमाते हुए आकृतियाँ बना रही थी। अनगढ़, अबूझ आकृतियाँ…आकार विहीन…शायद जब मन उद्वेलित होता है तो ऐसा ही होता है। सब गड्ड-मड्ड हो जाता है। आखिर मन की स्थिरता ही तो आकार देती है, फिर चाहे जीवन में हो या रेत पर। क्यों नहीं दे पा रही है वह आकार? इतनी दुविधा कि सोच पर जैसे जाले लटक आए हों। चेहरा तो उसकी आँखों में ही नहीं, दिल में भी उतरा हुआ है, फिर भी रूप नहीं दे पा रही। अस्पष्ट है सब कुछ…नहीं धुँधला नहीं, बस उसी के अंदर एक झिझक है शायद…

वर्षों का अंतराल मन में बीहड़ बना देता है। हर कदम सँभाल कर रखना होता है कि कहीं कोई काँटा न चुभ जाए, कहीं कोई नुकीली शाखा लहूलुहान न कर दे। एक लहर आई और सारी आकृतियों को मिटा गई। चलो, अच्छा ही हुआ। भीतर सुकून की एक बयार चलने लगी। फिर से बनाएगी तो हो सकता है, चेहरा सही बन जाए। मुसकराती आँखें, होंठों पर खिली हँसी, दाएँ गाल पर प्यारा-सा तिल और एक कान में पड़ा स्टड।

"क्या पहन लिया है?" वह पूछती तो उसकी झूलती लटों को पीछे करते हुए कहता, "यार, स्टाइल भी तो कोई चीज होती है। तुम्हारी तरह लंबे-लंबे झुमके तो नहीं लटका सकता।" उस समय उसकी आँखों में लहराते प्यार के समुद्र को देख वह नदी बन उसमें समा जाना चाहती।

बिंदास, मनमौजी और बेबाक···कोई असहजता नहीं। फिर क्यों आज उसके अस्तित्व को वह कोई रूप, कोई नाम नहीं दे पा रही है? मोबाइल बजा। अनजान नंबर था। नहीं, इस बार नहीं उठाएगी। पिछली बार उठाया था तो वह जिंदगी में आता चला गया था। 'रांग नंबर' कहकर तब उसने फोन जैसे ही रखा था, पलटकर फिर फोन आ गया था। "आपकी आवाज बहुत सुरीली है, क्या मैं आपको कभी-कभी फोन कर सकता हूँ?" अजीब लगा था उसे। यह सोचकर 'हाँ' कह दिया था कि कौन फोन करता है।

लेकिन उसने किया, बार-बार किया। बातें हुईं, अहसास बाँटे जाने लगे और कब वह उसके मन के अंदर आकर बैठ गया, उसे पता ही नहीं चला। प्यार ऐसे ही होता होगा! अनजान, अजनबी दो दिल एक साथ धड़कने लगे थे। इठलाती, इतराती वह उसके चुंबकीय आकर्षण में बँधी यह भूल गई थी कि प्यार बेशक कर ले, पर प्यार की डोर को वह ऊँचे आसमान तक नहीं ले जा पाएगी। अपनी जिम्मेवारियों का बोझ वह कुणाल पर नहीं डाल सकती। समेट लिया था उसने अपने आपको।

तीन साल हो गए हैं। प्यार कोई चीज तो है नहीं कि उसे यहाँ-वहाँ सरका दो या उठाकर फेंक दो। वह तो उम्र भर की जुंबिश होता है, सात सुरों की लयबद्ध संगति होता है।

एक-दो बार फिर फोन बजा, वही अननोन नंबर। उसके बाद मैसेज, 'मुंबई में हो, मन नहीं हुआ कि एक बार मिल ही लो। अकेले समुद्र किनारे बैठे हुए कब तक उस पार जाने के लिए किसी किश्ती का इंतजार करोगी? खुद नदी बन समा क्यों नहीं जाती मेरे प्यार के समुद्र में? ऐसा करते हैं, मैं ही किश्ती बन जाता हूँ।'

नंबर बदल लिया है उसने क्या? पीछे मुड़कर देखा। आँखों में लहराते प्यार के समुद्र को लिये खड़ा था कुणाल।

"तुम?" काश! वह नदी बन पाती!

"पिछले तीन सालों से हर पल की खबर रख रहा है यह तुम्हारा अननोन नंबर। बहुत हुआ अब थोड़ा मौका दो अपनी जिम्मेवारियाँ बाँटने का। क्यों

सुखाना चाहती हो अपने भीतर कल-कल करती प्रेम की नदी को? मैं किश्ती बन जाता हूँ। चलो, संग-संग बहें।"

फैली हुई बाँहों में इस बार न समाई तो सचमुच रेगिस्तान बन जाएगी। लहरें उसके पाँवों से टकराने लगीं। मन पर आकृति उभर आई थी, स्पष्ट, साकार।

□

11

गुड फीलिंग

मीटिंग चल रही थी और ऑफिस के चार लोग उसके केबिन में बैठे थे। बहुत ही जरूरी टेंडर पर बात हो रही थी और उसके व्हाट्सअप मैसेज लगातार आ रहे थे। 'हद होती है किसी बात की। माना कि बिंदास लड़की है, पर समझदारी भी तो कोई चीज होती है। जब वह जवाब नहीं दे रही तो समझ जाना चाहिए कि व्यस्त है।' मन-ही-मन चिढ़ रही थी नीरू। वह खीझकर फोन स्विच ऑफ करने ही वाली थी कि वह बज उठा। बातों में व्यवधान पड़ा। उसे दुविधा में देख फाइनेंशियल एडवाइजर सुनील मेहरा बोले, "फोन उठा लीजिए, मैडम। तब तक मैं इन्हें ग्राफ दिखा देता हूँ।"

"क्या है ? क्यों परेशान कर रही है ?" झुँझलाए स्वर में नीरू ने पूछा।

"तू ऑफिस में ही है न ? मैं भी यहीं हूँ क्नॉट प्लेस में। पहुँच रही हूँ तेरे पास पाँच मिनट में।" वह कुछ कहती, उससे पहले ही फोन कट चुका था। जानती है, ऐसी ही है वह। बस, अपने बारे में सोचती है, लेकिन सामनेवाले को कंविंस करने की योग्यता रखती है। तभी तो जानती है कि पी.आर. एजेंसी कैसे चलानी है और क्लाइंट को कैसे पटाना है ? अच्छे, बड़े क्लाइंट हैं उसके।

हाँफते हुए, धड़धड़ाते हुए बिना दस्तक दिए ही वह उसके केबिन में घुस आई। वहाँ बैठे चारों लोग उसे हैरानी से देखने लगे। हैरानी ही क्यों, लार भी टपकने लगी थी उनकी। एक तो रीतिका की देह ऐसी है कि नजरें टिक जाएँ तो हटती नहीं हैं, दूसरे, कपड़े ऐसे पहनती है कि शरीर के अंग उतावले

हो बाहर झाँकने लगते हैं, फिर कोई क्या सोच रहा है, कौन कहाँ नजरें गड़ाए है, उससे कोई फर्क नहीं पड़ता वाला एटीट्यूड है उसका। उसे जो करना है, वह करके ही रहती है। स्टाइल मारने में माहिर है और जलवे बिखेरना अपना हक समझती है।

"मैडम, लगभग सारी बातें तो हो ही गई हैं। आप अपनी मेहमान को अटेंड करें।" कामातुर आँखों से रीतिका को देखता मैनेजर दुआ बोला। उनके बाहर जाते ही नीरू भड़की, "क्या तूफान आ गया था, जो सीधे ऑफिस चली आई? तेरी तरह मेरे काम में क्लाइंट को रिझाने से काम नहीं चलता। तुम पी.आर. एजेंसी वाले न हर जगह को अपने बाप की जागीर समझते हो और तू ठहरी शुरू से ही महत्त्वाकांक्षी। अपना काम पूरा करने के लिए किसी भी हद तक जा सकती है, क्या मुझे मालूम नहीं? अच्छा बोल, क्या काम है?"

"मेरा पति मुझे फॉलो करने लगा है। उसे कहकर आई थी कि एक क्लाइंट से मिलने जा रही हूँ, पर दरअसल आज रौनक के साथ डेट थी। दिवाकर को मैंने देख लिया कि वह फॉलो कर रहा है, इसलिए छिपकर तेरे पास आ गई। वह आए तो कहना, सुबह से तेरे साथ ही हूँ। मुझ पर शक करने लगा है आजकल।"

"यार, तू अपनी हरकतों से बाज आ जा। कब तक तुझे बचाती रहूँगी? तेरी मौज-मस्ती की आदतें शादी के बाद भी नहीं बदली हैं। दिवाकर तो ऐसा नहीं है कि तुझे फॉलो करे। तू अगर सुधरी नहीं तो शक करेगा ही पति, और ये रौनक कौन है?" नीरू ने हैरानी से पूछा।

"तुझे याद नहीं? हमारे कॉलेज में ही तो पढ़ता था। हमसे सीनियर था और फैकल्टी भी अलग थी। वह मेरा मजनूँ था। मुझे भी काफी समय बाद पता चला था। मैं उस कोई भाव नहीं देती थी, लेकिन उसकी दीवानगी आज भी कम नहीं हुई है। एक दिन क्लाइंट के ऑफिस में मुलाकात हो गई थी। बस, तब से हम मिल रहे हैं। उसके साथ घूम लेती हूँ, मूवी चले जाते हैं। बड़ा मजा आता है, जो भी कह…"

तभी दिवाकर को आते देख वह चुप हो गई।

"क्यों दिवाकर, बीवी के बिना एक पल भी नहीं गुजार सकते क्या? अच्छा हुआ तुम आ गए। सुबह से यहाँ बैठी मेरा दिमाग चाट रही है।" रीतिका उसकी बात सुन मुसकराई। बचा लिया था नीरू ने हमेशा की तरह उसे इस बार भी।

"चलो, त्रिवेणी कला संगम में लंच खिलाती हूँ," नीरू ने टाइम देखते हुए कहा।

"इसे थोड़ा समझाओ नीरू तुम।" दिवाकर ने कॉफी पीते हुए कहा।

"बेलगाम घोड़ी सी घूमती रहती है। मैं जानता हूँ तुम्हारी प्रिय सहेली है यह, लेकिन हमेशा इसे डिफेंड करके तुम इसे शह देती हो।"

"चलो ठीक है। अब तुम जाओ। हम दोनों सखियों को अकेला छोड़ दो," नीरू ने बहुत शालीनता से दिवाकर को कहा।

"क्यों? मेरी बुराई करने का इरादा है, जो मुझे भगा रही हो?"

"इस बेवकूफ को थोड़े ज्ञान के मोती बाँटूँगी।" नीरू जोर से हँसी।

"क्यों तू बेकार में मुसीबत में फँसती है?" दिवाकर के जाने के बाद नीरू बोली।

"मेरी जान, तू भी इस मुसीबत में फँसकर देख। तब पता चलेगा कि कितना मजा आता है? पर तू ठहरी वर्जिन आईलैंड, ठेठ कुँआरी। किसी भी तरह का कोई मजा नहीं लिया। वैसे बता दूँ तुझे कि मैं रौनक के साथ सिर्फ वक्त गुजारती हूँ, ताकि मेरे जीवन में रंगीनी बनी रहे। उसके साथ सोती नहीं हूँ। जब बिगड़ी ही नहीं हूँ तो सुधरूँ क्यों?" रीतिका बेशर्मी से जोर हँसी तो उसकी टीशर्ट से उसके उरोज बाहर झाँकने लगे।

"महा बदतमीज है तू।" नीरू ने मुँह बिदकाया।

"बदतमीज नहीं हूँ, जिंदगी का मजा उठाने में विश्वास करती हूँ। दिवाकर क्या दूध का धुला है? उसकी भी तो गर्लफ्रेंड हैं। मैं तो कभी उसे फॉलो नहीं करती। मुझे कोई फर्क नहीं पड़ता इस बात से। करे वह भी एंज्वॉय। उसे मेरी जासूसी करनी है तो करे, लेकिन मैं वही करूँगी, जो मुझे करना है। वाई शुड मैन कैन हैव ऑल द फन? वूमेन ऑल्सो कैन हैव फन, ऑल टाइप ऑफ

फन। मैं क्या दिवाकर से कम हूँ? हसीन हूँ, स्मार्ट हूँ, मेरी बातें लोगों को मंत्रमुग्ध करती हैं। अब मेरे पास इतना खजाना है तो उसका फायदा क्यों न उठाऊँ?" वह आँख मारते हुए बोली।

"तेरे फंडे मुझे समझ नहीं आते रीतिका। तू शादीशुदा है।"

"एक बार किसी मर्द के साथ वक्त तो बिता, सब फंडे समझ आ जाएँगे। शादीशुदा हूँ, तभी तो अपनी शादी में रंगीनी बरकरार रखने के लिए मेरा रौनक जैसे पुरुषों के सान्निध्य में रहना बहुत जरूरी है। जानती है, जब कोई आपकी बेपनाह तारीफ करता है, आपकी इच्छा के हिसाब से चलता है, आपके नखरे उठाता है तो एनर्जी भर जाती है भागती-दौड़ती जिंदगी में। एक गुड फीलिंग आती है और शादी बेस्वाद न हो जाए, उसके लिए ऐसी फीलिंग, ऐसा सुखद अहसास बहुत जरूरी है। हम तो डूबे हैं सनम, तुम्हें भी ले डूबेंगे सनम। जल्दी से तू भी ढूँढ़ ले कोई आशिक।"

नीरू उसकी बात सुन बस उसे देखती रही। फन, गुड फीलिंग शायद प्यार को जीवन में बनाए रखने के लिए जरूरी हो।

□

12

जुगनू की चमक

पहाड़ की अपनी ऊँचाई होती है और एक गरिमा भी। वे अपनी उसी ऊँचाई से दुनिया को देखते हैं और लोग उनकी भव्यता देखने के लिए दूर-दूर से आते हैं। अनजान गाँवों, शहरों और देशों से आते हैं। उन्हें लगता है कि शायद पहाड़ की ऊँची चोटियों तले, वादियों में उन्हें वे खुशियाँ मिल जाएँ, जो वे चाहते हैं। उन्हें लगता है कि ये वादियाँ, जहाँ फूल खिलते हैं, वे उनके जीवन में भी रंग और खुशबू भर देंगे। जो लोग यहाँ आते हैं, वे या तो एक-दूसरे से अपरिचित होते हैं या फिर एक-दूसरे के इतने करीब कि वे एक-दूसरे की हर साँस, हर जज्बात महसूस कर लेते हैं।

कुछ दिन पहले, एक लड़का आया था एक लड़की के साथ पहाड़ की वादियों में। लड़की को पहाड़ बहुत पसंद थे। लड़का उसकी हर ख्वाहिश पूरी करना चाहता था। वह समझता था कि छोटी-छोटी खुशियाँ जीने के पल बढ़ा देती हैं और वह लंबा समय लड़की के साथ गुजारना चाहता था। रात को पहाड़ की घाटी में बैठे थे वे दोनों। लड़की को खाँसी आने लगी। लड़के ने उसे अपना शॉल भी ओढ़ा दिया। जुगनू को देख लड़की की आँखों में चमक आ गई। लड़के ने एक जुगनू हाथ में लिया और लड़की की हथेली पर रख दिया। जुगनुओं के चमकने के पीछे एकमात्र उद्देश्य अपने साथी को आकर्षित करना होता है, लेकिन लड़के का ऐसा कोई इरादा नहीं था। उनका प्यार इतना अभूतपूर्व था कि वह आकर्षण एक-दूसरे को प्रभावित करने या

किसी तरह के दिखावे से बहुत परे था। उन दोनों के बीच केवल विशुद्ध प्रेम था। ऐसा प्रेम जो केवल देना जानता है, पाने की अभिलाषा नहीं करता। ऐसा प्रेम जो दूसरे की खुशी के लिए कुछ भी करने से पहले उसके नतीजों के बारे में नहीं सोचता है।

जुगनू के अंदर एक अलौकिक चमक थी। हथेली को छूते ही लड़की के चेहरे पर, उसके जीवन में एक रोशनी फैल गई। प्यार की रोशनी में वह नहा उठी। लड़की जानती थी कि उसके अँधेरे कोनों में फैली यह रोशनी उसे कुछ और दिन की खुशी दे देगी। लड़का जानता था कि लड़की को इस समय उम्मीद की रोशनी की कितनी जरूरत है। वह उसके लिए कुछ भी कर सकता था, लेकिन एक बात उसे मायूस कर जाती थी कि वह लाख कोशिश कर ले नियति से नहीं लड़ सकता है। तो भी उसे इस बात की तसल्ली थी कि वह थोड़े और दिन उसके साथ बिता पाएगा।

लड़की जिसका नाम मेघा था और लड़का जिसका नाम गगन था, अपने परिवारवालों की मर्जी के विरुद्ध यहाँ आए थे। उनके परिवारवालों को उनके प्यार से कोई ऐतराज नहीं था, बस वे चिंतित थे। उन दोनों के बारे में सोचकर परेशान और दुःखी थे। उनकी प्रेम कहानी की परिणति जिंदगी भर के साथ में न होने की बात सोचकर आँसुओं में डूबे हुए थे।

गगन के घरवाले इसलिए दुःखी थे कि मेघा को जाने से वे रोकने में असमर्थ हैं और उसके चले जाने के बाद उनके बेटे पर क्या गुजरेगी? वह कैसे जी पाएगा उसके बगैर? गगन की माँ को लगता था कि जैसे जमाने की नजर उन दोनों के प्यार को लग गई है। नजर उतारने के लिए उन्होंने किसी भी टोने-टोटके को करने में कोई कसर नहीं छोड़ी थी। जिसने जो बताया, उन्होंने किया। कितने ही गंडे, ताबीज गगन और मेघा की बाजू पर बाँधे, पर उन्हें निराशा ही हाथ लगी।

मेघा के माता-पिता, भाई-बहन के दुख की कोई सीमा ही नहीं थी। वह घर में सबसे छोटी और लाड़ली थी। उसके दोनों भाई-बहन का विवाह हो चुका था। जब मेघा ने गगन को उनसे मिलवाया था तो वह उन्हें तुरंत ही पसंद

आ गया था। गैर-जाति का होने के बावजूद उसकी आँखों से झलकती सच्चाई से उन्हें यकीन हो गया था कि वह उनकी बेटी को खुश रखेगा, सदा उसका साथ देगा। बेटी को खो देने का गम उन्हें जितना रुला रहा था, उतनी ही पीड़ा इस बात से हो रही थी कि उसके चले जाने के बाद गगन का क्या होगा? जिस गगन को उन्होंने अपना बेटा मान लिया है, वह तो बिल्कुल टूट जाएगा।

गगन से मेघ क्योंकर अलग हो सकते हैं? उनका तो आपस में अटूट रिश्ता होता है।

मेघा की इच्छा थी कि वह गगन के साथ पहाड़ पर जाए। वह वादियों, घाटियों और ऊँची चोटियों को देखना चाहती थी। वह पेड़ों की छाया में खड़ा होना चाहती थी, वह फूलों के रंग, उनकी खुशबू को अपने भीतर भरना चाहती थी। बचपन से ही शौक था, उसे प्रकृति के बीच बैठ पेंटिंग बनाने का। अब तो लंबा समय हो गया है, उसे रंग और ब्रश को छुए।

दोनों परिवारों ने गगन के साथ मेघा को जाने से नहीं रोका। वैसे भी वह अस्पताल में अपने आखिरी दिन नहीं गुजारना चाहती थी।

"जाना तो है, फिर अस्पताल के बेजान पलंग, दवाइयों से गंध मारते कमरे, खिड़की पर टँगे फीके पड़ गए हरे परदों और उस माहौल में खुद को बेबस महसूस करते हुए क्यों जाना? मैं खुली हवा में साँस लेते हुए आखिरी साँस लेना चाहती हूँ। मेरे ऊपर खुला आसमान हो, सामने पहाड़ और आसपास प्रकृति की सुंदरता, फिर उस आखिरी साँस में कम-से-कम ताजगी तो होगी, दवाइयों का कसैलापन तो नहीं।" वह कहती।

जुगनू हथेली पर पकड़े गगन के कंधे से सिर टिकाकर उसने आँखें मूँद लीं। कैंसर ने उसके शरीर की सारी चमक छीन ली थी। उसकी क्षीण काया जो जरा सा चलने से काँप जाती थी, गगन को किसी भूल की तरह लग रही थी। उसने उसे कसकर भींच लिया। जुगनू की रोशनी उसके चेहरे पर पड़ी तो मेघा का निस्तेज चेहरा क्षण भर को रोशनी से नहा गया। आसपास ढेर सारे जुगनू दिख रहे थे, मानो वे सब भी उसकी जिंदगी में चमक भरना चाहते हों।

"मैं तुमसे बहुत प्यार करती हूँ, गगन। मेरी जिंदगी में आने के लिए

शुक्रिया। कोई अफसोस लेकर नहीं जाऊँगी कि एक लंबा समय तुम्हारे साथ नहीं बिता सकी। तुमने मुझे जो प्यार दिया है, उसी से मैं तृप्त हूँ। यह तो नहीं कहूँगी कि मेरे जाने के तुम उदास मत होना, क्योंकि ऐसा संभव नहीं है, मैं जानती हूँ, लेकिन इतना चाहती हूँ कि मुझे एक खुशी की तरह याद करना। मेरे साथ बीते पलों को याद करते हुए खुश होते हुए करना, मेरे जाने के पलों के बारे में सोचते हुए रोते हुए नहीं।" धीमे स्वर में मेघा ने कहा। वह इतनी कमजोर थी कि उससे बोला भी नहीं जा रहा था। पहाड़ की घाटियों पर पहुँचने के लिए उसे गोदी में उठाकर ही तो लाया था गगन।

कुछ नहीं बोला गगन। उसे और कसकर लिपटा लिया। उसे महसूस हुआ कि कोई स्पंदन नहीं है उसमें। चली गई थी मेघा। जुगनू अभी भी उसकी हथेली पर था। न जाने उसकी भी चमक कहाँ गायब हो गई थी? फिर एक बार मेघा को गोदी में उठाकर वापस चल दिया गगन।

□

13

सुनो सखी

"मैं जिंदगी का साथ निभाता चला गया
हर फिक्र को धुएँ में उड़ाता चला गया··· "

कॉलेज कैंटीन में बैठे चाय की चुस्कियाँ लेते दीपांश को मस्ती से गुनगुनाते देख उसके दोस्त बोले, "लो, फिर शुरू हो गया। इसकी मस्ती का कोई जवाब नहीं। इस भागती-दौड़ती लाइफ में न जाने हमारा यार कैसे रिलैक्स रह लेता है ?"

"माना तू हर फिक्र को उड़ा देता है, पर यार सिगरेट तो पीता नहीं, फिर धुएँ में कैसे उड़ाएगा ?" सौरभ ने कहा तो सब हँसने लगे।

दीपांश ने चाय का कप हाथ में उठाते हुए बड़े तरन्नुम से कहा, "यह भी ठीक कहा। हर फिक्र को चाय की चुस्की···मसाला चाय की चुस्की के साथ उड़ाता चला गया।"

"चीयर्स-चीयर्स," का शोर मचाते हुए सबने चाय के कप हाथ में उठा लिये।

"वाह ! तेरी इस बात से तो मनोहर अंकल की मसाला चाय की डिमांड बढ़ जाएगी।" रूमी ने अपनी टेबल से उठकर उसके पास बैठते हुए कहा।

"मनोहर अंकल, इसी बात पर सबको मेरी तरफ से चाय पिलाएँ और समोसा भी खिलाएँ।" दीपांश बोला।

अपनी जिंदादिली और शांत बने रहते हुए यूँ ही चुटकियों में किसी की भी समस्या सुलझाने के कारण वह अपनी क्लास में ही नहीं, पूरे फर्स्ट ईयर के छात्रों के बीच लोकप्रिय हो गया था। पता नहीं कैसे हल होता था उसके पास जटिल से जटिल चीजों का?

रूमी से उसकी अच्छी पटती थी। एक तो उन दोनों के घर बहुत दूर नहीं थे, इसलिए अकसर साथ-साथ ही कॉलेज आते-जाते थे। कभी वह दीपांश के साथ मोटरसाइकिल पर और कभी वह रूमी के साथ उसकी मोपेड पर। दूसरे, रूमी के साथ केवल पढ़ाई पर ही नहीं, अन्य विषयों पर भी वह सहजता से चर्चा कर पाता था। उनकी दोस्ती कुछ इस तरह की थी कि दोनों बेझिझक एक-दूसरे से अपनी बात कह लेते थे और एक-दूसरे को जज भी नहीं करते थे। अकसर वह उसे 'सखी' कहकर बुलाता था और उसी की तर्ज पर वह उसे 'सखा'।

"मैं तो कहता हूँ हमारे मनोहर अंकल की कैंटीन खूब चले, सखी। आखिर कितने उन भूखों को वह भरपेट खाना खिलाते हैं, जो घर से खाना लाना अपनी तौहीन समझते हैं।"

कैंटीन में जोरदार ठहाके लगने लगे। कुरसी खींचकर सब दीपांश के चारों ओर एकत्र होने लगे।

"मुझे इतना भाव मत दो। हवा का झोंका हूँ, न जाने कब उड़ जाऊँ?"

"उड़ जाना, पहले ये बता कि अपनी गर्ल फ्रेंड को कैसे पटाऊँ?" सोमेश ने पूछा।

"देख यार, पटाने जैसा खयाल ही गलत है। उसकी बजाय उसे अपने प्यार का यकीन दिला, लेकिन तभी ऐसा करना जब सचमुच तू उसे चाहता हो। सिर्फ टाइम पास करने की बात है तो पटाने की भी जरूरत नहीं। थोड़ी-बहुत हवाबाजी करेगा तो दो-चार बातें वह कर लेगी।"

"वाह गुरु, तुम्हारा जवाब नहीं," मुकेश ने उसके कंधे थपथपाते हुए कहा।

उसकी निगाहें सबसे मजाक करते हुए भी रूमी के चेहरे पर चली जाती

थीं। वह मजाक का हिस्सा जरूर बन रही थी, पर साफ लग रहा था कि कोई बात उसे परेशान कर रही है। वापस लौटते समय उसने मोटरसाइकिल उसका घर आने से पहले ही रोक दी।

"कहो सखी, क्यों परेशान हो? कुछ है जो बताना चाहती हो?"

"क्या कहूँ दीपांश, मुझे तो बताते हुए भी शर्म आ रही है।" उसकी आँखों के कोर गीले हो गए थे।

"कह दे। बेकार बैगेज लेकर मत घूम। मुझसे कब से कहने में हिचकिचाने लगी? मैं कुछ न भी कर पाऊँ, पर सुन तो सकता हूँ। कहने से दिल का बोझ हलका हो जाता है, तू ही तो कहती है।"

"सामनेवाले रेस्तराँ में चलकर बैठते हैं," रूमी मोटरसाइकिल पर बैठते हुए बोली।

"दो मसाला चाय और फ्रेंच फ्राइज," दीपांश ने ऑर्डर दिया तो पल भर को रूमी के होंठों पर मुसकान थिरक गई।

"मेरा सखा सबसे न्यारा। कभी नहीं भूलता कि फ्रेंच फ्राइज मेरे फेवरेट हैं। चल, पहले खा लूँ तो रिलैक्स होकर सब बताती हूँ।"

उसके भोलेपन पर हँस पड़ा दीपांश। पल में तोला, पल में माशा, ऐसी ही है रूमी। उसकी सबसे अच्छी दोस्त!

"पापा शादी करना चाहते हैं," फ्रेंच फ्राइज की प्लेट सफाचट करने के बाद बहुत गंभीरता से वह बोली।

"तो?"

"तुझे सुनकर हैरानी नहीं हुई?"

"क्यों होगी? यह तो अच्छी बात है। इसीलिए इतनी परेशान है? चाय पी, फिक्र को उड़ा दे। बुराई क्या है? उन्हें भी अपनी जिंदगी जीने का हक है। सिमरन को उसके पिता अपनी जिंदगी जीने के लिए कह सकते हैं तो क्या तू अपने पिता को यह अधिकार, यह खुशी नहीं दे सकती?"

"आज लगता है, सखा का दिमाग सही नहीं है। उसकी अक्ल में बात घुस नहीं रही है। पापा के जीवन में कोई आ गई है, वह भी मम्मी के जाने

के दस बरस बाद। अब तक भी तो मम्मी की यादों के सहारे जी रहे थे। मेरी परवरिश पर सारा ध्यान केंद्रित था, पर अब वह आ गई है···घुसपैठ कर रही है हमारी जिंदगी में। अनाधिकार प्रवेश···" गुस्से से उसका शरीर काँपने लगा था और आँखों में एक अजीब सा डर भी दिख रहा था।

"मम्मी को बचपन में खो चुकी हूँ, पापा को नहीं खोना चाहती," उसके आँसू बहने को तैयार थे।

"सँभालो अपने आप को और सुनो सखी, उनके अकेलेपन को भी समझो। तुम अब इस काबिल हो गई हो कि अपना ध्यान रख सको। कुछ दिनों बाद हो सकता है और पढ़ाई करने या नौकरी की वजह से तुम्हें दूसरे देश या शहर जाना पड़े। तब कोई तो होना चाहिए उनका अकेलापन बाँटने वाला। यह तो अच्छा है कि उनकी जिंदगी कोई ऐसा आ गया है, जिसे वह चाहते हैं, जो उन्हें चाहती है। स्वार्थी मत बनो। दुनिया के बारे में मत सोचो। न ही शर्मिंदा हो। बस, खुले मन से उनको समझो।"

रेस्तराँ से दोनों बाहर निकल आए थे। वहीं सड़क किनारे फिर खड़े होकर बात करने लगे थे। दीपांश उसे उलझन में छोड़कर जा भी नहीं सकता था, हालाँकि घर से दो बार उसकी मम्मी का फोन आ चुका था।

"देखा तुमने, पापा कैसे बदल गए हैं? उनका एक भी बार फोन नहीं आया। शादी के बाद तो वह मुझे प्यार करना तक छोड़ देंगे।"

"तुम ज्यादा ही नहीं, गलत भी सोच रही हो। माँ-बाप कभी अपने बच्चों से विमुख नहीं होते हैं। हो सकता है, किसी काम में बिजी हों। सुनो सखी, मेरा दार्शनिक बनने का कतई मूड नहीं है। तुम जानती हो, मैं तनाव को जेब में रखकर नहीं चलता और तुम्हें भी यही समझा रहा हूँ। तुम्हें तो उन्हें सपोर्ट करना चाहिए। उनके निर्णय का सम्मान करना चाहिए। छोटी सी बात है और पहाड़ बनाकर न जाने कब से घूम रही हो?"

"तो मैं क्या करूँ?"

"तुम उनका पितादान करो। उनकी शादी कराओ।"

"मतलब?" वह चौंकी।

"जैसे पिता कन्यादान करता है, तुम पितादान करो और हाँ, जब वे फेरे लें तो यह अवश्य कहना कि जाओ पापा, जी लो अपनी जिंदगी।"

"सुनो सखा।"

"कहो सखी?"

"तुम टू मच हो। सच में धुएँ में सब तनाव उड़ा देते हो।"

"सुनो सखी।"

"बोलो सखा?"

"तुम भी कुछ कम नहीं। बेकार ही तनाव को पीठ पर लादे घूमती रहीं। चलो, एक और मसाला चाय पीते हैं।"

"एक प्लेट फ्रेंच फ्राइज भी और खाऊँगी।" खिलखिला उठी थी रूमी।

□

14

कुछ पल

श्रीधरण हमेशा की तरह वासंती को उसके फेवरेट रेस्तराँ में लेकर आया था। शादी से पहले भी वे दोनों यहीं मिला करते थे और शादी के बाद भी यहीं आकर रोमांटिक शामें गुजारा करते थे। आज उसने उसे अपने हाथों से सजाया था, हालाँकि वह रोज ही उसकी तैयार होने में मदद करता है। उसके नहाकर आने से पहले बिस्तर पर क्रम से कपड़े फैला देता है, ताकि उसे किसी तरह की दिक्कत न हो। फिर भी वह कुछ देर खड़ी सोचती रहती है। उसकी उलझन श्रीधरण को पीड़ा देती है। तब वह वासंती को बाँहों में भरकर कहता है, "मैं हूँ न। तुम्हें किसी बात को लेकर परेशान होने की जरूरत नहीं।" कभी यह सुन वासंती मुसकरा देती है तो कभी उसे देखने लगती है, मानो पूछना चाह रही हो कि तुम कौन हो?

जब वह सामान्य होती है तो दोनों की जिंदगी वसंत ऋतु में खिले रंगबिरंगे फूलों जैसी हो जाती है। हर तरफ प्यार की खुशबू फैली रहती है। दोनों में से किसी का भी प्यार कम नहीं है। आज तो उसकी जिंदगी का खास दिन है, इसलिए वासंती को खुद ही सजाया था उसने। पीले रंग की चौड़े हरे बॉर्डर वाली कांजीवरम की साड़ी पहनाई थी। सोने का चोकर और झुमके पहनाए थे। हाथ में जड़ाऊ कंगन और बालों में गजरा लगाया था। हलका मेकअप कर पीली बिंदी और न्यूड कलर की लिपस्टिक लगा दी थी। सजना-सँवरना खूब पसंद है वासंती को।

रेस्तराँ की ओनर मिसेज पिल्लै ने उन दोनों के लिए कॉर्नर की टेबल पर, जहाँ वे हमेशा बैठा करते थे, खास डेकोर किया था। गुलाब के फूलों का एक गुच्छा भी रख दिया था। वह बरसों से इस युगल को जानती हैं।

"वैलकम मिस्टर एंड मिसेज नायर। हैप्पी···" श्रीधरण ने उन्हें चुप रहने का इशारा किया।

वासंती को कुरसी पर बिठाते हुए श्रीधरण ने हौले से उसके कान में कहा, "हैप्पी एनिवर्सरी, माई लव।" वासंती ने उसकी ओर देखा। उसकी आँखों में शून्यता पसरी हुई थी। कोई भाव नहीं थे उसके चेहरे पर।

"सूप," वह बोली।

"यूअर फूड, मिस्टर नायर, लेकिन आई.एम. सॉरी, टमाटो सूप नहीं है। शेफ ने मुझे अभी बताया। कॉर्न सूप सर्व कर दूँ?" बेयरे के साथ आती हुई मिसेज पिल्लै ने कहा।

"ओ.के., ट्राई करके देखता हूँ, लेकिन आप जानती ही हैं, वासंती सिर्फ टमाटो सूप ही पीती है।"

सूप देखते ही वासंती मेज पर हाथ मारने लगी, "नो-नो, ये वाला नहीं। मुझे जाना है, यहाँ से जाना है।" वह बच्चों की तरह मचलने लगी थी। श्रीधरण ने उसे फ्राइड राइस खिलाने की कोशिश की, लेकिन उसने चम्मच पर हाथ मार दिया। चावल साड़ी पर गिर गए।

"कुछ और खाओगी? तुम्हें पाइनएप्पल रायता अच्छा लगता है। अच्छा, मंचूरियन मँगवाता हूँ," श्रीधरण ने उसकी साड़ी साफ करते हुए कहा।

"तुम कौन हो? गंदे हो तुम। मेरे कपड़े खराब कर दिए।" वासंती कुरसी से उठ गई। श्रीधरण ने उसका हाथ थाम लाया और मिसेज पिल्लै को 'सॉरी' बोलता हुआ रेस्तराँ से बाहर निकल गया।

"टेक केयर। मैं समझती हूँ सब। इस समय मैम को कुछ याद नहीं है।"

कार में बैठते ही वासंती खुश हो गई। "हम लॉग ड्राइव पर जा रहे हैं।" उसने उसके कंधे पर सिर टिका गया। फिर उसके बालों को छूते हुए बोली, "श्रीधरण, मुझे भूख लगी है। चौपाटी चलें?" इस समय उसकी आँखों में प्यार

हिलोरें ले रहा था। "वैसे आज मैंने साड़ी क्यों पहनी है ? यह तो तुमने मुझे गिफ्ट दी थी हमारी पहली वैडिंग एनिवर्सरी पर," टूटे-टूटे शब्दों में उसने कहा।

श्रीधरण ने कार रोकी और बाँहों में भरकर उसे चूम लिया। ये जो पल उसे मिलते हैं, इनके सहारे ही तो वह जीता है। शादी के तीन साल बाद ही वह डिमेंशिया से पीड़ित हो गई थी। उसकी वजह से वह भूल तो जाती ही थी, साथ ही उसके व्यवहार और मूड में परिवर्तन आ जाता था। दोनों का प्रेम विवाह था। श्रीधरण बहुत धैर्य से उसे सँभाल रहा था। जिस पल वह श्रीधरण को, अपनी दुनिया को पहचान लेती, उन पलों को अमूल्य धरोहर की तरह वह अपने पास सहेज कर रख लेता। वह तो नहीं भूल सकता कि वासंती उसे कितना प्यार करती थी''है।

उसकी अम्मा कितनी बार कह चुकी हैं, "वासंती की स्मृतियाँ धुँधली हो चुकी हैं। तुझे नहीं पहचानती। वह अपना कोई काम ठीक से नहीं कर सकती। उसके साथ जीवन बिताना बेवकूफी है, बेटा। उसे छोड़ दे।"

कैसे छोड़ दे श्रीधरण उसे ? क्या प्यार के उन रेशों को अपने से अलग करना आसान है जो उसकी भीतर समाए हुए हैं ? वासंती की स्मृति बीच-बीच में लोप हो जाती है, लेकिन जब उसे याद आ जाता है तो श्रीधरण पर क्या वह जान नहीं लुटाती ?

"वासंती, हम मुंबई में नहीं चेन्नई में हैं। यहाँ चौपाटी नहीं हैं। सामने दोसेवाला है। तुम खाओगी दोसा ?"

वासंती ने सिर हिलाया। श्रीधरण ने कार में ही उसे दोसा खिलाया। घर पहुँचते ही वासंती सोफे पर लेट गई। श्रीधरण उसके सिर के नीचे कुशन लगाने लगा तो उसने उसका हाथ पकड़ लिया और बोली, "सूप।"

वह किचन में गया। टमाटो सूप का पैकेट खोला और खौलते पानी में उसका पाउडर डाल दिया।

"टेस्टी है!" वासंती मुसकराई। फिर खड़े होकर अपने साड़ी के पल्लू को लहराते हुए बोली, "माई लव, हैप्पी वैडिंग एनिवर्सरी माई लव। तुम भूल गए थे न ?" वह उसका हाथ पकड़ डांस करने लगी।

"किस मी, हग मी। आई लव यू, श्रीधरण। मैं तुम्हें हमेशा प्यार करूँगी।" वह उसकी बाँहों में बँध गई थी। श्रीधरण ने उसके होंठ चूम लिये और बोला, "हैप्पी वैडिंग एनिवर्सरी।"

उसकी आँखें नम हो गई थीं, लेकिन वह खुश था। सबसे बेशकीमती थे ये पल। उसकी वासंती इस समय उसे पहचान पा रही थी। दोनों एक-दूसरे की बाँहों में बँधे झूम रहे थे।

□

15

टिमटिमाता सितारा

"क्या कल नीले अंबर पर चमकते सितारों को देखा था?"
"अभी तक सोई हो क्या? जागो, उठो। हैप्पी न्यू ईयर।"

व्हाट्सअप पर एक के बाद एक मैसेज लहराए।

अलसाई-सी नीलांबरी ने एक करवट ली। मोबाइल उठाया। उसके चेहरे पर एक गुलाबी आभा फैल गई।

"हैप्पी न्यू ईयर। ढेर सारे प्यार के साथ। मेरे घर की खिड़की से तारे नजर नहीं आते।" नींद से बोझिल पलकों को बहुत मुश्किल से खोलने की कोशिश करते हुए उसने जवाब में मैसेज भेजा।

"ओहो, सितारे देखने के लिए खिड़की से बाहर झाँकने की जरूरत कहाँ होती है? मन के अंबर में ही झाँककर देख लेतीं, शायद मैं ही तुम्हें टिमटिमाता नजर आ जाता।" फिर से मैसेज मोबाइल पर आकर टँग गया।

"तुम्हारे भीतर का कवि कोई भी मौका नहीं छोड़ता न लच्छेदार बातें करने से, आकाश? तुम टिमटिमाते रहो जहाँ मन करे, लेकिन मुझे सोने दो। एक तो साल का पहला दिन, ऊपर से संडे···मुझे तंग मत करो। वैसे भी शाम को तो मिल ही रहे हैं, लेकिन क्या पता कौन तुम्हारा रास्ता रोक ले···?" मैसेज करने के बजाय फोन मिलाकर बात करना ज्यादा आसान लगता है नीलांबरी को।

"शुभ-शुभ बोलो। क्यों मूड खराब करती हो? चाहे कोई कितनी अड़चनें पैदा करे, मैं तुमसे जरूर मिलूँगा। मेरा वादा है। माँ से मैंने कह दिया है कि

वह पापा को कैसे भी मना लें। चाहे वे रोज कितनी ही लड़कियाँ दिखाएँ, लेकिन मैं शादी तो तुमसे ही करूँगा," आकाश के स्वर में थोड़ी देर पहले जो उत्फुल्लता थी, वह उदासी में बदल गई थी।

"वादा निभाना, आकाश। कितनी बार तो तुम कह कर नहीं मिले हो। समझती हूँ तुम्हारी मजबूरियाँ, पर मेरे लिए तुम्हारा इंतजार करना किसी सजा से कम नहीं है। फिर भी हर बार इंतजार करती हूँ, इस उम्मीद से कि तुम इस बार तो आओगे। अम्मा-अप्पा मुझे वापस वायनाड बुला रहे हैं। वे कहते हैं या तो मैं शादी कर लूँ, नहीं तो वापस लौट आऊँ। अप्पा ने वहाँ मेरे स्टूडियो के लिए जगह भी खरीद ली है।"

"पक्का वादा। अब तो सो जाओ मेरी परी। शाम को मैं तुम्हें खिले हुए गुलाब की तरह देखना चाहता हूँ। सरप्राइज के लिए भी तैयार रहना।" कहते हुए आकाश ने फोन रख दिया।

"सरप्राइज!" नीलांबरी सोच में डूब गई थी। नींद को कब की भाग चुकी थी। नए साल की सुबह देखने वह चाय का कप ले कमरे की खिड़की से बाहर झाँकने लगी, पर उसका मन तो आकाश के बारे में ही सोच रहा था।

दो साल हो गए हैं उन्हें मिले हुए। उसकी पेंटिंग एग्जीबीशन देखने आया था। पेंटिंग के सामने खड़े हो, जब उसे कविता करते देखा तो वह उससे प्रभावित हुए बिना नहीं रह सकी थी। "आपके चित्र बोलते हैं। कविताएँ उन्हें देख बह रही हैं मेरे अंदर से। लगता है, जैसे मुझे मेरी प्रेरणा मिल गई है।"

जब तक एक्जीबीशन लगी रही, वह रोज आता रहा। उसके बाद उनके मिलने का सिलसिला शुरू हो गया। वह वैसे तो आई.टी. कंपनी में काम करता था, पर हृदय से कलाकार ही था। कविताओं को कागज पर उतारता था। वह चित्र बनाती तो वह उस पर कविताएँ रच देता। पहले उसकी कविताओं ने नीलांबरी के दिल पर दस्तक दी और फिर उसके प्यार में। आकाश की संवेदनशीलता कई बार उसे डरा भी जाती थी। "पागलों की तरह प्यार मत करो, डर लगता है। कहीं नजर न लग जाए हमारे प्यार को," वह उसका हाथ कसकर थाम लेती, जैसे कहीं छूट न जाए।

वह तब उसे बाँहों में भर कहता, "बेफिक्र रहो, मैं आकाश हूँ, नीलांबरी के अंबर पर गोल सितारे की तरह हमेशा टिमटिमाता रहूँगा।"

"और तुम्हारे घरवाले अपनाएँगे मुझे?"

"अरे, तुम इतनी साफ हिंदी बोलती हो कि उन्हें पता ही नहीं चलेगा कि तुम मलयाली हो। कह दूँगा हमारी ही तरह ब्राह्मण है। मुझे जाति-धर्म से कोई फर्क नहीं पड़ता।"

"उन्हें सच बता दो। तुम्हारे माता-पिता को अँधेरे में रखना ठीक नहीं।"

हफ्ते तक फिर उनकी मुलाकात नहीं हुई थी। फोन करती तो संक्षिप्त बात कर वह फोन रख देता।

शाम को घर आया था वह, पूरे आठ दिन बाद।

"बता दिया सच। लड़कियाँ दिखाने का कार्यक्रम शुरू हो गया है। पाँच दिनों में चार लड़कियाँ देख चुका हूँ। पता नहीं माँ इतने रिश्ते कहाँ से जुटा लाती हैं? मद्रासी लड़की उनके घर में नहीं आएगी। भूख-हड़ताल पर बैठ गई हैं। पापा मुझे देखते ही भड़क उठते हैं कि उनके खानदान में ऐसा नालायक बेटा किसी का नहीं है। धमकी दी है कि तुम्हारा साथ छोड़ दूँ, वरना बहुत बुरा होगा। तुम्हारे अप्पा का फोन नंबर माँग रहे थे।"

"साथ छोड़ दो, आकाश। मैं भी वापस लौट जाती हूँ। पाँच साल से दिल्ली में अकेले रहते-रहते उकता भी गई हूँ। जितना सीखना था, सीख लिया।"

"जिस दिन तुम्हें छोड़ने की नौबत आई न, मैं दुनिया को ही छोड़ दूँगा।" आकाश की भावुकता अकसर नीलांबरी को डरा जाती थी। कितनी बार वह उससे मिलने का वादा कर आता नहीं था। घरवाले कोई-न-कोई रोड़ा अटका देते थे। कभी धमकी देते, कभी लड़की देखने की जिद करते। विद्रोह शायद वह कर पाता था। कवि मन उसे ऐसा करने से रोक देता था।

आज नए साल पर एक नई उम्मीद जगी थी नीलांबरी के मन में। सरप्राइज भी देनेवाला है। हो सकता है, उसके मम्मी-पापा मान गए हों।

गुलाबी रंग की साड़ी पहन वह तैयार हो गई। उसके जन्मदिन पर भेंट

की थी आकाश ने। साथ में गुलाबी मोतियों की लंबी माला डाल ली। गुलाबी लिपस्टिक लगाई और बालों में गजरा। उसकी साँवली रंगत खिल उठी थी गुलाब की तरह।

आधा घंटा बीत चुका था रेस्तराँ में इंतजार करते-करते। इस बार भी नहीं आएगा क्या वादा करके!

"आई लव यू। बस, पहुँच रहा हूँ। बहुत ज्यादा ट्रैफिक था, लेकिन अब मैंने स्पीड पकड़ ली है। मेरा इंतजार करना। वेट फॉर माई सरप्राइज।" ओडियो मैसेज सुन उसे थोड़ी तसल्ली हुई।

वह बाहर आकर खड़ी हो गई। रात गहराती जा रही थी। नया साल मनाने के लिए लोगों की भीड़ रेस्तराँ, सड़कों और मॉल में बढ़ती जा रही थी। इंतजार कितना चुभता है, उसने लंबी साँस ली।

फोन बजा। "पहुँचे नहीं अब तक?" वह झल्ला उठी थी।

"मैडम, ये जिनका फोन है, उनका एक्सीडेंट हो गया है। लास्ट डायल आपका नंबर था। आप अस्पताल पहुँचिए।"

"ही इज वैरी क्रिटिकल, किसी नीलांबरी से मिलने की जिद कर रहे हैं," डॉक्टर ने उसे देखते हुए कहा।

वह दौड़ी। खून से लथपथ आकाश ने उसे देख मुसकराने की कोशिश की।

"सॉरी नीलांबरी, इस बार भी वादा नहीं निभा पाया। माँ से तो कहकर निकला था कि तुमसे आज शादी करके ही लौटूँगा, पर लगता है सचमुच में आसमान में सितारा बन टँकने का वक्त आ गया है। तुम्हारा सरप्राइज।" अपनी मुट्ठी खोल अँगूठी काँपते हाथों से नीलांबरी की अंगुली में पहना दी। "विल यू मैरी मी, नीलांबरी?"

"हाँ-हाँ।" वह रोते हुए यही कह रही थी। जा चुका था आकाश।

गहराती रात में उसने ऊपर आसमान में देखा। एक गोल सितारा टिमटिमा रहा था।

□

16

टू डू लिस्ट

पुचके···हाँ, अब तक दस पुचके खा चुकी थी। हैरानी क्यों? दिल्ली की तरह यहाँ कोलकाता में पुचके यानी गोलगप्पे बड़े-बड़े थोड़े मिलते हैं? एकदम छोटे होते हैं। मुँह में रखो और गप गायब। वह विक्टोरिया मेमोरियल के ठीक सामने खड़ी होकर एक खोमचेवाले से पुचके खा रही थी। बहुत ही छोटी-सी टोकरी और मटकीनुमा घड़े में पानी रखे वह बिना स्वाद वाली चटनी के साथ धीरे-धीरे खिला रहा था। न जाने क्यों दिल्लीवालों की तरह इनके हाथ नहीं चलते। जायकेदार तो कतई नहीं थे, पर वह खा रही थी, क्योंकि कोलकाता के पुचके का स्वाद (चाहे वे कितने बेस्वाद ही क्यों न हों) एक बार लेना तो बनता ही है। टशन ही कह लें!

"ऐ सेंदूरा, केमौन आछे? यू स्टिल लाइक पुचकाज? नॉट चेंज्ड ए बिट।"

हिंदी, बांग्ला, अंग्रेजी···भाषाओं का सम्मिश्रण···शुक्र है, फ्रेंच और जर्मन भाषाओं का प्रयोग नहीं किया था। बिना गरदन घुमाए सिंदूरा ने एक और पुचका अपना मुँह में रखा और मुसकराते हुए पलटी, "अच्छी आदतें क्यों बदलनी? बुरी चीजों को तो कब का पीछे छोड़ आई हूँ। बदले तो तुम भी नहीं, सेंदूरा ही बोलते हो।"

वह हँसा और आदतन उसने अपने माथे को दो अंगुलियों से सहलाया। इस बात के लिए वह कितना छेड़ती थी उसे। "दिमाग शार्प करने की कोशिश करते हो क्या ऐसा करके?" वह तब उसके हाथ को हलके से छूकर कहता, "न-न,

चिंतन-मनन करता रहता हूँ। सामने ऐसी विदूषी हो, ऐसा करिश्माई चेहरा हो तो मन सोचने के लिए मजबूर हो ही जाएगा न। कहीं खो न दूँ तुम्हें, यही डर सताता रहता है।"

"ड्रामा किंग! कहाँ टेक्सटाइल की दुनिया में आ गए? तुम्हें तो किसी नाट्य मंच पर होना चाहिए था।"

अपलक निहारती रही वह उसे। सच है, आज भी नहीं रह सकती वह उसे टकटकी बाँधे देखे! सुदर्शन व्यक्तित्व, बंगाली अंदाज और हमेशा की तरह वेल ड्रेस्ड। साँवली रंगत पर नेवी ब्लू सूट खूब खिल रहा था। चाहे समय उनके बीच कितनी ही दूरियाँ बनाकर खड़ा रहे, लेकिन वह जानती है कि जब भी नीलोत्पल बैनर्जी उसके सामने आकर खड़ा होगा, वह उसे टकटकी लगाए आँखों में भरे बिना नहीं रह पाएगी।

वह चाहे जिंदगी से कितनी भी दूर न हो जाए, उसके साथ बेशक कोई ऐसा रिश्ता न हो, जिसे नाम दिया जा सके, लेकिन नील को अपने मन के कपाटों से बाहर निकालना सिंदूरा के लिए संभव ही नहीं है। उन कपाटों पर वह एक झिर्री भी नहीं लगने देती है।

"बाल इतने छोटे कर लिये? कितना सुंदर जूड़ा बनाती थीं तुम? ओरे बाबा! लटें भी झूल रही हैं। माई ब्यूटीफुल लेडी इज गेटिंग यंग डे बाई डे।"

चलते-चलते दोनों विक्टोरियल मेमोरियल के सामने बने बाग में आ गए थे। टहलकदमी करना तो शुरू से ही दोनों का पसंदीदा शगल रहा है। वह कहता, "फिट रहने के लिए चलना सबसे बेहतरीन ऑप्शन है।"

और सिंदूरा तो इसलिए उसके साथ सटकर चलती थी कि उसकी खुशबू को, उसके स्पर्श को अपने जिस्म के हर रेशे में उतार सके।

दीदी ने जबर्दस्ती भेजा था कोलकाता उसे। "तेरी पसंद खूब है। मेरे बुटीक के लिए तांत की साड़ियाँ ले आ। रेडीमेड ब्लाउज भी खूब मिलते हैं वहाँ।" गड़िया हाट से लेकर कॉलेज स्ट्रीट, श्याम बाजार और बड़ा बाजार हर जगह वह दौड़ती-भागती रही थी। कभी ट्राम, कभी टैक्सी और कभी हाथ रिक्शा में कोलकाता के न जाने कितने बाजारों और सड़कों को नाप लिया था

उसने। के.सी. दास के रसगुल्ले भी खूब छककर खाए थे और वहाँ के पुचकों का स्वाद भी तो पहली बार लिया था।

"काफी अच्छा कलेक्शन है आपके पास। ब्रिलिएंट, खूब भालो!" वह एक दुकान पर साड़ियाँ पैक करा रही थी कि साड़ियों को कलात्मकता से छूते और उनकी फोटो उतारते व्यक्ति पर नजर गई थी। ऐसा नहीं लगा था कि वह साड़ियाँ खरीदने आया है। मैरून कलर की टी-शर्ट और जींस, बात करते समय हाथ की दो अंगुलियों से माथे को सहलाता था। एक सादगी मिश्रित आकर्षण था, आँखों में एक तरह की बेचैनी थी वरना किसी अजनबी को सिंदूरा क्योंकर टकटकी बाँध देखने लगती?

डिजाइन बनानेवाले कारीगरों के बारे में उसने जानकारी ली। पल्लू और बॉर्डर काफी खूबसूरत तरीके से डेकोरेट किया जाता है, उसके बारे में पूछा। फ्लोरल, पैस्ले और अन्य डिजाइन और विभिन्न तरह के कलरफुल पैटर्न पर बात करता रहा। दुकानदार को बता रहा था कि वह अलग-अलग तरह के कपड़ों, बनावट, वर्क और डिजाइन पर रिसर्च कर रहा है। एक पुस्तक भी लिखेगा, इसलिए कारीगरों और बुनकरों से बात करता है जगह-जगह जाकर। कोलकाता में रहता है, इसलिए शुरुआत यहीं से की है।

दिलचस्प लगा था सिंदूरा को उसका वह काम या हो सकता है, शौक हो।

"आपकी पसंद भी लाजवाब है। सारी साड़ियाँ बेहतरीन खरीदी हैं।" अचानक वह उसके पास आकर खड़ा हो गया था। कशिश महसूस हुई थी सिंदूरा को। ऐसा महसूस हुआ था, जो पहले किसी पुरुष के बगल में खड़े होने या बात करते समय नहीं हुआ था। प्रोफेसर है, उस पर से बहुत सोशल, तो मिलनेवालों की संख्या भी कम छोटी नहीं है उसकी। मन किया था, सट जाए उससे। अजनबी है तो क्या हुआ!

"आपकी रिसर्च का विषय बहुत दिलचस्प है। नजर भी कम पारखी नहीं," सिंदूरा के मुँह से निकला था।

"थैंक यू। बाई द वे, आई.एम. नीलोत्पल बैनर्जी," आँखें किसी तिलिस्म की तरह चमकीं थीं और सिंदूरा के चेहरे पर जम गई थीं। कुछ तो था उनमें...

कुछ तो हुआ था उस पल। उसकी आँखों की बेचैनी उसके दिल में उतर आई थी।

"सिंदूरा," ज्यादा बोल नहीं पाई थी।

"ओह, व्हाट ए लवली नेम, सेंदूरा। तभी लालिमा से बिखरी हुई है आपके चेहरे पर।"

"सिंदूरा," उसने दोहराया था।

"कोलकाता की तो नहीं लगतीं?" वह सड़क पर साथ-साथ चलने लगा था। सिलसिला खत्म नहीं हुआ उसके बाद। वह बार-बार उससे मिलने दिल्ली आता रहा और उसकी जिंदगी का ऐसा हिस्सा बन गया, जिसके साथ न होने पर अधूरापन उसे घेर लेता। जगह-जगह घूमना उसका शौक भी था और काम भी, पर फोन पर रोज बात होती, वीडियो कॉल पर देर तक एक-दूसरे की आँखों में झाँकते रहते। सिंदूरा को अकसर लगता कि वह कमिटमेंट करने से कतराता है। प्यार करता है, इजहार भी करता है, पर एक लकीर सी खींच रखी है। बंधन से दूर भागता है।

"सेंदूरा, मैरिज मेरी टू डू लिस्ट में नहीं है। ऐसे ही मेरे साथ चलना चाहती हो तो ठीक है, वरना तुम चाहो तो किसी और से शादी कर सकती हो।" कितनी आसानी से कह दिया था। प्यार उससे करे और बँधे किसी और के साथ! 'नहीं, वह अपनी जिंदगी उलझाना नहीं चाहती। अपने प्यार के अहसास का सम्मान करूँगी मैं।'

"आफ्टर सिक्स ईयर वी आर मीटिंग। तुम रहीं हमेशा मुझमें। तुम भी तो अभी भी लिपटी हो मेरी यादों से।" नीलोत्पल ने उसका हाथ पकड़ लिया था। सिहर उठी थी। छुअन कभी बासी नहीं पड़ती!

"लेट्स मैरी। आमी तुमाके भालो बाशी।"

"नहीं, नील, तुम्हारी खींची लकीर के पार मैं अपनी ही एक दुनिया बसा चुकी हूँ। तुम हमेशा रहोगे उसमें, लेकिन तुम्हारा प्रवेश अब उसमें संभव नहीं। मैं जानती हूँ, तुम कुछ पल की भावनाओं के आवेश में ऐसा कह रहे हो, कमिटमेंट भी तुम्हारी टू डू लिस्ट में नहीं है। प्यार के अहसास पर कोई बंधन मुझे मंजूर नहीं।"

सिंदूरा उसका हाथ छोड़ दूर सरक गई थी।

□

17

तितलियाँ और रंग

"तुम्हें तितलियाँ क्यों अच्छी लगती हैं?"

"क्योंकि उनके पंखों के चमकीले रंग मेरी पेंटिंग्स को सजाते हैं। उन्हें देख रंग सहज ही मेरे चित्रों में उतरने लगते हैं। ऐसा लगता है, जैसे मेरी कूची उनके पंखों के रंगों में डूबकर मेरे कैनवास को रंग रही हो।"

"बस, इसीलिए अच्छी लगती हैं तुम्हें तितलियाँ?" वह सवाल कर रहा था और नजरें उसके चेहरे पर टिकी हुई थीं और उसकी नजरें कैनवास पर थीं, मानो किसी तिलिस्म के आकार लेने की प्रतीक्षा में हों।

"मुझे उनके पंख फैलाने का अंदाज बहुत अच्छा लगता है। कितनी उन्मुक्त होकर वे पंख फैलाती हैं···सबकुछ झिलमिलाने लगता है। वे जब पंख फैलाती हैं तो मेरे कदमों को गति मिलती है और मैं अपनी दिशाएँ तय कर पाती हूँ।" ढेर सारी तितलियाँ उसके कैनवास पर बिछ गई थीं।

"बस, इसीलिए अच्छी लगती हैं तुम्हें तितलियाँ?" उसे निहारते हुए उसका मन कर रह था कि वह उसे चूम ले। उसके जर्रे-जर्रे को अपने भीतर समेट ले। रंग तो उसके पूरे जिस्म में उतर आए थे जैसे।

"नहीं, सिर्फ इसीलिए नहीं। मुझे उनकी उड़ान अच्छी लगती है। कैसी तो फड़फड़ाती हुई उड़ान होती है, एकदम बिंदास···भयमुक्त हो वह यहाँ-वहाँ थिरकती रहती है। उसकी उड़ान कोई सामान्य उड़ान नहीं है; उसके कोमल, झीने पंखों का आत्मविश्वास है, जो उसे एक फूल से दूसरे फूल पर बैठने को

प्रेरित करता है। वह उड़ती है तो मुझे लगता है कि मेरे अंदर भी पंख उग आए हैं और मैं धरती पर बेखौफ होकर कदम रख रही हूँ। मैं भी उड़ना चाहती हूँ, अपने सपनों को पंख देना चाहती हूँ। अपने पेंटिंग्स में ढेर सारे रंग भरना चाहती हूँ। अपने सारे सपने तितलियों के रंगों में भिगोकर पूरा करना चाहती हूँ। एक ऐसी कलाकार बनना चाहती हूँ, जो रंगों से दुनिया सजा दे और तुम्हें क्या तितलियाँ अच्छी नहीं लगती हैं?" इस बार सवाल उसने किया। कैनवास पर से ध्यान हटाकर पल भर को उसने सोचा कि आखिर वह क्यों इतने सारे सवाल और शंकाएँ पैदा कर तितलियों और उसके बीच में आने की कोशिश कर रहा है।

"सच, तुम्हें क्या तितलियाँ अच्छी नहीं लगती?" उसके स्वर में हैरानी थी और कंपन भी। कोई तितलियों को पसंद न करे, ऐसा कैसे हो सकता है? वह बेंच पर जाकर बैठ गई थी। पार्क का यह बेंच जिसके सामने खड़े पेड़ पर कैनवास को टाँगकर वह अकसर पेंटिंग बनाने आ जाती है। हर बार वह भी आता है उसके साथ। कभी जब बहुत मस्त मूड में होता है तो कहता है तुम पेंटिंग करो, मेरी तो यह डेटिंग है।

"अच्छी लगती हैं, बहुत अच्छी लगती हैं," वह बेंच पर उसके साथ आकर बैठ गया था। उसके गुलाबी दुपट्टे पर अनगिनत रंगों की बूटियाँ बनी हुई थीं। उसने दुपट्टा अपने हाथों में लपेटते हुए कहा, "पर मुझे इसलिए अच्छी लगती हैं, क्योंकि वे तुम्हारे भीतर रंगों को सजाती हैं, जिससे तुम्हारे चेहरे पर नूरानी चमक आ जाती है। उस चमक में मैं तुम्हारे प्यार को महसूस कर पाता हूँ। जब मैं तुम्हें देखता हूँ तो तुम मुझे तितलियों से भी ज्यादा प्यारी लगती हो। तुम्हारे अंदर तो कितने रंग हैं—प्यार के रंग, भावनाओं के रंग, विश्वास के रंग, भरोसे के रंग। तुम संपूर्ण हो, इसलिए तितलियों से ज्यादा तुम मुझे अच्छी लगती हो। तुम मुझे अच्छी लगती हो, क्योंकि तुम्हारे पाँव में जो गति है, वह मुझे अच्छी लगती है। मुझे तुम्हारी उड़ान अच्छा लगती है, मुझे तुम्हारे सपने अच्छे लगते हैं और मैं तुम्हारा हर सपना पूरा करना चाहता हूँ। तुम कहती हो कि सारे रंग, गति और उड़ान तुम्हें तितलियाँ देती हैं, बस

इसीलिए मुझे वे पसंद हैं, लेकिन मुझे अच्छी सिर्फ तुम लगती हो। तुम किसी तिलिस्म से कम नहीं हो मेरे लिए।"

शाम गहराने लगी थी। तितलियाँ अपनी आखिरी उड़ान भर चुकी थीं। वह जानती थी कि उसके सपने जरूर पूरे होंगे। उसने उसके मजबूत कंधे पर अपना सिर रख दिया। उसके सिर पर लहराते दुपट्टे के सारे रंग उन दोनों पर बिखर रहे थे।

□

18

तू ही मेरी मंजिल

जितना मुझे जिम जाने का क्रेज था, उतना ही सुबह–सुबह पार्क के ट्रैक पर साइकिल चलाने का भी जुनून था। जिम जाने की वजह अगर फिट रहना थी तो सुबह अपनी प्यारी नींद को तकिए पर छोड़ कर आते हुए थोड़ी मायूसी होने के बावजूद उनींदी आँखों, उबासी लेते चेहरे और शरीर माँगे मोर नींद, को तरोताजा करने के लिए खुशी का इत्र छिड़क कर पार्क आने की वजह भी कोई छोटी नहीं थी। अपनी स्पोर्ट्स साइकिल को किसी मर्सीडीज की दौड़ाते हुए फौरन उस जगह पहुँच जाता था, जहाँ वह साइकिल चलाया करती थी।

कितनी साइकिल चलाई, कितनी बार उसे आँखें बचाकर देखा, कितनी सारी नींद की कुर्बानी दी और अनगिनत बार ऑफिस देर से पहुँचा, लेकिन आखिर में कामयाब हो गया। मेरे सारे प्रयत्नों ने उसे अहसास दिला ही दिया कि यह मासूम–सा लड़का, जो एक इंजीनियर है और मोटा पैकेज लेता है, उससे प्यार करता है। जो देखने में न सिर्फ स्मार्ट है, वरन् फिट भी है, उस पर जान छिड़कता है। उससे दीवानों सी मुहब्बत करता है। एक दिन, न जाने कितने महीनों बाद, उसने साइकिल रोककर कह ही दिया, "मुझे तुम अच्छे लगते हो।"

तब मैंने मौका गँवाना ठीक नहीं समझा और फौरन पूछा, "सिर्फ अच्छे?"

वह मुसकराई, अपनी लटों को उसने पीछे धकेला। अपनी साइकिल को

उसने प्यार से थपथपाया और सीधे मेरी आँखों में आँखें डालते हुए बोली, "बहुत अच्छे लगते हो। आई मीन, मुझे तुमसे प्यार हो गया है।"

मेरा दिल उस दिन जो हवा में उड़ते गुब्बारे की तरह लहराया, आज तक नर्तन कर रहा है।

उसके प्रेम का इजहार करने के बाद से मेरा दिल ऐसा गार्डन-गार्डन हुआ कि रोज उसके साथ पार्क में साइकिल चलाता हूँ और हम लगातार बातें करते रहते हैं। आसपास की दुनिया से बेखबर...कितना खूबसूरत अहसास होता है यह इश्क! और क्या मेरी माशूका, मंदाकिनी नाम है उसका, कम खूबसूरत है? सुबह की ओस जैसी ताजगी छलकती है उसके भीतर से। हँसती है तो पार्क में खिले फूल भी अठखेलियाँ करने लगते हैं।

मुझे लगता था कि जब मैं उसके पीछे दीवाना बना घूम रहा था तो वह मुझे नोटिस नहीं करती थी। "वैसे, जब मैं कॉलेज जाती थी और तुम मेरा पीछा करते थे तो मार खाने का डर नहीं लगता था तुम्हें, शेखर?" वह बोली तो मैं हैरान रह गया था। उस समय उसने टाइट्स और लूज टी-शर्ट पहनी हुई थी। सिर पर कैप थी और स्पोट्र्स शूज पहने वह तेज-तेज पैडल मार रही थी।

"एक दिन जब मैं अपनी फ्रेंड के साथ मार्केट में खड़ी गोलगप्पे खा रही थी तो तुमने कागज की बॉल बनाकर मेरी ओर उछाली थी। उस पर तुमने 'आई लव यू' लिखा था। फेंककर तुम वहाँ से चले गए थे, लेकिन वह कागज अभी भी मेरे पास है। बिल्कुल देव आनंद बनने की कोशिश में लगे रहते थे। शाहरुख बनने के बारे में कभी नहीं सोचा?" वह मुझसे आगे निकलते हुए जोर से बोली।

दो पल को मैं झेंप गया। तेजी से उसकी बगल में पहुँच गया और शाहरुख के अंदाज में बोला, "फिर तो मैं 'मंदा-मंदा', करते हुए हकलाता रह जाता।"

"और उस दिन जब मैं अपनी मम्मी के साथ फिल्म देखने जा रही थी तो ठीक हॉल के सामने तुम्हारा स्कूटर पंक्चर हुआ है, ऐसा तुम दिखा रहे थे। कितने पापड़ बेले तुमने। पसीना-पसीना हो रहे थे।"

"वह तो तुम्हारी मम्मी को देखकर हो रहा था। बाप रे! देखने से ही ललिता पवार लगती हैं।"

"खबरदार," मंदा ने बनावटी गुस्सा दिखाते हुए मेरी साइकिल पर टक्कर मारी थी, हौले से। "स्कूल की प्रिंसिपल हैं। तुम्हारी साइकिल की ही नहीं, तुम्हारी भी हवा निकाल देंगी। मैं तुम्हारी सिफारिश करूँगी तभी तुम्हारी दाल गलेगी।"

"यानी, तुम सारी खबर रखती थीं? मतलब, कुछ तो था तुम्हारे मन में मेरे लिए। इश्क की कलियाँ वैसे कब चटकी थीं? और इजहार करने में इतनी देर क्यों लगाई?"

"स्टाइल है मेरा!" मंदा ने मुझे प्यार भरी नजरों से देखा। मेरी साइकिल का बैलेंस बिगड़ते-बिगड़ते बचा। एक तो इतनी हसीन, दूसरी इतनी अदावाली। "मैं तेरे प्यार में पागल," मैं गुनगुनाने लगा।

"छिछोरों जैसी हरकतें मत करो, शेखर बाबू...पार्क है यह और तुम कोई रोड-साइड मजनूँ नहीं हो। वैसे जब तुम्हें पहली बार देखा था, तभी लगा था कि कोई बात तो है तुममें। उस दिन तुमने ब्लू कलर का ट्रैक सूट पहना हुआ था और तुम्हारी यह स्पोर्ट्स साइकिल...क्या गजब है! बहुत सारी लड़कियों की नजर तुम पर गई थी। तुमने ईयर प्लग लगाए हुए थे। कामदेव के अवतार तो तुम हो, इसमें कोई शक नहीं है, हालाँकि मैंने दिखाया था कि मैं तुम्हें कोई भाव नहीं देनेवाली, पर उस दिन तुमने मेरे मन पर धीमी ही सही, पर दस्तक दी थी।"

"अच्छा, मेरे जन्मदिन वाले दिन?" मैं उत्साहित हो उठा था। दिल कर रहा था कि साइकिल रोकूँ और उसे चूम लूँ।

"तब नहीं जानती थी कि उस दिन तुम्हारा जन्मदिन होता है। जब तुमने मेरा पीछा करना शुरू किया तो मैंने भी तुम्हारी कुंडली निकलवा ली थी।"

मेरा कौतुक बढ़ता जा रहा था और उसके लिए प्यार भी।

"बहुत सताया तुमने, मंदा। पहले ही अपना इश्क कबूल कर लेतीं तो मेरी दीवानों जैसी हालत नहीं होती और हम चैन से प्रेम की पींगें झूल रहे होते।"

"वैसे, तुम्हें इंजीनियर की जगह शायर होना चाहिए था।"

"आइडिया बुरा नहीं, मेरी मंदा। बस, उसके लिए तुम्हें मेरे सामने बैठे रहने होगा।"

"हम रोज ही तो मिलते हैं, कम-से-कम पार्क में तो। तुम नौकरी छोड़ने को तैयार हो तो मैं भी छोड़ देती हूँ। फिर बैठी रहूँगी सामने।"

"तुम तो मजाक उड़ाने लगीं मेरा," मैंने भावुक होने की एक्टिंग की। वास्तव में मुझे उसकी बातों में मजा आ रहा था। एक मीठी-सी कशिश थी उसके अंदर, जो मुझे हर बार उससे मिलने पर भिगो जाती थी। मैंने उसे छेड़ते हुए कहा, "तुम तो इस समय भी मुझसे दूर हो।"

"क्या करूँ, तुम्हारी साइकिल तो हवा-हवाई है, एकदम लेटेस्ट मॉडल की। इसमें मेरे बैठने के लिए आगे कोई रॉड भी नहीं है। नहीं तो मैं अपने देव आनंद की साइकिल पर बैठ वहीदा रहमान की तरह इतराती और गाती, 'गाता रहे मेरा दिल, तू ही मेरी मंजिल।"

"साइकिल बेशक नई है, लेकिन दिल तो पुराना है मेरी मंदा।"

देर तक दोनों साइकिल चलाते रहे और उनका इश्क हर दिन एक नई याद के साथ परवान चढ़ता है। खट्टी-मीठी नोंक-झोंक के साथ उनकी साइकिलें भी सुबह होने का इंतजार करती हैं।

□

19

दिल की धड़कनें सुनें

बहुत चर्चे सुने थे कार्डियोलॉजिस्ट डॉ. अंशुमन खेर के, लेकिन मैं उनसे मिली नहीं थी। वह कश्मीर के थे और कई साल से दिल्ली में रह रहे थे। हार्ट केयर हॉस्पिटल में मेरी अभी नई नियुक्ति हुई थी और सीनियर डॉक्टरों से मिलने में थोड़ी हिचकिचाहट होती थी मुझे। नर्स उनके सौम्य व्यवहार, काम करवाने के तरीके के बारे में अवश्य बात करती थीं और यह भी कि जब मरीज का दिल जवाब दे देता था तो वह अपने हाथों के स्पर्श से उसमें पुनः धड़कन भर देते थे। वह ऐसे डॉक्टर थे, जिनकी विनम्रता की लोग जहाँ एक तरफ मिसाल देते थे, वहीं दूसरी ओर उनके हाथों में किसी अपने के पहुँच जाने पर उन्हें उसके बचने का विश्वास होता था, फिर भी वह हार्ट स्पेशलिस्ट दिल के बारे में बहुत कम जानता था!

अंशुमन जब तेजी से अपना सफेद कोट पहने कॉरीडोर से निकलते तो हम जैसे जूनियर एक निगाह भर उन्हें देखने के लिए लालायित हो उठते। गोरा, कश्मीरी रंग, सुर्ख गुलाब जैसे गाल, लंबा कद और घुँघराले बाल। चेहरे पर फैली रहनेवाली गंभीरता और काम के प्रति समर्पण की प्रखरता के बावजूद उनमें कुछ तो ऐसा था, जिसे महसूस करने के लिए महिला डॉक्टर्स उनके साथ काम करने के अवसर तलाशती थीं। उनकी काबिलीयत और करिश्मे, दोनों ने मुझ पर असर नहीं डाला, यह कहना एकदम गलत था। 35 वर्षीय डॉ. खेर अभी तक कुँआरे हैं, सोच मैं आश्चर्यचकित रह गई थी।

तब मेरे मन को एक खयाल गुदगुदा गया,' हो सकता है, यह मेरे लिए ही कुँआरे बैठे हों।'

वह अपना अधिकांश समय अस्पताल में ही बिताते मानो रुकने के लिए उनके पास समय नहीं है।

मेरी उनसे पहली मुलाकात तब हुई जब मि. शाह जिनका केस एक फिजीशियन होने के नाते मैं देख रही थी, का इलाज डॉ. खरे को करते देखा। मि. शाह को दो बार हार्ट अटैक आ चुका था और स्टेंट भी लग चुके थे। वह अब बिल्कुल फिट थे और केवल साँस की तकलीफ और पैरों में सूजन की शिकायत के कारण अस्पताल में भर्ती हुए थे। डॉ. खेर उनके साथ बैठे हुए कभी चिकन कोरमा तो कभी फिल्मों की बात कर रहे थे। मुझे एक बार फिर आश्चर्य ने घेर लिया था। क्या यह इस तरह की बातें भी करते हैं? मुझे उन्होंने देखा, कुछ देर उनकी आँखें मुझे पढ़ती रहीं, फिर वह कमरे से बाहर निकल गए। वह अपने मरीजों की कितनी परवाह करते हैं!

फिर मेरी मुलाकात हुई एक फंक्शन में, जो अस्पताल के हॉल में ही आयोजित किया गया था। मेरा भाग्य कि हम दोनों साथ-साथ ही बैठे थे। केवल चिकित्सा, सेहत और बिगड़ती जीवन-शैली तक ही हमारी बातें सीमित रहीं। मेरा उनके लिए कुछ महसूस करना हलकी बजती, मदहोश करनेवाली धुन जैसा था। धीमी-धीमी ताल पर थिरकते कदमों जैसा था। एक दिन मेरा हाथ उनसे छू गया तो उन्होंने ऐसे उसे खींचा मानो मैं कोई नागिन हूँ। तब तक मुझे पता चल चुका था कि वह किसी ब्रह्मचारी से कम नहीं हैं। आज तक कोई लड़की उनके जीवन में नहीं आई। उनके माता-पिता अपनी रूढ़िगत सोच और परंपराओं का पालन करते हुए एक रुकावट की तरह खड़े हैं। काम को प्राथमिकता देकर प्यार को उन्होंने पीछे धकेल दिया कि बेकार कोशिश की जाए। उसके बाद तो मुझे जिद हो गई कि इन्हें उस बेरंग जिंदगी से बाहर निकालकर ही रहूँगी, जिसमें केवल मरीज हैं, दवाइयों की गंध है और ऑपरेशन थिएटर की रुटीन लाइफ है। छह महीने बीतते-बीतते मैं उनके गालों पर चुंबन अंकित करने लगी थी और वह अकेले में मुझे बाँहों में भरने लगे थे।

मेरे होंठों का स्पर्श उन्हें रोमांचित करने लगा था। वह अकसर मेरे घर आने लगे थे, रुकने लगे थे। वे हमारे प्यार में डूबे दिन थे। तब मुझे लैला-मजनूँ, शीरी फरहाद की कहानी अपनी लगने लगी थी।

"लैला जैसा समझने लगी हो खुद को, उनकी प्रेम कहानी जैसा अंत न हो कहीं, प्रीति?" अंशुमन खेर, एक प्रसिद्ध हार्ट स्पेशलिस्ट ने डरते हुए कहा था। उनके दिल में धड़कन होनी शुरू हो गई है। मैं मुसकरा उठी थी और झट से उनके होंठ चूम लिये थे।

हवाओं में हमारा प्रेम लहराने लगा था तो अस्पताल में कैसे यह बात छिपती? हमें कैंडल लाइट डिनर पर जाना पसंद नहीं था, हमें समुद्रतट पर हाथ पर हाथ डाले घूमना पसंद न था, हम एक-दूसरे को उपहारों से नहीं लादते थे। न ही 'आई लव यू' कहते रहते थे। हमें बस एक-दूसरे की आँखों में आँखें डालकर एक-दूसरे को महसूस करते रहना अच्छा लगता था। हमारे लिए प्यार उस रंग-बिरंगी तितली की तरह था तो उन्मुक्त आकाश में पंख फैलाए उड़ती रहती है।

अंशुमन मुझसे प्यार करने लगे थे, लेकिन आशंकाओं से घिरे रहते थे। उनके परिवार में प्रेम करना, वह भी दूसरी संस्कृति की लड़की के साथ, जो उम्र में छोटी भी है, शर्मनाक बात थी।

"आप अपने निर्णय खुद ले सकते हैं?"

"ले सकता हूँ, पर पेरेंट्स का विरोध कर उनका दिल नहीं दुखाना चाहता।" कितना हारा हुआ महसूस कर रहे थे वह। "मैं चाहता हूँ कि वे खुद मेरी भावनाओं को समझें और तुम्हें अपना लें। तब तक हम नहीं मिलेंगे। कुछ दिनों में वे वापस कश्मीर लौट जाएँगे, तब मैं तुमसे मिलने आऊँगा।"

मैं चुपचाप चली गई थी। उनसे दूर ही नहीं, अस्पताल से भी और उसके बाद हर दिन बस इंतजार करती रही उनके आने का। पाँच साल बीत चुके हैं। उनके बारे में खोज-खबर लेती हूँ, पर जब तक वह खुद न आएँ, मैं कैसे मिलने जा सकती हूँ? अपने माता-पिता के प्रति उनके सम्मान को मैं चोट नहीं पहुँचाना चाहती थी।

मैं वापस उनके शहर में थी किसी काम से। एक रेस्तराँ से खाना पैक करवाकर बाहर निकल रही थी कि उनसे सामना हो गया। बारिश शुरू हो गई थी। उनके हाथ में छाता था। "यहाँ का चिकन कोरमा बहुत फेमस है," यकायक मुझे देख सकपका गए थे या टीस उठी थी, वह बिना कोई भूमिका बाँधे बोले।

"कार में बैठें?" उनके घुँघराले बालों के लच्छों से कहीं-कहीं सफेद बाल झाँक रहे थे। गाल पहले जैसे ही सुर्ख थे। बस, चेहरे पर शिथिलता और उदासी की परतें फैल गई थीं। मेरा मन कर रहा था कि उन्हें बाँहों में भरकर चूम लूँ। मेरा प्यार सामने खड़ा था और मैं सकुचाई सी जाकर कार में बैठ गई। उन पर कितना अधिकार जमाती थी, कहाँ गया वह सारा अधिकार!

"मुझसे गलती हुई है, प्रीति। पिछले पाँच सालों से पछतावे में जल रहा हूँ, पर तुमसे कह न सका कि लौट आओ। पता भी नहीं था कि तुम वापस लौटना चाहोगी मेरी जिंदगी में? आखिर तुम इंतजार क्यों करतीं? खैर..."

"मेरे इंतजार न करने की कोई वजह थी क्या? मैंने कभी नहीं चाहा कि हमारे प्यार का अंत लैला-मजनूँ जैसा हो। जानते नहीं, मैं कितनी जिद्दी हूँ?" अंशुमन ने मेरा हाथ पकड़ लिया।

"पर तुम्हारे पेरेंट्स? क्या वे मानेंगे?"

"वे नहीं रहे इस दुनिया में। मेरी यही कोशिश रही कि उनका दिल न दुखे, इसलिए तुमसे दूर हो गया था। माफ कर सकोगी?"

"हार्ट स्पेशलिस्ट डॉ. अंशुमन खेर, अब बस भी करें। मेरा दिल बहुत जोर-जोर से धड़क रहा है। कुछ और नहीं सुनना मुझे। मैं चाहती हूँ, आप मेरे दिल की धड़कनें सुनें आज सिर्फ।" मैं उनके सीने से लग गई।

☐

20

पंछी बन उड़ती फिरूँ

"इस वीकेंड पर तो मिल रहे हैं न हम?" रोनित ने मैसेज भेजा। मैसेज की बीप सुन मैसेज पढ़ तो लिया, पर जवाब देने का उसे टाइम नहीं मिला। बॉस दो बार उसे बुला चुके थे। वह फोन अपने केबिन की टेबल पर ही छोड़ लैपटॉप उठाकर उनके कमरे की ओर बढ़ गई।

मैसेज का जवाब नहीं आया, इसका मतलब है कि सौम्या बहुत बिजी है और हो सकता है, अब वह घर पहुँचकर ही मैसेज करे। हालाँकि अकसर रोनित ही उसे तब रात को फोन कर लेता था। सौम्या को, उसकी काम की जिम्मेवारियों को वह अच्छे से समझता था। काम को लेकर उसके जुनून और महत्त्वाकांक्षाओं को भी…

दो साल हो गए हैं उन्हें मिले हुए। दोनों ही जानते हैं कि आगे की पूरी जिंदगी वे एक-दूसरे के साथ ही बिताना चाहते हैं। रोनित से कम प्यार नहीं करती सौम्या, लेकिन प्यार है तो इसका मतलब यह तो नहीं कि काम छोड़कर हमेशा प्रेमी की ही बाँहों में झूलते रहो, ऐसा वह हँसते हुए अकसर कहती है। उसकी हँसी की जुंबिश में कैद रोनित चुपचाप उसके इस फंडे को सह जाता है, बिना यह जताए कि इस बात से उसके दिल को चोट पहुँचती है। पर प्यार है तो उसकी सोच को भी तो स्वीकारना होगा, ऐसा वह मानता है।

"वीकेंड पर नहीं मिल पाऊँगी। ऑफिशियल वर्क, जा रही हूँ शहर से

बाहर और फिर मंगलवार को सिंगापुर के लिए निकलना है। सॉरी, यार। वापस आकर प्लान करते हैं।" रोनित उसे फोन मिलाने ही लगा था कि मैसेज आ गया।

"क्यों इस लड़की के चक्कर में पड़ा है? ऐसी लड़कियाँ मैरिज मैटिरियल नहीं होतीं। सिर्फ कॅरियर बनाना ही इनके जीवन का लक्ष्य होता है।" रोनित की माँ उसे कितनी बार यह बात कह चुकी हैं। उनके इंजीनियर बेटे के लिए क्या लड़कियों की कमी है!

"माना, सौम्या अच्छी लड़की है, पर अगर वह अगले पाँच साल तक शादी नहीं करेगी तो क्या कुँआरा बैठा रहेगा?"

"ओह मम्मी, आपको लगता है भाई को कुछ भी समझाने का कोई फायदा है? ही इज मैडली इन लव विद सौम्या।" माँ को तो कुछ नहीं कहता वह, लेकिन बहन के कान खींच देता है।

सच है कि उसका मन करता है कि सौम्या उसके साथ समय बिताए। काम वह भी करता है। कितने नई एप्लीकेशन बना चुका है, पर खुद के लिए समय निकालना जानता है और सौम्या जब उससे मिलने के लिए कहती है तो अपनी प्राइयोरिटी लिस्ट में कभी भी उसे नीचे नहीं रखता।

सिंगापुर से लौटने के बाद, संडे रात वे मिले थे। "बता नहीं सकता, हाऊ मच आई मिस्ड यू।" उसने उसके हाथों को कसकर थामते हुए कहा था। वह खुशी से उसके गले लग गई थी और गालों पर चुंबन देते हुए बोली थी, "आई एम सो हैप्पी रोनित। मुझे नए प्रोजेक्ट का हेड बना दिया गया है। अब तो समझ लो, मेरे पैरों में पंख लगनेवाले हैं। मैं बहुत ज्यादा बिजी होनेवाली हूँ।"

"तुम्हें नहीं लगता कि तुम बहुत तेज दौड़ रही हो? खाना खाने का समय तुम्हारे पास नहीं है, सोती हो तो लैपटॉप खुला रहता है, फोन पर अंगुलियाँ चलती रहती हैं। तुम्हें तो यह भी याद नहीं होगा कि पिछली बार कब हम दोनों ने साथ समय बिताया था? अपने पेरेंट्स से मिले एक साल हो गया है शायद तुम्हें। चेहरे की नैसर्गिक सुंदरता खोती जा रही हो। मेकअप

की परतों में अपने को गुम कर दोगी तो खुद को ही पहचानना मुश्किल हो जाएगा।"

"रोनित, तुम आज एक टिपिकल पुरुष की तरह बात कर रहे हो। शादी हो गई तो जिम्मेदारियाँ बढ़ जाएँगी, कॅरियर पर भी हो सकता है ब्रेक लग जाए कुछ समय के लिए। यही समय है कॅरियर बनाने का और पैसा कमाने का भी···" सौम्या उसे हैरानी से देख रही थी।

"मैं तुम्हें कॅरियर बनाने से नहीं रोक रहा हूँ। बस, इतनी तेज गति से भागने की बजाय, थोड़ा धीमा होकर चलने के लिए कह रहा हूँ ताकि तुम जीवन की खूबसूरती को एंज्वॉय कर सको। जो पैसा कमा रही हो, उससे मिलनेवाले सुख को भी जी सको। मेरे लिए तुम्हारे पास वक्त नहीं है, कोई बात नहीं, पर अपने लिए ही समय निकालो। कुछ देर सिर्फ यूँ ही बैठी रहो। न पास में मोबाइल हो, न लैपटॉप, न दिमाग में चलती काम की ता-ता-धिन्ना। बस, तुम हो और केवल तुम··· 'भागदौड़ को विराम देकर देखो, बहुत सुकून मिलेगा। आँखें बंद कर बस यूँ ही शांत मन से प्रकृति की आवाजों को सुनो···रिलैक्स रहना सीखो, फूलों की खुशबू को अपने भीतर उतारो, ठंडी हवा के झोंकों को महसूस करो, हाथ फैलाकर खुद तितली बन जाने के अहसास से मुसकराओ। नरम घास पर चहलकदमी करो। गहरी साँस लो और जीवन का आनंद उठाना सीखो। हर दिन को जीना चाहिए।"

"देखो रोनित, बड़ी मुश्किल से तुमसे मिलने का टाइम निकाल पाई हूँ। तुम फिलॉस्फर बनने की कोशिश मत करो। मुझे ऐसे ज्ञान की जरूरत नहीं। लाइफ में मेरे फंडे क्लियर हैं। तुम अगर मेरे लिए इंतजार नहीं कर सकते, तो मैं तुम्हें किसी और से शादी करने से रोकूँगी नहीं।"

"मेरे प्यार का मजाक मत उड़ाओ, सौम्या। जब तुम्हारे पाँव चलते-चलते थक जाएँ, जब तुम्हारा मन काम के बोझ से भावनाओं को कुचलने लगे, मैं तब भी तुम्हारा हाथ थाम तुम्हें नरम घास पर चहलकदमी कराने ले जाऊँगा। बहुत शांत गति से एकदम रिलैक्स रहते हुए धीरे-धीरे चलोगी तो अलग ही सुकून मिलेगा।"

सौम्या रोनित की बात सुन तो रही थी, पर उसकी नजरें मोबाइल पर ही टिकी थीं। रात के साढ़े दस बज गए थे। बॉस के मैसेज आ रहे थे कि वह मेल चेक करे। उसे सुबह आठ बजे की फ्लाइट से मुंबई जाना है।

"चलें क्या?" वह उठ खड़ी हुई।

रोनित रास्ते भर चुप ही रहा। उसे घर छोड़ते हुए बस इतना बोला, "अपना ध्यान रखना।"

सौम्या के चेहरे पर हमेशा पसरी रहनेवाली थकान उसे दिखाई देती है, इसलिए वह परेशान रहने लगा है। सौम्या क्यों नहीं महसूस कर पा रही है यह सब? खाना खाने का समय नहीं मिलता, इसलिए फूड सप्लीमेंट्स से काम चलाती है, खुद खाना कौन बनाए, इसलिए बाहर से ही खाना मँगवाती है। दो दिन तक उनकी कोई बात नहीं हुई। सुबह वह ऑफिस के लिए निकल रहा था कि एक फोन आया, "रोनित मल्होत्रा, मैं मुंबई के पैलेस होटल के रिसेप्शन से बोल रही हूँ। हमारे यहाँ एक गेस्ट ठहरी हुई हैं, मिस सौम्या वर्मा। वह होटल की लॉबी में बैठी हुई थीं कि अचानक उनकी तबीयत खराब हो गई। शी इज टोटली लॉस्ट। वह कुछ समझ नहीं पा रहीं, कुछ बोल नहीं पा रहीं। उनके फोन में इमरजेंसी नंबर में आपका नाम था। क्या आप यहाँ सकते हैं? हमने डॉक्टर बुलाया है और उन्हें उनके कमरे में ले गए हैं।"

रोनित को एक तेज झटका लगा। वह सौम्या को नहीं खो सकता। वह जब पहुँचा तो सौम्या बिस्तर पर लेटी लैपटॉप पर काम कर रही थी। होटल के डॉक्टर से वह जान चुका था कि अत्यधिक तनाव और रिलैक्स न रहने के कारण ऐसा हो जाता है। मरीज को कुछ पता नहीं चलता कि उसके साथ क्या हो रहा है, क्योंकि कुछ घंटे बाद वह सामान्य हो जाता है। मस्तिष्क में तंत्रिका कोशिकाओं के बीच सामान्य कनेक्शन जब बाधित होता है तो ऐसे दौरे पड़ते हैं।

"हम वापस जा रहे हैं।" गुस्से से तमतमाते रोनित के चेहरे को देख सौम्या ने कोई तर्क नहीं किया, बल्कि उस पर ढेर सारा प्यार आया। इतनी

चिंता करनेवाला कोई कहाँ मिलता है और वह है कि उसकी हर बात का मजाक उड़ाती है।

"रोज सुबह वॉक करें और स्लो डाउन।" डॉक्टर ने दवाइयाँ लिखने के साथ यह सलाह भी दी।

"कल से हम रोज सुबह वॉक पर जाएँगे। तुम्हारे घर के पास जो पार्क है, वहाँ तुम्हारा इंतजार करूँगा?" रोनित ने उसके गालों को चूमते हुए कहा।

"गुड मॉर्निंग। मैं जानता था, तुम आओगी," ताजे खिले गुलाब को देते हुए रोनित ने मुसकराते हुए कहा।

थोड़ी देर चलने के बाद उसे थकान महसूस होने लगी तो रोनित ने उससे घास पर आँखें बंद कर बैठने के लिए कहा। सौम्या के लिए यह सब बहुत अजीब था। बचपन में वह खूब खेलती थी पार्क में, लेकिन फिर···आँखें बंद करते ही उसे पक्षियों की चहचहाहट सुनाई देने लगी। हवा के झोंके ने धीरे से उसकी लटों को सहलाया, धूप की गुनगुनी तपिशवाली किरणें उसके चेहरे पर पड़ीं तो उसने अपने अंदर एक ऊर्जा महसूस की।

धीरे-धीरे उसे खुद अच्छा लगने लगा पार्क में। बहुत सुकून महसूस कर रही थी वह।

पार्क में जब वह मस्ती से सैर करते, गुनगुनाते, खिलखिलाते लोगों और प्रकृति के ढेर सारे रूपों को देखती तो हैरान होती कि आखिर कैसे वह इन चीजों को आज तक नजरअंदाज करती आई है।

नरम, ठंडी घास पर नंगे पैर चलते हुए उसे लगा कि उसके शरीर में कितनी थकान है। उसका दिमाग में केवल काम की गुत्थियाँ हैं, उसका मन··· वह भी प्यार करना जानता है, फिर कहाँ गुम हो गया वह? जीवन का आनंद लेना, आराम करना, गुलाब को सूँघना, सुंदर प्रकृति को निहारना, आकाश को देखना···कितना सुकून भरा है!

"मैंने लंबी छुट्टी के लिए अप्लाई कर दिया है।" अपने हाथों को फैलाते हुए, उन्मुक्त ढंग से आसमान को देखते हुए वह गुनगुनाई, "पंछी बन, उड़ती फिरूँ मस्त गगन में···"

"तो फिर शादी का कोई चांस है ?" रोनित ने उसके हाथों में हाथ डालते हुए पूछा।

"सोचती हूँ, कर ही लूँ," वह जोर से खिलखिलाई। उसकी उन्मुक्त हँसी हवा में जा घुली।

□

21

पिंक ईयररिंग्स

लड़की ने ड्रेस क्या पहनी है, इस पर तो लड़के का ध्यान जाता है, हेयर स्टाइल भी वह नोटिस करता है, पर ईयररिंग्स पर उसकी नजर जाए, ऐसा विरले ही होता है, लेकिन हर्षित ने इस नियम को तोड़ा जब उसने पिंक कलर की ईयररिंग्स पहने एक लड़की को देखा। ईयररिंग्स के नीचे छोटी-छोटे लाल रंग के मोती झूल रहे थे।

वह अपने ऑफिस में था। रोज की तरह काम में डूबा। सोमवार था, फिर भी चेहरे पर ताजगी नहीं थी, बल्कि इतवार के तेजी से खत्म हो जाने की शिकायत थी। शनिवार और इतवार उसने जम कर पार्टी की थी और खूब शराब पी थी, जिसका असर उसके शरीर और दिमाग को अभी भी झुला रहा था। पिछली रात सबसे बुरी थी, क्योंकि उसने और उसके दोस्तों ने लगभग आधी रात को शराब पीना शुरू किया था और सुबह साढ़े पाँच बजे तक पीते रहे थे। बमुश्किल उसे तीन घंटे की नींद मिल पाई थी। ऑफिस लेट ही पहुँचा था, लेकिन दो डिस्प्रिन खाने के बाद। हालाँकि हर वीकेंड वह कसम खाता है कि इतवार को शराब को छुएगा तक नहीं, लेकिन कसमें तो तोड़ने के लिए होती हैं, ऐसा उसके तीनों दोस्तों का कहना है। लैपटॉप पर काम करने का अभिनय करते हुए वह बीच-बीच में झपकी ले रहा था।

हालाँकि उसका बॉस ऐसा है, जिसकी निगाहें हर जगह रहती हैं, चाहे वह मौजूद हो या न हो। उसने हर्षित को शायद झपकी लेते देख लिया था

या हो सकता है, न भी देखा हो। जो भी हो, उसने फोन करके कहा कि वह किसी अन्य टीम को उनके काम में मदद करे, क्योंकि काफी लोग आज छुट्टी पर थे। हर्षित ने मन-ही-मन बॉस से लेकर हर उस व्यक्ति को गाली दी जो छुट्टी पर था। फिर भी उसने बहुत ही विनम्रता से कहा कि उसके पास पहले से बहुत काम है। बहुत चालाकी से उसने एक सहयोगी का नाम सुझा दिया।

फिर तुरंत लंच करने के लिए कैफेटेरिया में चला गया। उसने सोचा कि खाना खाकर शायद हैंगओवर कुछ कम हो जाए। जैसे ही हर्षित कैफेटेरिया जाने के लिए गलियारे को पार कर रहा था, उसकी नजर एक लड़की पर गई, जो किसी से बात कर रही थी। उसकी पीठ हर्षित की तरफ थी। इसलिए वह उसका चेहरा न देख सका, लेकिन उसे उसके दाहिने कान से लटकता पिंक कलर का ईयररिंग दिखाई दिया। वह आगे बढ़ा तो उसके शरीर का पिछला हिस्सा पूरी तरह से दिखाई देने लगा। उसने पिंक कलर की कुर्ती और ब्लू जींस पहनी हुई थी। वह चाहता था कि उसका चेहरा देखे, पर तभी अन्य कुलीग्स को आते देख खाना ऑर्डर करने बढ़ गया।

खाना खाते हुए वह लगातार उसी लड़की के बारे में सोचता रहा। क्यों, उसे समझ नहीं आया। वह मन-ही-मन उसकी छवि बना रहा था। जब वह बाहर निकला तो दुबारा वह दिखाई दी। इस बार भी वह किसी से बातें करने में मशगूल थी। इस बार उसका चेहरा वह देख सकता था। वह उससे कहीं अधिक सुंदर थी, जिसकी उसने कल्पना तक नहीं की थी। उसकी मुसकान नशीली थी और पिंक कलर के ईयररिंग्स बार-बार उसके गालों को चूम रहे थे। उसने देखा कि उसने विजिटर बैज पहना हुआ है, यानी कि वह यहाँ किसी इंटरव्यू के लिए आई थी।

बॉस फिर न बुला ले, इसलिए तीन बजे ऑफिस के बाहर चाय पीने चला गया। वह मेन गेट से बाहर आ रही थी। ड्राइवर ने उसके लिए कार का दरवाजा खोला। पल भर में ही सफेद टोयोटा आँखों से ओझल हो गई। इतनी बड़ी गाड़ी में बैठकर इंटरव्यू देने आई थी''हर्षित की समझ ने उसे झकझोरा। होगा यह भी कोई स्टाइल।

उसके बाद हर्षित का मन बस उसके चेहरे, उसकी मुसकान और पिंक कलर के ईयररिंग्स में ही अटकता-भटकता रहा।

शुक्रवार को वह फिर दिखाई दी। वह अपने दोस्तों के साथ लंच के लिए बाहर जा रहा था। वह गेट से अंदर घुसी और लिफ्ट की ओर बढ़ गई। हर्षित ने बहाना बनाया कि वह अपना मोबाइल फोन डेस्क पर भूल आया है और तेजी से लिफ्ट की ओर दौड़ा। कुछ मिनटों के बाद लिफ्ट आई और वे दोनों उसके अंदर चले गए। और कोई नहीं था उस समय लिफ्ट में उन दोनों के सिवाय। उसने फिफ्थ फ्लोर का बटन दबाया। वहीं तो हर्षित बैठता था। उसने इस बार गुलाबी रंग के वेस्टर्न फॉर्मल पहने हुए थे और उसके परफ्यूम की महक उसे मदहोश कर रही थी। पिंक कलर के दूसके स्टाइल के ईयररिंग्स आज भी कानों में लटक रहे थे, यानी इसे पिंक कलर पसंद है। हर्षित ने मन-ही-मन उसे 'पिंकी' नाम दे दिया। लड़की ने खास ध्यान नहीं दिया हर्षित पर। हाँ, देखा जरूर नजरें टिकाकर वैसे ही, जैसे अपने सहयात्री को देखते हैं।

वह रिसेप्शन पर गई और रिसेप्शनिस्ट ने उसे कॉन्फ्रेंस हॉल में बैठने के लिए कहा। वह वापस नीचे चला गया, यह सोचकर कि अभी उसे नीचे आने में काफी वक्त लगेगा, लेकिन 'पिंकी' उसके भीतर हलचल मचाने लगी थी। बहुत सी लड़कियों के संपर्क में वह आया था, लेकिन ऐसी कशिश किसी के लिए महसूस नहीं की थी।

उस घटना के बाद एक और हफ्ता बीत गया और उसका कोई पता नहीं चला। 'शायद उसने इंटरव्यू क्लियर नहीं किया' उसने सोचा। 'ख्वाबों-खयालों में बस तुम ही तुम हो' हर्षित अकसर गुनगुनाता। अब काम में भी मन लगने लगा था। हालाँकि उसकी नई नौकरी लग चुकी थी और रिजाइन करने के बाद यहाँ नोटिस पीरियड पूरा कर रहा। बस एक और हफ्ता और बाकी था। भूलने की कोशिश करता, पर पिंकी और उसके पिंक ईयररिंग्स आँखों के सामने चक्कर लगाने लगते। कई बार उसका मन हुआ कि रिसेप्शनिस्ट से उसके बारे में पूछे, लेकिन यह सोचकर रुक जाता कि नाहक ही फुसफुसाहटें

होने लगेंगी। ऑफिस में तो हर कोई दूसरे की टाँग खींचने को तैयार रहता था। उसे देखने की कोई उम्मीद नहीं थी, पर मन अटक गया था उस पर।

प्यार हो गया था क्या हर्षित को? इस खयाल पर उसने खुद को ही खूब कोसा। न नाम जानता है, न उसके बारे में कुछ पता है और जनाब प्यार करने चले हैं। दिल ने समझाया, देख लेना, जरूर मुलाकात होगी। हो सकता है, जिस कंपनी को वह ज्वॉइन कर रहा है, वहाँ मिल जाए। जितनी पॉजीटिव सोच वह रख सकता था, रख रहा था हर्षित।

वह उसका आखिरी दिन था ऑफिस में। चीजें समेटने में व्यस्त था कि किसी ने उसके कंधे थपथपाए। बॉस खड़े थे पीछे। हर्षित कुछ कहता कि अचानक ठिठक गया। वह उनकी ओर ही आ रही थी। आज उसने पिंक कलर की साड़ी पहनी हुई थी। पिंक नेलपॉलिश, पिंक सैंडिल और पिंक ईयररिंग्स··· पल भर में ही ऊपर से नीचे तक देख लिया हर्षित ने उसे। वह झटके से सीट से उठा।

बॉस बोले, “हर्षित, इनसे मिलो। यह हैं मिस पिंकी त्रिवेदी। तुम्हारी जगह इन्हें ही अपॉइंट किया गया है।”

वह हौले से मुसकाई, वही मदहोश करनेवाली मुसकान!

□

22
फिर मिलेंगे

मुझे लगता है, यायावर बनने से बेहतर कोई शौक हो ही नहीं सकता है। घूमो, दुनिया को देखो, अलग-अलग शहरों और प्रांतों के स्वाद चखो, उनकी संस्कृति को जानो और ढेर सारी शॉपिंग करो। तो बस घुमक्कड़ी के अपने पैशन को मैंने अपना प्रोफेशन बना लिया और बन गई ट्रैवल फोटोग्राफर। विभिन्न शहरों की खूबसूरती को अपने कैमरे में कैद करने लगी। इन फोटोग्राफ्स के अच्छे पैसे मिल जाते थे। परिवार के लोगों को तो किसी तरह मना लिया था कि अकेले घूमने में कोई डर नहीं है। वैसे भी इन दिनों सोलो ट्रैवलिंग का खूब चलन बढ़ा भी है।

इस बार मध्य प्रदेश के महेश्वर की यात्रा थी। नर्मदा घाट से सूर्यास्त और सूर्योदय की फोटो, बोट पर बैठे हुए नर्मदा के जल की तसवीरें और प्रकृति से साक्षात्कार करने का मौका''बहुत ही खूबसूरत नजारे थे। महेश्वर साड़ियाँ बनती देखीं और अहिल्याबाई होल्कर के महल के बारे में तो जितना कहा जाए, कम ही है। घाट पर अनगिनत शिवलिंग बने हुए हैं। कैमरे से लगातार फोटो खींच रही थी। हर कोण पर एक दृश्य उभर कर आता, हर दो कदम बाद कुछ ऐसा दिख जाता कि उसे कैमरे में कैद करने को मैं बेचैन हो उठती। नर्मदा नदी के बीच निर्मित बाणेश्वर मंदिर के पास कई छोटे-छोटे मंदिर बने हुए हैं। उन पर फहराते ध्वजों को मंत्रमुग्ध हो देख रही थी।

फोटो खींचने ही लगी थी कि अचानक कोई मुझसे टकराया और बिना

पलटकर देखे 'सॉरी' कहता हुआ आगे बढ़ गया मानो बहुत जल्दी में हो। कैमरा हाथ से गिरते-गिरते बचा था। कोफ्त तो बहुत हुई, मुँह में दो बड़ी-बड़ी गालियों ने भी जुगाली की, लेकिन वह तो एक मंदिर के परिसर में घुसा और गायब हो गया। खादी के क्रीम कलर के कुरते के नीचे नीले रंग की जींस पहने था। बाल लंबे थे और एक बैंड से पॉनीटेल की तरह लटके हुए थे। कंधे पर बड़ा सा झोला झूल रहा था। फोटोग्राफी करते-करते मैं इतनी माहिर हो चुकी थी कि पल भर में ही बारीक से बारीक चीज को नोट कर लेती थी, फिर यह तो छह फुटा बंदा था, जिसने ठहरकर यह जानने की भी कोशिश नहीं की थी कि मेरा कोई नुकसान तो नहीं हुआ? 'सिरफिरा कहीं का', यही कहकर मैंने अपने गुस्से पर काबू किया।

जिस मंदिर में वह घुसा था, वह छोटा सा था और वहाँ अब पूजा भी नहीं होती थी। भीड़ भी नहीं थी आसपास। मेरे अंदर न जाने किस उत्सुकता ने सिर उठाया कि मेरे कदम उसी ओर चल दिए। मंदिर एकदम खाली था। जहाँ पूजा होती है, वहाँ तो लोगों की भीड़ उमड़ी रहती है, लेकिन खंडित मूर्तियों, निर्लिप्त भाव से खड़े खंभों और दरवाजों को देखने या तो फोटोग्राफर आएँगे या पुरातत्त्व वेदा या फिर कोई सिरफिरा। मेरे होंठों पर हँसी तैर गई। मंदिर के भीतरी चबूतरे पर बैठा वही छह फुटा सिरफिरा इनसान फर्श पर कागज बिछाए उस पर कोई चित्र बना रहा था। आसपास पेंसिल, स्केल, रंग बिखरे पड़े थे। सर्दियों की गुनगुनी धूप उस पर यूँ पड़ रही थी, मानो उसके चेहरे को रोशन करना चाहती हो। साँवली और गोरी रंगत का अजीब-सा समन्वय था उसके चेहरे पर। मेरा मन हुआ कि उसकी फोटो खींच लूँ। अच्छे-खासे पैसे मिल जाएँगे, लेकिन बिना अनुमति के खींचना प्रोफेशनल एथिक्स के हिसाब से गलत लगा मुझे।

उसे कहीं यह न लगे कि मैं उसका पीछा कर रही हूँ, इसलिए मंदिर की कई कोणों से फोटो खींचने लगी।

"फोटो खींचने का शौक है या पेशा?" अचानक पास आकर खड़ा हो गया था वह।

मैं सकपका गई। इसे क्या हवा के झोंके की तरह यहाँ-वहाँ लहराने की आदत है! एक मुसकान मेरे होंठों पर आ गई, इस खयाल पर।

"दोनों," इतना ही बोल पाई। उसकी आँखों में गजब की जुंबिश थी। मेरी जैसी वाचाल लड़की के उसे देख बोल निकले ही नहीं मुँह से।

'सँभाल अपने आपको श्रद्धा। क्यों बहक रही है?' मैंने खुद को चेताया।

"एक बार आकर्षण में बँधकर धोखा खाना क्या काफी नहीं था मेरे लिए?"

"और आप? क्या चित्रकार हैं?"

"आर्किटेक्ट हूँ। मंदिरों की स्थापत्य कला पर शोध भी कर रहा हूँ। इसलिए जब भी मौका मिलता है, यहाँ-वहाँ निकल जाता हूँ। इस जगह की तो बात ही निराली है। मंदिरों के बारे में जानने के लिए बहुत समय बिताना होगा। अभी तो केवल दो दिन के लिए ही रुक पाऊँगा।" वह उसे देख रही थी और उसकी नजरें मंदिर परिसर में घूम रही थीं।

"मेरा नाम सुदीप है।" उसने हाथ आगे बढ़ाते हुए कहा।

"श्रद्धा।" उसके हाथों का स्पर्श मुझे पिघला रहा था।

"जयशंकर प्रसाद की श्रद्धा? कौन हो तुम? संसृति-जलनिधि, तीर-तरंगों से फेंकी मणि एक।" वह हँसा।

"कवि भी हो?" मुझे उसकी आवाज के उतार-चढ़ावों ने बाँध-सा लिया था।

"सामने इतनी कोमल कविता खड़ी हो तो कोई भी शायर बन जाएगा। प्लीज डोंट गेट मी रांग। फ्लर्ट करने का मेरा कोई इरादा नहीं है।" इस बार सीधे उसने मेरी आँखों में झाँका।

मैं चुप रही। सिहर उठी थी उसकी नजरों में समाए जादू से। मन तो हो रहा था कहूँ कि सुनाते रहो कविता।

"चलती हूँ। तुम चित्र बनाओ। नाहक ही मैंने डिस्टर्ब किया।"

"साथ ही चलते हैं, इफ यू डोंट माइंड। यहाँ मैं किसी को जानता नहीं।" वह अपना सामान समेटते हुए बोला।

'वाई शुड आई माइंड?' मैंने खुद से कहा।

महल, मंदिर छोड़ हम बाहर सड़क पर निकल आए थे। बातों ने एक गति पकड़ ली थी। कुछ उसने बताया अपने बारे में, कुछ मैंने।

"शाम को बोटिंग के लिए चलेंगी?"

"शाम को ही निकल रही हूँ। इंदौर जाना है।"

"ओह!" उसके चेहरे पर निराशा फैल गई थी।

"फिर कब मुलाकात होगी?" सहजता से पूछा सुदीप ने।

"यूँ ही किसी मोड़ पर।" मैं खिलखिलाई।

"तुम चित्र बनाते और मैं फोटो खींचते-खींचते टकरा ही जाएँगे, जैसे आज टकराए थे।"

"सॉरी। न जाने किस बेध्यानी में चल रहा था? जान-बूझकर नहीं टकराया था। आई होप, तुमको चोट तो नहीं लगी?" झेंपते हुए पूछा सुदीप ने।

"चलो देर से सही, पूछ तो लिया। उस समय सचमुच गुस्सा आया था। जरा ध्यान से चला करो। ऐसा न हो कि इस आदत के कारण किसी से मार ही न पड़ जाए।"

"पड़ चुकी है मार। एक गुंडे से टकरा गया था। उसने बंदूक ही निकाल ली थी।" सुदीप हँसा।

रास्ते तो लंबे होते हैं, लेकिन कहीं-न-कहीं रुकना ही पड़ता है। दो दिशाओं में स्थित अपने-अपने होटल जाने के लिए हमें एक-दूसरे से विदा लेनी ही पड़ी।

"फिर मिलेंगे और फोन पर तो बात होगी ही।" उसने हौले से मेरे हाथों को छुआ मानो इस बात का आश्वासन चाह रहा हो।

मैंने सहमति में सिर हिलाया। कैमरे में उसकी फोटो खींच ली। इस बार पूछने की जरूरत महसूस नहीं हुई।

उसके हाथों का स्पर्श और आँखों की जुंबिश को अपनी आँखों में समेट, जब मैं लौटी तो कुछ बदल-सा गया था मेरे भीतर। कभी-कभी एक अनजाना भी अपना-सा लगने लगता है।

तभी उसका व्हाट्सअप मैसेज आया, "फिर मिलेंगे।"

□

23

मन इंद्रधनुषी

जब वह सोकर उठी तो उसे लगा कि जैसे ही मौसम में एक खुशबू तैर रही है। फाल्गुन के रंगों की खुशबू, वसंत ऋतु के मदमस्त फूलों की खुशबू, अबीर-गुलाल की सुगंध...फाल्गुन का महीना उसके अंदर न जाने कैसी सी अल्हड़ मस्ती भर देता है और वह दीवानी सी उसके सारे रंगों से खुद को सराबोर कर देने को मचल उठती है। शायद यही वजह है कि उसे होली खेलना बहुत पसंद है। लोग हैरान होते हैं कि आखिर उसे यह त्योहार क्यों इतना भाता है, जबकि इसमें कपड़े से लेकर शरीर तक गंदा हो जाता है! पर उसे तो अच्छा लगता है। उसके होंठों पर एक नशीली मुसकान खिल गई, मानो कुछ बीता याद आ गया हो या कोई दृश्य उसकी आँखों के सामने तैर गया हो।

वह झट से उठी और होली के लिए खास सूट पहन लिया। उसे होली खेलना बेशक बहुत पसंद है, लेकिन सिर्फ गुलाल से। नीले-पीले, गुलाबी, बैंगनी...सतरंगी गुलाल जब चेहरे पर सजते हैं तो उसे लगता है कि उसका शरीर ही नहीं, मन भी इंद्रधनुषी हो गया है। चटकीले रंग से सराबोर हो वह होली के रंगों की बौछार में भीगती इतनी मगन हो जाती है कि होश ही खोने लगती है, लेकिन कोई पानी फेंके तो उसकी शामत आ जाती है। भड़क उठती है तब वह। गीले कपड़ों को शरीर से चिपकाए होली खेलने से उसे सख्त परहेज है। सूखे रंगों की मुलायमियत जो सुकून देती है, वह पानी से कहाँ मिलती है!

घर से बाहर निकलते ही सड़क पर मची धमा-चौकड़ी देख वह खुश हो गई। फाल्गुन अपने पूरे यौवन पर था और वह भी तो। जाने-अनजाने चेहरे एक-दूसरे पर रंग लगा रहे थे। बच्चे गुब्बारे फेंकने और पिचकारी चलाने का आनंद ले रहे थे। 'बुरा न मानो होली है', 'आज न छोड़ेंगे तुम्हें,' और 'होली आई रे कन्हाई, रंग बरसे' न जाने कितने जुमले और गाने हवा में लहरा रहे थे। कॉलोनी के पार्क तक पहुँचते-पहुँचते वह पूरी तरह से रंगमय हो चुकी थी। वह और उसकी फ्रेंड्स एक टोली बनाकर चल रहे थे।

"तुम्हें होली पर सफेद रंग के कपड़े पहनना अच्छा लगता है, है न?" वसुधा उसे देख मुसकराई।

"सफेद ऐसा रंग है जिस पर बाकी सारे रंग अपनी-अपनी जगह बना इतरा सकते हैं। तुमने जो लाल रंग की यह ड्रेस पहनी है, उस पर बता तो सही कौन-सा रंग खिल पाएगा?" उसके वसुधा के चेहरे पर रंग मलते हुए कहा।

"बात तो गार्गी ठीक कह रही है। हमारे रंगबिरंगे कपड़ों पर कहाँ रंग दिखेंगे?" सपना ने उसकी बात पर सहमति जताई।

"चलो, भाँग पीते हैं," सोनल ने कहा।

लंच में छोले-भटूरे बन रहे थे और उसके बगल में ही भाँग सर्व की जा रही थी।

"पागल है क्या?" गार्गी बोली।

"मैं तो नहीं पीनेवाली। सामने देखो, मेरे भ्राताश्री मुझ पर ही नजरें रखे हुए हैं। पहले इनसे बच लूँ, फिर सोचेंगे क्या करना है?" गार्गी अपनी सहेलियों को दूसरी ओर ले जाने लगी तो वसुधा ने चुहल की, "यह तो बिन पिए ही न जाने किस नशे में रहती है? यह क्या करेगी भाँग पीकर?"

"मुझे तो कई बार इसे देख लगता है कि जवानी तो जैसे इसी पर छाई है।" नीरा ने गार्गी के हाथ पर चिकोटी काटते हुए कहा।

वैसे, नीरा कुछ गलत भी नहीं कह रही है, गार्गी ने सोचा और रंगों से गुलाबी हुए उसके गाल और गुलाबी हो गए। कैसे बताए वे इन सबको कि उसके ऊपर प्यार का रंग चढ़ चुका है। मन में एक मीठी-सी टीस उठी। और

कितना इंतजार करना होगा ? लॉन्ग डिस्टेंस प्यार अब नहीं सुहाता…बेशक तब भी वे दोनों पूरी तरह से डूबे रहते हैं इश्क में, लेकिन प्यार की खुशबू अगर आसपास तैरे तो उसकी महक मन को ही नहीं, शरीर को भी सुवासित कर देती है। अचानक गार्गी ने अपने दाएँ हाथ से बाएँ हाथ को ऐसे छुआ, मानो उसके स्पर्श को जीना चाहती हो।

छह महीने पहले एक जॉब इंटरव्यू के लिए वह भोपाल गई थी। घर में सबने मना किया था कि दिल्ली में ही नौकरी ढूँढ़े, लेकिन वह इंटरव्यू देकर अपनी योग्यता को जहाँ एक तरफ परखना चाहती थी, वहीं कुछ एक्सप्लोर करने की चाह भी उसे वहाँ खींच ले गई थी। कुछ नहीं तो इस बहाने झीलों के उस शहर को ही देख लेगी। वह भी आया था इंटरव्यू देने, किसी दूसरी पोस्ट के लिए। लॉबी में बैठे हुए बातें, हुईं, खयाल मिले और उस ऑफिस से बाहर निकलते-निकलते तक इतना परिचय हो गया कि उसने गार्गी को अपना शहर घुमाने का दायित्व सहजता से अपने ऊपर ले लिया। एक दिन के बजाय वह दो दिन रुक गई। उसे नौकरी तो नहीं मिली, पर समर मिल गया। वह लौटी तो साथ में समर के प्यार के अहसास को भी साथ बाँध लाई थी। उसके बाद से वे वीडियो कॉल पर बात करते हैं। गार्गी अपने कमरे को बंद कर बहुत ही धीमे स्वर में बात करती है। उसका भाई उसे लेकर बहुत ज्यादा प्रोटेक्टिव है। खैर, देखा जाएगा, आगे क्या होगा ? भाई को भी मना लेगी वह ! फिर मम्मी-पापा को मनाना मुश्किल नहीं होगा। समर से मिलने के बाद कौन ऐसा होगा, जो उससे प्यार न करने लगे !

प्लेट में रखे लाल गुलाल से उसने खुद ही अपने गाल और आरक्त कर लिये। "यह गुलाल तुम्हारे नाम से समर।" वह बुदबुदाई और मीरा सी दीवानी हो और 'रंग बरसे भीगे चुनरवाली, रंग बरसे', बजते इस गाने पर थिरकने लगी।

उसके साथ उसकी सारी सहेलियाँ और बाकी लोग भी नाचने लगे। माहौल ही ऐसा था कि कुछ भाँग पीकर और कुछ बिना भाँग पिए ही झूम रहे थे। अब तक पार्क में काफी भीड़ जमा हो चुकी थी और अपनी-अपनी उम्र

के हिसाब से लोगों की टोलियाँ बन चुकी थीं।

भाई की नजरों से बचने के लिए गार्गी अपनी टोली के साथ थिरकते-थिरकते पार्क के कोने में आ गई थी। वैसे भी, जो पानी उसे पर डाला गया था, उसे सुखाने के लिए वहाँ धूप अच्छी थी। वसुधा ने उसे शरबत का गिलास पकड़ाया और उसकी पूरी टोली उसे वहीं छोड़ फिर नाचने लगी। गार्गी ने देखा था, उन सबने भाँग पी थी। तभी उसके पीछे से दो हाथों ने उसके गालों पर रंग मला। वह सिहर उठी। वह स्पर्श उसके मन के भीतर इंद्रधनुष के सारे रंग उड़ेल गया। उसकी देह में एक अँगड़ाई उठी। कान में हौले से वह फुसफुसाया, "हैप्पी होली। मेरे प्यार का हर रंग तुम्हें मुबारक हो।"

गार्गी पलटी। अपनी दिल की धड़कनों को सँभालती उसके सीने से लग गई।

"तुम कैसे ?" नहीं बोल पाई वह इससे ज्यादा कुछ।

"हमारे प्यार की पहली सतरंगी होली है। कैसे न आता तुम्हें रंग लगाने ? मेरे मन में भी इंद्रधनुष के रंग चटकने को बेताब हैं। रंग नहीं लगाओगी मुझे ?"

गार्गी ने एक साथ सारे रंगों को अपने हाथ में मिलाया और समर के गालों पर अपनी दोनों हथेलियाँ रख दीं।

'होली है' का शोर उन दोनों के प्रेम का उत्सव मना रहा था।

□

24

मुलाकात

केरल के वायनाड में जैसे ही कदम रखा, उसके प्राकृतिक सौंदर्य ने मुझे मंत्रमुग्ध कर दिया। हर मोड़ पर, हर रास्ते, हर कोने में फैली हरियाली मेरे जैसी नेचर लवर के लिए किसी स्वर्ग से कम नहीं थी। मुझे पहले ही मेरे दोस्त कुट्टी ने कह दिया था कि एक बार यहाँ आ गई तो जाने का मन नहीं करेगा। इसलिए वापसी का हवाई टिकट बुक मत करना, वरना दो तरह से पछताएगी। या तो रुक न पाने का मलाल होगा या टिकट कैंसिल कराने पर जो पैसे कटेंगे, उनके बारे में सोचकर रोएगी। मैंने उसकी बात मान ली थी और वापसी का टिकट नहीं कराया था। वैसे भी बहुत लंबे अरसे बाद कुट्टी से मिल रही थी। हम दोनों ने एक साथ ही एम.बी.ए. किया था। इन दिनों वह वायनाड आया हुआ था अपने पुश्तैनी घर की मरम्मत कराने। हालाँकि वह बीच-बीच में काम से यहाँ-वहाँ आता-जाता रहता था। उसने कहा था कि अगले एक हफ्ते वह वायनाड में ही है, जिससे घर का काम अपने सामने ही खत्म करवाकर जाए। कांट्रैक्टर बहुत समय लगा रहा था।

वह वहाँ है और मुझे घुमाने का जिम्मा उसका है, यह सोच मैं निश्चिंत थी, लेकिन जो सोचा, उसका उलटा हुआ। मैं रात को वहाँ पहुँची और रिजॉर्ट की खूबसूरती में मग्न सोने की तैयारी कर ही रही थी कि उसका फोन आ गया।

"हाऊ आर यू माई लवली लेडी? वेलकम टू वायनाड। सॉरी, घर की हालत ऐसी नहीं कि तुझे वहाँ ठहरा पाता। वैसे भी रिजॉर्ट का अपना ही मजा

होता है। चारों तरफ जंगल जैसी हरियाली है तो रात को झींगुरों और अन्य जीवों का खूब संगीत सुनने के मिलेगा। खूब एंज्वॉय करना। अच्छा लगेगा तुझे। फिर चार दिन रुकने का प्लान छह या आठ दिन में तो जरूर बदल जाएगा। और हाँ, इडली, डोसा भी तो है तेरे खाने के लिए यहाँ। केले के चिप्स भी खूब खाएगी, मैं जानता हूँ।"

"खूब एंज्वॉय करना मतलब? तू ही तो मुझे घुमानेवाला है न!"

"हाँ, इरादा तो था, पर सॉरी यार। कल ही मुझे कालीकट्ट के लिए निकलना है, सम ऑफिशियल वर्क।"

मन तो हुआ, अभी कुट्टी के पास जाऊँ और उसके बाल नोच दूँ, जिन्हें उसकी अम्मा ने जड़ी-बूटियों से बना तेल लगा-लगाकर काला और चमकदार बनाया है। वह खूब हँसते हुए बातें करते जा रहा था और मैं मन-ही-मन भुनभुना रही थी।

यह तो शुक्र है कि उसने एक कैब का इंतजाम कर सुबह ही रिजॉर्ट में भेज दी थी। कैब ड्राइवर ही गाइड का काम भी करेगा, ऐसा उसने मैसेज करके बता दिया था। मलयाली भाषी ड्राइवर अपनी टूटी-फूटी हिंदी में रास्ते भर मुझे कुछ-कुछ बताता रहा। कुछ मेरे पल्ले पड़ा और बहुत कुछ नहीं, लेकिन आसपास का परिवेश इतना आकर्षक था कि मुझे बहुत कुछ सुनने की इच्छा भी नहीं थी। फिर गूगल बाबा जिंदाबाद, सारे ठिकानों का पता जान लो उनसे।

वायनाड अपने चाय के बागानों के लिए प्रसिद्ध है। पहले टी म्यूजियम देखने पहुँची। वहाँ एक ग्रुप पहले से ही मौजूद था। उनका गाइड उन्हें वहाँ के बारे में बता रहा था। मैं भी वहाँ जाकर खड़ी हो गई। एक लड़के ने थोड़ा पीछे हटकर मेरे खड़े होने के लिए जगह बना दी। वहाँ किस्म-किस्म की चाय टेस्ट करने का भी मौका मिला। गाइड ने कहा, "अब चाय के बागान देखने जाएँगे।" पूरा ग्रुप बस में बैठ गया। मैं भी कैब में बैठ वहीं चल दी।

थोड़ी देर बाद बस भी वहाँ आ पहुँची। मैं चाय की पत्तियों की खुशबू अपने भीतर उतार ही रही थी कि वही लड़का दिखा। हलके से मुसकराया वह

मुझे देख। मेरी भी आँखों ने उसे जवाब दिया। अकेले भटकने के बजाय मैं भी ग्रुप के साथ हो ली। सोच रही थी कि कहीं गाइड टोक न दे, लेकिन वह कुछ नहीं बोला, बल्कि और लोगों ने भी एक वेलकम करने जैसी मुसकान मुझ पर उछाली। हर उम्र के लोग थे उसमें। बातों-बातों में पता चला कि ये सब असम की किसी टी कंपनी में काम करते हैं और एक ऑफिशियल ट्रिप पर यहाँ चाय के बारे में और जानकारी लेने आए हैं। वह लड़का मेरे साथ-साथ चल रहा था। होगा कोई 30 साल का। गोरा रंग था, एकदम किसी फिरंगी जैसा। हिंदी से ज्यादा अंग्रेजी में ही बात कर रहा था और एक्सेंट भी काफी स्टाइलिश था, पर बनावटी नहीं। हो सकता है, अंग्रेज ही हो। चेहरे पर हद से ज्यादा मासूमियत थी, जैसे ठंडे पानी का कल-कल बहता झरना हो या फिर पहाड़ पर सफेद बर्फ की पवित्रता या जैसे पेड़ की फुनगियों पर लटके कोमल पत्ते। न जाने क्या-क्या सोच बैठा था मेरा मन···

"आप घूमने के लिए अकेली चली आईं?" आश्चर्य था उसके स्वर में।

"हाँ, कह सकते हैं कि मैं सोलो ट्रैवलर हूँ। अपनी तरह से जगहों को एक्सप्लोर करना मुझे अच्छा लगता है।"

"इंटरस्टिंग। इंडिया के कल्चर में काफी फर्क आ गया है। आई मीन ऑन पॉजीटिव साइड। लड़कियों ने हर क्षेत्र में तरक्की कर ली है। फिर भी कुछ चीजें हैं, जिनसे लोग निकल नहीं पा रहे हैं, खासकर बुजुर्ग।" उसका इशारा किस ओर है, यह तो मैं समझ नहीं पाई, लेकिन उसकी बातों से मुझे पक्का यकीन हो गया था कि वह विदेशी ही है। किसी की निजी जिंदगी में नाहक ही न झाँकने की आदत की वजह से मैंने उसे कुरेदा नहीं। चलते-चलते अचानक मुझे महसूस हुआ कि उसका ग्रुप तो काफी पीछे रह गया है।

"आप बिछुड़ गए हैं अपने ग्रुप से।" मैंने चुटकी ली।

"सोलो ट्रैवलर ने मुझे भी सोलो कर दिया।" वह हँसा।

"गुड सेंस ऑफ ह्यूमर।" मैंने प्रशंसा भरी आँखों से देखा।

"शायद आपकी कंपनी का असर है, वरना मैं तो बोरिंग इनसान की श्रेणी में आता हूँ। वैसे 'आप' कहकर मुझे बहुत बड़ा होने की फीलिंग न

दें। मेरा नाम जय है। मेरे पापा मुझे 'जैग' कहते हैं। पापा अंग्रेज हैं और माँ लखनऊ की हैं।"

एक तरफ चाय के बागान और हरियाली युक्त सुरम्य वातावरण मेरे भीतर न जाने कितने तरह के अहसास उतार रहा था, दूसरी ओर उसका साथ मुझे समुद्र तट की नरम, नम रेत पर चलने जैसी रूमानियत से भर रहा था। उस समय मैंने मन-ही-मन कुट्टी को धन्यवाद किया कि वह साथ नहीं था, वरना इस मीठे अहसास से मुलाकात कैसे होती!

"जय, प्लीज कम। वी आर अबाउट टू लीव।" किसी ने पुकारा।

"मैं काव्या हूँ," मैंने जल्दी से कहा। नहीं चाहती थी कि वह मेरा नाम जाने बिना चला जाए।

"अभी तो हम वायनाड में ही हैं, मुलाकातें होती रहेंगी।" उसने जिस अंदाज से कहा, मैं सकपका गई मानो उसने मेरे भीतर चल रहे भावों को पढ़ लिया हो। जान लिया हो कि मैं उससे मिलते रहना चाहती हूँ।

शाम को सच में फिर मुलाकात हो गई। मैं जिस होटल में डिनर के लिए गई थी, वहाँ वह ग्रुप पहले से ही विराजमान था। कैब ड्राइवर ने बताया था कि यहाँ का दक्षिण भारतीय खाना बहुत फेमस है, हालाँकि तब सिवाय मुसकान का आदान-प्रदान होने के और कोई बात नहीं हुई। दो पल के लिए मैंने सोचा कि कहीं उसे यह न लगे कि मैं उसका पीछा कर रही हूँ।

'कल बाणासुरा सागर बाँध चली जाना,' रात को ही कुट्टी ने मैसेज कर बता दिया था। वहाँ स्पीड बोटिंग और जिप लाइनिंग होती है, जानकर मेरे न जाने का सवाल ही नहीं उठता था। जिप लाइनिंग करके लौटी ही थी कि जय दिखाई दे गया। आज अकेला था।

"चाय के बागान देखने का काम तो पूरा हो गया, इसलिए आज सब अपने-अपने तरीके से जीने के लिए फ्री हैं।" उसने बहुत भोलेपन से कहा।

मैं जोर से हँस पड़ी। "यू नो, तुम्हारी हँसी बिल्कुल मेरी फियांसी जैसी है। न्यूयॉर्क में रहती है। दो महीने बाद वी आर गैटिंग मैरिड। इसलिए अगले महीने इंडिया से चला जाऊँगा। डैड ने कहा कि अब वहीं मैं उनका बिजनेस

सँभालूँ। माँ चाहती थीं कि मैं इंडिया में रहूँ, क्योंकि वह यही रहती हैं, ग्रैंड माँ के पास उनकी देखभाल करने के लिए, लेकिन डैड ने कहा कि माँ, ग्रैंड माँ को भी न्यूयॉर्क ले आएँ। सो, अब हम सब साथ रहेंगे। बहुत मुश्किल से वह मानी हैं। यू नो बेटी के घर कैसे रह सकती हूँ, वह अब भी ऐसा मानती हैं। कल वायनाड से निकल जाऊँगा। हमारी यह आखिरी मुलाकात है।" वह सहजता से बोला।

"चाहो तो हम सोशल मीडिया के माध्यम से टच में रह सकते हैं।"

"मैं सोशल मीडिया पर नहीं हूँ। वैसे भी अब मैं अपनी फैमिली के साथ समय बिताना चाहता हूँ।" उसका दो टूक जवाब मुझे अखरा जरूर, पर उसकी स्पष्टवादिता ने उसके एक अच्छे और मैच्योर इनसान होने का अहसास भी कराया।

मैं जब रिजॉर्ट लौटी तो कुट्टी महाशय वहाँ बैठे चाय की चुस्कियाँ ले रहे थे।

"सॉरी, यार।"

"अरे नहीं, तू नहीं था तो बड़ा मजा आया।" मैंने उसे चिढ़ाते हुए कहा।

"कोई मिल गया था क्या? किसी को दिल तो नहीं दे बैठी? तभी इतनी खुश नजर आ रही हो।" उसने भी मुझे छेड़ा।

"मिला तो जरूर कोई, लेकिन क्या प्यार ही किसी की खुशी की वजह हो सकता है? किसी अच्छे इनसान से मुलाकात भी तो खुशी दे सकती है। खैर, मैं कल ही निकल रही हूँ यहाँ से।"

कुट्टी क्या समझा, क्या नहीं, पर उसका चेहरा देखने लायक था।

□

25

लव कोडिंग

ज्यादा मिलना-जुलना मुझे पसंद नहीं है, खासकर अजनबी लोगों से तो आगे बढ़कर परिचय की डोर जोड़नेवाली तो बिल्कुल भी नहीं हूँ। कोई बात करता है तो बहुत ही कम शब्दों में उत्तर दे सामने से हट जाने का प्रयास ही रहता है मेरा। जब कोरोना के चलते लॉकडाउन हो गया तो मैंने सोचा कि घर बैठना मुझे अखरेगा नहीं। वैसे ही कौन-सा मैं कहीं आती-जाती हूँ, सिवाय ऑफिस के।

लेकिन कुछ ही दिनों में मुझे अहसास हो गया कि मुझे कुछ अजीब लग रहा है। रिजर्व रहने के बावजूद इस समय लोगों से मिलने और उन्हें देखने की इच्छा मेरे अंदर तीव्रता से हिलोरें ले रही थी। घर से ही काम करते रहने के बावजूद एक महीने में ही मुझे लगने लगा जैसे मैं थक रही हूँ। मेरे शरीर में शिथिलता पसरती जा रही है और मन में एक तरह की बेचैनी जैसी मैंने पहले कभी महसूस नहीं की थी।

मम्मी-पापा की लड़ाइयाँ बढ़ गई थीं, क्योंकि दोनों ही अब घर में थे और लगभग अब एक-दूसरे को झेल रहे थे। इससे मेरे अंदर की खीझ और भी बढ़ती जा रही थी। पापा घर में रहने और आधी सेलेरी मिलने के अवसाद से घिरे अब दिन में भी शराब पीने लगे थे। सुबह उठकर लगता कि शायद आज घर का माहौल कुछ ठीक है, पर शाम होते-होते वह युद्ध क्षेत्र बन जाता। एक तरह से सभी अपनी-अपनी तरह से परेशान और उकताए हुए थे। मैं ज्यादातर अपना

काम बालकनी में ही बैठकर करने लगी थी। वहीं स्टडी टेबल भी लगा ली थी।

तभी कुछ अलग घटा और मेरी जिंदगी में एक बदलाव आने लगा। 22 मार्च, 2020 को हेल्थ वर्कर्स और फ्रंट लाइन वॉरियर्स की महामारी के दौरान किए गए योगदान की सराहना करने की प्रधानमंत्री ने अपील की। हम तीनों भी बालकनी में खड़े होकर चम्मच से अपनी थालियों को पीटने लगे। अपने फ्लैट के दाईं ओर वाले फ्लैट में तब मैंने उसे पहली बार देखा। वह भी थाली पीट रहा था। मुझे खयाल आया इससे पहले मेरी नजर उस पर क्यों नहीं गई थी। शायद मेरी पीठ उस ओर होती थी काम करते समय। वैसे भी वे नए ही वहाँ शिफ्ट हुए थे और मेरे जैसी रिजर्व रहनेवाली लड़की को कैसे कुछ पता हो सकता था?

उसके साथ एक महिला भी खड़ी थीं। मैंने अनुमान कि वह अवश्य ही उसकी माँ होगी। मेरी मम्मी, उसकी माँ को देख मुसकराईं, यानी वह इनके बारे में जानती हैं। मेरा ध्यान क्यों इतने विशेष रूप से उसकी ओर गया था, इसकी एक खास वजह थी। वह जिस तरह से थाली पीट रहा था, उसमें एक अजीब सी लय थी मानो कोड भाषा का प्रयोग किया गया हो। मोर्स कोड के बारे में मैं जानती थी। मैंने अपने इंजीनियरिंग के दिनों में शौकिया मोर्स कोड सीखा था और इसीलिए मेरा ध्यान उस ओर गया था।

मैंने उसकी लय को डिकोड करने की कोशिश की। मुझे समझ आ गया और मेरी जैसी खड़ूस के चेहरे पर बड़ी-सी मुसकान फैल गई। वह क्लैप, क्लैप की लय में थाली को पीट रहा था। मैंने फौरन उसी लय को दिमाग में दोहराया और अब मैं भी उसी रिद्म में थाली पीट रही थी—क्लैप-क्लैप।

जब उसे अहसास हुआ कि क्या हो रहा है, तो उसने मेरी तरफ ऐसे देखा जैसे उसे कोई झटका लगा हो। मैंने उसकी ओर मुसकान फेंकी, मानो कहना चाहती हूँ कि मुझे भी यह कोड आता है, तो सकपका कर उसने अपनी नजरें चुरा लीं। मुझे लेकिन उसको झेंपते देख मजा बहुत आया।

मम्मी से पता चला कि वे लोग कोई दो महीने पहले ही यहाँ आए हैं और उनके परिवार में केवल माँ और बेटा ही हैं। उसके पिता का निधन तब हो गया था, जब वह मात्र दस वर्ष का था। उसकी माँ ने बहुत कठिनाइयों से उसे पाला

था। पिता की कंपनी में अनुकंपा के आधार पर उन्हें नौकरी मिल गई थी और इस तरह उन्होंने अपने बेटे को लायक बनाया। जब उसे नौकरी मिल गई, तो उन्होंने हमेशा बीमार रहने के कारण वॉलेंट्री रिटायरमेंट ले ली थी।

इस तरह से उसके बारे में मुझे कुछ जानकारी तो मिल गई थी। उस दिन के बाद से अब सहज ही मेरा ध्यान उसकी ओर जाने लगा था। मैंने बालकनी में अपने बैठने की दिशा बदल ली थी। अब उसके घर की ओर मेरी पीठ नहीं, मैं खुद थी। मेरी तरह वह भी बालकनी में बैठकर लैपटॉप पर काम करता मुझे नजर आया। इतनी कम उम्र में उसके सिर के बाल बहुत कम थे, शायद लगातार झड़ने की वजह से। वजन कुछ ज्यादा ही था। मैंने अंदाजा लगाया कि वह तो मुझसे भी ज्यादा रिजर्व है, शायद शर्मीला भी और जब भी मैं उसे देखती, वह नजरें झुका लेता।

एक दिन कॉलोनी के बाहर खड़े सब्जी वाले से मैं जब सब्जी खरीदने गई तो वह भी वहाँ खड़ा आलू-टमाटर छाँट रहा था। हम दोनों ने ही मास्क पहना हुआ था, पर आँखें बहुत कुछ कहने की क्षमता रखती हैं। तब मैंने ही बात शुरू करने के इरादे से उससे मोर्स कोड के बारे में उसकी दिलचस्पी को लेकर बात की और बड़ी होशियारी से उसका मोबाइल नंबर भी ले लिया। अपनी चतुराई पर मुझे खुद हैरानी हुई थी। क्या मैं बदल रही थी ?

इसके बाद, जो दिन काटे नहीं कट रहे थे, वे काफी गति से दौड़ने लगे। हम एक-दूसरे को मैसेज करने लगे, पहले दिन में, फिर रात को भी। बिना मैसेज किए हम सो नहीं पाते थे। जाने कहाँ से इतनी सारी बातें मेरे अंदर पैदा होने लगी थीं। अगले कुछ हफ्तों में हमने एक-दूसरे की पसंद-नापसंद के बारे में इतना कुछ जान लिया कि मुझे अचानक दुनिया मुझे बहुत अच्छी लगने लगी। मम्मी-पापा के झगड़े, पापा का नशे में रहना, घर में लगातार बने रहने वाले तनाव ने अब मुझ पर असर करना छोड़ दिया था। ऐसा लगने लगा था मानो शुभम के मैसेज मेरी लाइफ लाइन बन गए हैं। कोई और बात मायने नहीं रह गई थी।

फिर रात में अपने-अपने बेडरूम से मोर्स कोड के जरिए हमने गुडनाइट

मैसेज भेजने शुरू कर दिए। उनमें शुभरात्रि के अलावा छिपे हुए शब्दों में जैसे मन के भाव भी होते थे, लेकिन मेरे सिर्फ। उसकी हिचकिचाहट अभी भी हमारे बीच में थी।

जब मैंने उससे जाना कि उसने जीवन में कठिनाइयों का सामना कैसे किया, तो मेरा दिल गर्व से भर गया। अगले कुछ महीनों में मुझे अहसास हुआ कि मुझे उससे प्यार हो गया है। पूरे साल ही हम घर से काम कर रहे थे और इस दौरान उसके लिए मेरे मन में जो भावनाएँ जगह बना चुकी थीं, उन्हें उसके साथ बाँटने की मेरी इच्छा बेकाबू होती जा रही थी। जब मैं और खुद पर नियंत्रण न रख सकी, एक रात सामान्य 'गुड नाइट' मैसेज उसे भेजने के साथ-साथ मैंने उसे मोर्स कोड, यानी डॉट और डैश में लिखा, "मैं तुमसे प्यार करती हूँ।"

बहुत देर तक उसका कोई जवाब नहीं आया। रात के बारह बज चुके थे। मैं जानती थी के अपनी माँ को ग्यारह बजे दवाई खिलाने के बाद वह सो जाता है। मैं गमगीन थी और एक साल बीत जाने पर भी जल्दबाजी करने के लिए खुद को कोस रही थी। क्या सोच रहा होगा वह मेरे बारे में कि कितनी बेशर्म और बिंदास लड़की है या फिर यह कि ऐसी लड़की उसके लिए उपयुक्त नहीं है! मैं डर रही थी कि कही मैं एक दोस्त को भी न खो दूँ। मैंने फोन जोर से बिस्तर पर पटक दिया।

एक बज गया था। मेरी आँखों में नींद नहीं थी, लेकिन तभी मैसेज की बीप बजी। मैंने काँपते हाथों से फोन उठाया। उसने मोर्स कोड मैं जवाब भेजा था। मैं जल्दी-जल्दी उन डॉट और डैश को डिकोड करने लगी। बहुत मुश्किल लगा, तब मुझे उसे डिकोड करना या शायद मैं उसे पढ़ने से कतरा रही थी। न जाने क्या लिखा हो! थोड़ा मुश्किल लगा उन बिंदुओं और डैश को समझना। बहुत संक्षिप्त उत्तर था—'मी टू।' उसके बाद म्यूजिक नोट वाला इमोजी था, जिसका इस्तेमाल उसने मेरा नाम 'नीरजा' टाइप करने के बजाय किया था।

मैंने फोन अपनी छाती से चिपका लिया। मैंने मैसेज भेजा, 'लॉकडाउन प्यार को लॉक नहीं कर सकता। वह तो होकर ही रहता है।'

□

26

लाल पत्ते पर आँसू की बूँद

"तुझे राज बहुत प्यार करता है। जान छिड़कता है तुझ पर।" जया ने बगल में बैठी पुस्तक पलटती वृंदा को कोहनी मारते हुए फुसफुसाते हुए कहा।

"कौन? 'दिल वाले दुल्हनिया ले जाएँगे' वाला राज?" वृंदा जोर से हँसी तो उसकी शोख आँखें भी चपल हो उठीं।

"शी···" लाइब्रेरियन ने चुप रहने का इशारा किया।

"गलत बात है, वृंदा। कोई इतना प्यार करे तो उसे कम-से-कम दुत्कारना तो नहीं चाहिए। उसके प्यार की कद्र करनी चहिए। कहाँ मिलते हैं ऐसे सच्चे आशिक आजकल? वह कोई रास्ता चलता मजनूँ नहीं है। बहुत ही अच्छे घर का है। अमीर है, स्मार्ट है और पढ़ाई को लेकर भी फोकस्ड है। कभी किसी लड़की से बेहूदी बातें नहीं करता। बेचारा! तरस आता है उस पर। प्यार भी किया तो किससे, तेरी जैसी पत्थर दिल से।" जया फिर फुसफुसाई।

"सब बकवास बातें हैं। प्यार जैसी कोई चीज नहीं होती। मैं नहीं यकीन करती इस पर। कुछ दिनों की खुमारी है। कॉलेज खत्म होगा तो राज के सिर से भी यह इश्क का भूत उतर जाएगा। कोई लड़की अच्छी लगी और एक कशिश पैदा हुई तो उसे प्यार का नाम देना मूर्खता के सिवाय और कुछ नहीं है। आखिरी साल है कॉलेज का, तू भी पढ़ने में दिमाग लगा। अच्छे नंबर ले आ, वरना कहीं एडमिशन नहीं मिलेगा।" नोट्स बनाते हुए वृंदा बोली।

जया ने मुँह बनाया तो वृंदा फिर बोली, "और तुझे तो किसी से प्यार नहीं हो गया है? कुछ दिनों से देख रही हूँ कि वरुण तेरे पीछे साये की तरह लगा रहता है। राज का दोस्त है न वह? तभी राज के बारे में तुझे इतनी जानकारी है।"

जया मुसकराई।

"तेरी मुसकराहट बता रही है कि इश्क हो गया है। भगवान्, इसकी रक्षा करना।" वृंदा ने कुछ तेज स्वर में प्रार्थना कर दी थी। लाइब्रेरियन उनके पास आकर खड़ी हो गईं।

"सॉरी, मैम। हम जा ही रहे थे," वृंदा उठते हुए बोली।

"तू कितनी कठोर है, वृंदा। प्यार के बिना भी कोई जीवन होता है?" जया उसका हाथ पकड़ कैंटीन की ओर ले गई। वह जानती थी कि उसकी पढ़ाकू और हर समय टॉप करनेवाली सहेली किसी कोने में जाकर पढ़ने बैठ जाएगी। अगली क्लास शुरू होने में अभी 45 मिनट बाकी थे।

"देख जया, तू खूब प्यार की पींगें बढ़ा, लेकिन मुझे इन चक्करों से दूर रख, लेकिन यही सलाह दूँगी के पहले कॅरियर बना ले, फिर चाहे कितनी भी डुगडुगी बजा लेना। राज मुझसे प्यार करता है तो यह उसकी प्रॉब्लम है, मेरी नहीं। मैं ऐसे ही खुश हूँ अपनी पुस्तकों के साथ। प्यार में धोखा मिले या दिल टूटे, उससे तो बेहतर है कि इस भँवर में डूबो ही नहीं।"

जया जानती थी कि इसे समझाना पत्थर से सिर फोड़ना जैसा है। वक्त ही इसे समझाए शायद।

समय भी पंख लगा उड़ ही गया। जया का आगे पढ़ने का कोई इरादा नहीं था। वैसे भी वह शादी करना चाहती थी। उसे तो बस वरुण की नौकरी लगने का इंतजार था, इसलिए कभी कोई कोर्स कर लेती तो कभी कोई। वृंदा आई.ए.एस. की तैयारी कर रही थी। पुस्तकें अभी भी उसकी दोस्त थीं।

उस दिन सुबह भी पुस्तकें लेने पब्लिक लाइब्रेरी में जा रही थी। सुबह खुशनुमा नहीं थी और आसमान पर छाए बादलों को देखकर लग रहा था कि किसी भी क्षण बारिश हो सकती है। सड़क के दोनों ओर लगे पेड़ों से लगातार पत्ते गिर रहे थे और सड़क मुरझाए हुए पत्तों से ढक गई थी। हवा चली तो

उसने धीरे-धीरे पत्तियों को उड़ा दिया, जो यहाँ-वहाँ बिखर गईं, पर उसे तो पुस्तकें लेनी थीं। बारिश या तेज हवा उसे कहाँ रोक पाती?

सड़क के किनारे चलते हुए उसने देखा कि एक बड़ा-सा लाल पत्ता एक जोड़ी पैरों के पास जाकर गिरा। लड़के ने अपनी टाँगों के चारों ओर चक्कर लगा रहे पत्ते पर ध्यान नहीं दिया। वह एक घर के गेट के सामने खड़ा था और काफी देर से घर को टकटकी बाँधे देख रहा था। पत्तों को झकझोरने वाली हवा ने उसके चेहरे को धीरे से सहलाया। उसने अपने माथे पर आ रहे बालों को पीछे किया और तब वृंदा ने उसके चेहरे पर छाए भावों को पढ़ा। उसकी आँखों को पढ़ना मुश्किल था। घर को देखते हुए उसकी आँखें में चिंता, भय और हताशा के मिले-जुले भाव उभर आए। एक कौतुक जागा वृंदा के मन में। वह किनारे पर पेड़ के नीचे खड़ी हो गई। लड़का उसे नहीं देख सकता था।

वह बस गेट से थोड़ी दूर ही खड़ा था, ऐसे कि बाहर आनेवाले का रास्ता न रुके। अंदर क्यों नहीं जा रहा, उसने सोचा। किसी कामदेव के अवतार से कम नहीं लग रहा था वह। वृंदा को न जाने क्या सूझा, वह उसके पास जाकर खड़ी हो गई, शायद उत्सुकता की वजह से। उसने वृंदा की ओर कोई ध्यान नहीं दिया। वृंदा ने उस घर की ओर देखा जहाँ बहुत हलचल थी, एक गमगीन हलचल। वहाँ कुछ भयानक घटा था। रोने की तेज आवाजें रही थीं। घर के अंदर, लॉन में, गलियारे में, हर तरफ केवल रोने की आवाजें थीं। किसी की मौत हो गई थी।

लड़के ने अचानक उसकी तरफ देखे बिना ही मानो अपने आपसे बात कर रहा हो या किसी भ्रम में उलझा हो, कहा, "मैं उस घर में रहनेवाली लड़की से प्यार करता हूँ।"

वृंदा को समझ नहीं आया कि ऐसी स्थिति में वह क्या जवाब दे? उसने पूछा, "क्या वह वही है, जो अब इस दुनिया में नहीं रही?"

उसने सवाल का जवाब नहीं दिया, लेकिन उसके आँसू निकल आए।

"तुम अंदर क्यों नहीं जाते? उसे आखिरी बार देखना नहीं चाहते?"

लड़के ने आँसू पोंछे। वह बोला, "मैंने उसे यह बात कभी नहीं बताई थी," और उसकी आँखों से फिर आँसू बहने लगे।

वृंदा कहाँ प्यार को मानती थी, वह कहाँ प्यार का मतलब समझती थी? उसने तो हमेशा प्यार का मजाक उड़ाया था। राज ने उससे प्यार का इजहार किया था तो उसने उसे फटकार दिया था। वह दूसरे शहर चला गया था। वृंदा को पता तक नहीं कि वह अब कहाँ है। उसके सीने में एक हूक सी उठी। राज के बारे में सोचकर उसके दिल में कुछ सरसराहट हुई। लड़के को रोता देख जीवन में पहली बार उसे अहसास हुआ कि प्यार क्या होता है कि उस लड़के का प्यार कितना गहरा है? उसे महसूस हुआ कि वह उस लड़की से कितना प्यार करता है?

"उससे अपने दिल की बात कहने की कभी हिम्मत नहीं हुई," वह बोला।

वह फिर कुछ नहीं बोला।

लोगों की भीड़ के साथ लड़की के शव को बाहर लाया गया। जैसे ही वे उनके पास से गुजरे, वे दोनों दूर जाकर खड़े हो गए। लड़का वृंदा की बगल में एक बुत की तरह खड़ा था। वह अपने प्यार को जाते हुए देख रहा था।

लोगों की भीड़ जब थोड़ी आगे बढ़ गई तो एक लड़की आई और लड़के को देखते ही रुक गई। शायद वह मृत लड़की की सहेली थी। उसकी आँखों से आँसू बह रहे थे, चेहरे पर उदासी फैली हुई थी। वह लड़के के करीब आई और बोली, "वह तुमसे प्यार करती थी।" यह कहकर वह चली गई।

लड़का अपने घुटनों के बल जमीन पर बैठ गया, लेकिन रोया नहीं।

दोनों एक-दूसरे से प्यार तो करते थे, लेकिन कभी व्यक्त नहीं किया, लेकिन अब बहुत देर हो चुकी थी।

वृंदा की आँखें नम हो गईं। उससे कुछ बोला नहीं गया। वह अपने रास्ते चल दी। कुछ कदम चलकर उसने पीछे मुड़कर देखा।

लड़का वहाँ नहीं था!

केवल लाल पत्ता था, जिस पर आँसू की एक बूँद थी...

उस दिन वृंदा पुस्तकें लिये बिना वापस लौट गई। वह बहुत रोई। प्यार क्या होता है, इसका अहसास उसे हो गया था।

□

27

ड्रीमी गर्ल

उसकी आँखों में ढेर सारे सपने थे। उन सपनों में दुनिया बेहद रंगीन थी। खिलते हुए फूल थे, चहकते हुए पक्षी थे और बादल रहित आसमान पर टिमटिमाते तारे थे। ऐसी दुनिया जिसमें नरम घास थी, ओस की बूँदें थीं और रिमझिम फुहारें थीं। वह फुदकती, ठुमकती नरम घास पर चलती, ओस की बूँदों को हथेलियों में भरती, रिमझिम फुहारों में भीगती।

जैसे-जैसे वह बड़ी होती गई, सपने भी बड़े होते गए। यौवन की दहलीज पर कदम रखते ही सपनों ने महत्त्वाकांक्षाओं का रूप ले लिया। लेना ही था, आखिर वह अब तक जमीनी हकीकत से वाकिफ हो चुकी थी। उसकी आँखों में अब भी बहुत सारे सपने थे, पर उनका रूप बदल गया था। उसकी महत्त्वाकांक्षाओं ने उड़ान भरनी शुरू कर दी थी। उसे बहुत सारा पैसा चाहिए था, बड़ा बँगला, लग्जरी कार, ऐशोआराम की जिंदगी चाहिए थी। वह जुट गई वे चीजें पाने में। पढ़ाई की, फिर नौकरी, लेकिन महीना खत्म होते ही वेतन भी चुक जाता।

इसी बीच एक और सपने ने उसकी आँखों में अँगड़ाई ली। उसे प्यार हो गया। दीपेश से यही कहती कि पहली नजर में प्यार हो गया था उसे देखते ही, लेकिन सच्चाई तो यह थी कि उसे बेशक में वह अच्छा लगा था, पर इजहार करने से पहले उसने उसके बारे में पूरी छानबीन की थी। इंजीनियर है, अच्छा कमाता है, टू बी.एच.के. फ्लैट है, सेंट्रो कार है और अकेला रहता है।

माता-पिता दूसरे शहर में रहते हैं। सबसे अहम बात कि इकलौता है। कोई झंझट नहीं है। स्मार्ट भी है।

दीपेश को राधिका अच्छी लगी। बहुत अच्छी लगी···उसका सपनों में खोए रहना उसे अच्छा लगने लगा। वह जब राधिका की आँखों में देखता तो खुद भी झील सी गहरी आँखों में डूबने लगता। वह उसे 'ड्रीमी गर्ल' कहकर पुकारता। वही सपने उसके सारे के सारे पेंटिंग्स में उतर आते थे। अपने घर में वह कभी मनचाहा नहीं कर पाई थी। उसके सपने देखना उसके घरवालों को नागवार गुजरता था। उसे पेटिंग्स बनाना पसंद था, पर माँ डाटती थी कि वह बेवजह कैनवस और रंगों पर पैसे बरबाद करती है। वह चाहती थीं कि राधिका आम लड़कियों की तरह रहे। बड़े-बड़े सपने न देखे। इसलिए दीपेश के घर चली जाती। वहीं बैठ अपने सपनों को कैनवस पर उतारने लगती। कहती, "क्या करूँ, सपने आँखों में उतर आते हैं। इतने सपनों को रखूँ वहाँ? उन्हें कहीं तो सहेजना होगा, वरना नए सपने कैसे देखूँगी? अब मैं लेखक तो हूँ नहीं, जो उन्हें कागजों पर उतार सकूँ। कूची चलानी आती है, इसलिए उन्हें कैनवस पर उतारती हूँ।"

"तुम अपने सपनों से मुझसे भी ज्यादा प्यार करती हो न?" कैनवस पर फैले सपनों को देख दीपेश पूछता। वह हँस पड़ती। कह नहीं पाती थी कि हाँ, सबसे ज्यादा।

उसके सपनों को पूरा करना दीपेश ने अपना दायित्व मान लिया। उसने राधिका की यह बात भी मान ली कि एक बार जब उसका पैकेज सत्तर-अस्सी लाख का हो जाएगा, तब वह लग्जरी कार खरीद लेगा, तब बँगला न सही, पर फोर बी.एच.के. फ्लैट खरीद लेगा, तब शादी करेगी। दीपेश ने उसे राधिका की चाहत समझा। वे महत्त्वाकांक्षाएँ हैं, समझ नहीं पाया। प्यार सच में काले-सफेद में अंतर करने की समझ क्षीण कर देता है।

राधिका उसे अपने सपने सौंप निश्चिंत हो गई। दीपेश उससे प्यार करता है, इसलिए अब उसे ही उसके सपनों को पूरा करना चाहिए। वह खुश था, यह सोचकर कि राधिका को इस बात का यकीन है कि वह उसके लिए कुछ

भी कर सकता है। पर यूँ ही नौकरी करते हुए हर साल थोड़े-थोड़े बढ़ते वेतन से तो न जाने कितना समय लग जाए, उसे एक बड़ा घर खरीदने में ही। वह जब भी कैनवस पर बिखरे सपनों को देखता, उन्हें पूरा करने की सोच उस पर हावी होने लगती। राधिका के साथ होते हुए भी जल्दी-से-जल्दी तरक्की के रास्ते कैसे खुलें, दीपेश इन्हीं खयालों में डूबा रहने लगा। उसकी ड्रीमी गर्ल उसे नरम घास पर चलने को कहती तो उसे लगता कि जिंदगी किसी पथरीली सड़क की तरह है। वह बारिश में भीगने के लिए उसका हाथ खींचती तो उसे लगता कि वह जैसे उलझनों के तूफान से घिरा हुआ है। उसको खिलखिलाते देख वह दूर क्षितिज में ताकने लगता। उसकी झील सी आँखों में अब उसे गहराई नहीं, कृत्रिमता दिखाई देती थी।

प्यार में दूसरों की खुशी को महत्त्व देना चाहिए, ऐसा ही सुनता आया था। वह तो राधिका की खुशी के लिए कुछ भी करने को तैयार है, पर क्या वह भी ऐसा सोचती है? क्यों उसके नजदीक जाने पर उसे अब उसकी महत्त्वाकांक्षाओं में लिपटे स्वार्थ की बू आती है? क्यों अब कैनवस पर बिखरे सपने उसे डरावने लगने लगे हैं? क्यों नहीं कहती राधिका कि दीपेश, क्यों इतने तनाव में रहते हो? हम इसी घर में रह लेंगे। क्यों नहीं कहती राधिका कि मुझे तो सिर्फ तुम्हारा साथ चाहिए। तुम ही मेरे सपने हो।

"कैलिफोर्निया की एक कंपनी में अप्लाई किया था। दो साल का कांट्रैक्ट है। देखना, अब तुम्हारे सारे सपने पूरे कर दूँगा।"

"ओह वाओ," राधिका खुशी से उसकी बाँहों में झूल गई थी। एक बार भी नहीं कहा कि दो साल तुम्हारे बिना कैसे रहूँगी?

"तुम अपना यह फ्लैट किराए पर मत चढ़ाना। तब तक मैं यहीं शिफ्ट हो जाऊँगी। अपने घर में मेरा दम घुटता है। यहाँ मजे से रहूँगी।"

दीपेश ने बस उसे देखा, कहा कुछ नहीं।

दो साल खत्म हो गए हैं। दीपेश लौटा नहीं है। शुरू के छह महीनों तक वह उससे वीडियो कॉल पर बात करता रहा था। फिर 'व्यस्त हूँ तुम्हारे सपनों को पूरा करने में' कहकर वह बात करने से कतराने लगा। राधिका अपनी

आजाद जिंदगी में जिसमें माँ-बाप की कोई रोक-टोक नहीं थी, इतनी खुश थी कि उसने दीपेश के न बात करने को गंभीरता से लिया ही नहीं।

तीन साल बीत गए, चार साल···दीपेश नहीं लौटा। इस बीच उसके पिता ने आकर उसके फ्लैट को बेच दिया था। अब वह कैनवस पर सपने नहीं बिखेरती, वह अब सपने नहीं देखती। किराए के एक कमरे के घर में अकेली बैठी बस इंतजार करती है···शायद कभी दीपेश लौट आए।

□

28

लव बर्ड्स

रात को सोने से पहले दो-चार पन्ने जरूर पढ़ती है। ऑफिस से आने के बाद खुद को रिलैक्स करने का पुस्तकें उसे अच्छा माध्यम लगती हैं। पुस्तक हाथ में पकड़ती है तो अजीब सा सुकून मिलता है, जैसे कोई साथ है, वरना···अकेलापन टीस देने लगता है। क्या सोचने लगी···तभी दो-तीन व्हाट्सअप मैसेज फुदके।

अब किसने नया ग्रुप बना दिया! 'रीयूनियन 5 ईयर्स।' देवयानी के होंठों पर हँसी तैर गई। इस तरह से नाटकीय अंदाज में लिखनेवाला एक ही है। एडमिन का नाम देखा। उसका अंदाजा सही था। अभिनव ही था। कॉलेज खत्म होने के बाद तो धीरे-धीरे सबसे संपर्क टूट ही गया था। कॅरियर, शादी या अन्य जिम्मेवारियों में उलझकर एक नई जिंदगी से तालमेल बिठाने के चक्कर में पीछे का बहुत कुछ छूट ही जाता है। कई बार तो मन में बसे रिश्ते भी···

"हाय, ऑल। पाँच साल हो गए हैं कॉलेज छोड़े तो नियमानुसार रीयूनियन टाइम है। लेट्स मीट ऑन कमिंग संडे एट माई फार्म हाउस। लोकेशन भेज रहा हूँ।"

"मोटू, बिल्कुल नहीं बदला," देवयानी के मुँह से निकला। कॉलेज में हर एक्टीविटी का आयोजन करने में सबसे आगे रहता था। पढ़ाई पर कम ध्यान था, मौज-मस्ती में ज्यादा। कहता, पापा का इतना बड़ा बिजनेस है। सँभालना तो उसे ही है, फिर क्यों दिमाग खपाऊँ पुस्तकों में? अभी तो मजे

ले लूँ, फिर तो पापा ने बिजनेस में और माँ ने शादी में फँसा देना है। दिल का एकदम साफ है। मुँहफट होने पर भी सब उसे पसंद करते थे।

वह देखने लगी कि ग्रुप में और कौन-कौन हैं। पुराने दोस्तों के नाम पढ़ उसे खुशी हो रही थी। कॉलेज में बीस लोगों की टोली थी उनकी। पूरी क्लास में सबसे शैतान और मस्त रहनेवाली। ग्रुप में सारे नाम तो नहीं दिख रहे··· देवयानी ने कई बार नाम पढ़े। क्यों ढूँढ़ रही है वह?

उसके बाद तो हर समय किसी-न-किसी का मैसेज आता रहता। एक्साइटमेंट चरम पर थी। संपर्क दुबारा जुड़ जाएँ तो जिम्मेवारियों के बीच भी तितलियाँ पंख फैलाकर उड़ने को आतुर हो जाती हैं।

कौन कहाँ है, क्या कर रहा है, उस दिन क्या पहनेगा, किसकी शादी हुई, किसका अफेयर चल रहा है, कौन कितना कामयाब है बातें थीं खत्म होने का नाम ही नहीं लेती थीं। कौन किस शहर में है? कब पहुँचेगा? शहर से बाहर से आनेवालों के रहने की व्यवस्था अभिनव ने ही की थी। हालाँकि फार्म हाउस तक पहुँचने में उसे भी तीन घंटे लगेंगे, लेकिन उसने अभिनव को मना कर दिया था कि वह रात को नहीं रुकेगी। वैसे भी पार्टी कौन-सी जल्दी खत्म होनेवाली है।

पुरानी यादें जैसे सबके जहन में ताजा होकर नर्तन करने लगी थीं। असल में यादों ने देवयानी का पीछा छोड़ा ही कहाँ था? वह तो बस अपने मन को झूठा दिलासा देती थी कि वह पिछला सब भूल गई है। अहसास जो आपके वजूद का हिस्सा हों, उन्हें मिटाया जा सकता है भला?

रोज देखती कि ग्रुप में कौन एड हुआ है? बहुत बार समझा चुकी थी अपने मन को जो इतने सालों में एक बार भी उससे नहीं मिला, जिसने कभी उसे फोन नहीं किया, वह भूल चुका होगा अब तक तुझे। कॉलेज की बात और थी। उसके बाद तो उसने उड़ान भरनी ही थी और क्या वह उड़ान भरना डिजर्व नहीं करता था? टेलेंटेड होने के साथ-साथ शालीन भी कितना था। गंभीर नहीं था, पर बचकानी हरकतें नहीं करता था। सब हैरान होते थे यह देखकर कि अभिनव के साथ फिर भी उसकी गहरी छनती है।

मन तो नहीं था उसका जाने का, पर अभिनव कहाँ छोड़ने वाला था। “देख देवू, तू नहीं आई तो मैं पूरे गैंग को लेकर तेरे घर आ जाऊँगा। फिर करती रहना हमें खिलाने-पिलाने का इंतजाम।” और वह जानती थी कि अभिनव कुछ भी कर सकता है।

“पाँच साल से कोई कांटेक्ट नहीं रखा, अब धमका रहा है?” उसने भी उसे छेड़ा था।

“लेकिन नजर सब पर थी।”

‘कुछ भी फेंकता रहता है,’ देवयानी ने सोचा।

सी-ग्रीन कलर की सिल्क की साड़ी पहनी उसने। गोल्डन कलर की छोटी-छोटी बूटियाँ थीं। साथ में मैचिंग डैंग्लर्स और मोतियों का नेकलेस। उसका फेवरेट कलर क्यों पहन रही है? साड़ी निकालते हुए उसने कई बार सोचा था। “तुम पर मोती बहुत सूट करते हैं, देवू। लगता है, जैसे कोई परी सीप से निकल आई हो। मुझे तो लगता है पिछले जन्म में तुम कोई महारानी होंगी। तुम्हारी नफासत, देह के कटाव और चेहरे पर हमेशा छाई रहनेवाली चमक…हीरे की कनी हो तुम,” वह कहता। वह उसे अपने आगोश में इस तरह बाँध लेता मानो कोई उसे छीनकर न ले जाए?

वह तो आज भी वहीं खड़ी है। वही न जाने कहाँ गुम हो गया है।

वक्त शायद बहुत कुछ बदल देता है और छीन भी लेता है। कॉलेज के बाद छह महीने तक वे संपर्क में रहे थे, हालाँकि तब भी वह एम.बी.ए. करने के लिए विदेश चला गया था। उसके बाद…प्यार क्या पानी के बुलबुलों की तरह होता है?

फॉर्म हाउस ऐसे सजा था मानो किसी की शादी होनेवाली हो। अभिनव लपककर गले लग गया था। “मोटू, तू पतला कैसे हो गया?” उसके साथ-साथ सपना, किरण, नील, आहूजा, शिव और सरगम ने भी उसे घेर लिया था।

“मेरी बीवी ने मार-मार कर मुझे पतला कर दिया,” वह जोर से हँसा। “मिलो, मेरी जान शिखा से। इसने मेरी जिंदगी ही बदल दी है। एकदम जिम्मेदार बना दिया है। संयोग तो यह है कि यह हमारी ही टोली के एक बंदे की कजिन है।”

सब उसे देखने लगे। "यह भेद अभी नहीं खोलूँगा। पहले लुत्फ उठाओ मेरी मेहमाननवाजी का," वह हँसा।

अभिनव ने और गेस्ट भी बुलाए थे। "आज हमारी वैडिंग एनिवर्सरी है," उसने स्टेज पर खड़े होकर "हो सकता है, आज किसी और की शादी का भी यह दिन बन जाए। यू नेवर नो।"

अभिनव की आदत से सब परिचित थे, इसलिए उसकी बात पर ध्यान दिए बिना सब खाने-पीने और बातों में मशगूल हो गए।

"देवयानी, यार तूने अब तक शादी क्यों नहीं की? कैसे रह लेती है बिना पुरुष के?" सरगम ने उसे आँख मारते हुए कहा। सरगम से ज्यादा उसे 'अश्लील' नाम से पुकारा जाता था कॉलेज में। उसकी हर बात बिस्तर से शुरू होकर बिस्तर पर खत्म होती थी।

"जैसे तू जानती नहीं, हमारी देवयानी को आज भी अपने देवदास का इंतजार है," शिव ने स्कॉच पीते हुए कहा।

"शिव, अनुराग का जिक्र करना जरूरी है क्या?" किरण भड़की।

देवयानी चुपचाप नील के पास जाकर खड़ी हो गई। वह भी इस तरह की बातों से बचता था, क्योंकि जिससे वह प्यार करता था उसने किसी और से शादी कर ली थी।

रात के दो बज गए थे और किसी का जाने तक का मन नहीं हो रहा था। तभी अभिनव फिर से स्टेज पर चढ़ गया। "अटेंशन एवरी वन। सब दिल थाम लो। कोई आनेवाला है। कोई ऐसा, जिसका इंतजार किसी को तो है। उसकी आँखें ढूँढ़ रही थीं उसे। फ्लाइट लेट हो गई थी हमारे शहंशाह की, इसलिए देर से पहुँचे। जनाब ही मेरी शिखा के भाई हैं। मेरी किस्मत को खूबसूरत बनाने वाले। अनुराग, आओ। स्टेज इज ऑल यूअर्स।"

छन्न! देवयानी के हाथ से गिलास नीचे जा गिरा।

यानी अभिनव को पता था कि अनुराग आएगा? फिर उसने उसे ग्रुप में एड क्यों नहीं किया था?

"मैं चलती हूँ।" उसने नील से कहा।

वह नहीं कर सकेगी अनुराग का सामना।

"देवू, रुको!" थम-सी गई वह।

"माफी तो माँगने का मौका दो। मैं तुमसे दूर था, पर क्यों, जानना नहीं चाहोगी? मुझे लगा इस मोटू ने बता दिया होगा, पर उसने कहा मैं खुद ही तुमसे कहूँ। फिल्मी दृश्य की तरह लगे, पर सच यही है कि मैं कुछ समय के लिए खो गया था। एक एक्सीडेंट हुआ और कोमा में चला गया। यकीन मानो, तुम तब भी मेरे भीतर मौजूद थीं। खुद को भूल गया था, पर तुम्हें नहीं। आई लव यू, देवू। अभिनव से तुम्हारे बारे में खबर मिलती रहती थी। मैं क्या जानता नहीं कि तुम मेरा इंतजार करोगी?" उसके हाथ में हीरे की अँगूठी थी। "मेरी हीरे की कनी के लिए।" वह बोला।

"तुम्हें कैसे यकीन था कि मैं तुम्हारा इंतजार करूँगी?"

"तुम्हारी आँखों में मेरे लिए जो प्यार था और आज भी है, उसने ही मेरे यकीन को कभी टूटने नहीं दिया।"

आगोश में बँध गई थी देवयानी।

"मैंने कहा था न, हो सकता है आज का दिन किसी की शादी का दिन बन जाए। थ्री चीयर्स टू लव बड्र्स," अभिनव बोला तो पूरी टोली ने उन दोनों को घेर लिया।

□

29

सावन आ गया

बचपन से ही मुझे बारिश में भीगना बहुत पसंद है। जब छोटी थी तब छत पर जाकर खूब भीगती थी। कॉलोनी की छतें आपस में मिली हुई थीं, इसलिए हम बच्चे छतें टापते एक जगह इकट्ठे हो जाते और बिना किसी हिचकिचाहट के खूब छप-छप करते। अधिकतर यह मस्ती मेरी ही छत पर होती थी, क्योंकि शरारतों में तब मैं ही सबकी लीडर हुआ करती थी। नाली के छेद में कपड़े ठूँसकर स्वीमिंग पूल में तैरने का मजा लेते और एक-दूसरे पर खूब पानी उछालते। घर आकर भी कमरे की खिड़की से हाथ बाहर निकाल बूँदों को टप-टप अपनी हथेलियों में पड़ते देख मन ऊर्जा से भर जाता था। जाने कैसा तो रिश्ता था बारिश से···

तब बारिश में भीगना एक खेल था, क्योंकि तब माँ इस बात के लिए नहीं डाँटती थीं कि बदन से कपड़े चिपक गए हैं और अंग बाहर झलक रहे हैं। भीगना ही कहाँ, केवल खेल था और भी न जाने कितनी शैतानियाँ करते थे हम। कागज की नाव चलाते और उसी की रेस में जीतते-हारते तालियाँ मारते, गोल-गोल चक्कर काटती हुई मैं अपने बॉबी फ्रॉक में घूमती जाती। घेरा पानी में भीगता, हवा में फूलता और जब उसका पानी निचोड़ती तो फिर झट-से पिचक कर लटक जाता। हमारी शरारतों की कोई सीमा नहीं थी। कॉलोनी में एक शर्मा परिवार रहता था। उनके परिवार में खुद ग्यारह सदस्य थे, फिर भी वे हम बच्चों को जब-तब डाँटते रहते

थे। "हटो, जाओ, शोर मत मचाओ, बड़े बदतमीज बच्चे हो," और न जाने क्या-क्या!

बारिश के दिनों में हम बच्चे उनसे बदला लेते। केंचुए निकलते थे तब खूब। उन्हें लकड़ी की पतली सींकों से उठाकर दरवाजे के नीचे से उनके घर के भीतर घुसा देते थे और सरपट भाग जाते थे।

जब ग्यारहवीं में थी, तभी माँ चली गईं थीं। उनके बाद मैं और पापा ही रह गए। माँ के साथ ही जैसे सारी खुशियाँ, त्योहार, उमंग और खेल भी चले गए थे। सावन का मौसम और आँगन में पड़ते झूले···सब बीती बातें हो गईं। पापा उदास रहने लगे थे। जब तक माँ थीं, बारिश में भीगना अच्छा लगता था, हालाँकि तब वह डाँट देती थीं, "अब बच्ची नहीं रह गई है तू, निक्की। बदन से कपड़ों का चिपकना पूरी देह को उघाड़कर रख देता है। किसी को देखने से तो हम नहीं रोक सकते, इसलिए खुद को ही रोकना होगा। मैं तुझे अपना मन मारने के लिए नहीं कह रही, न ही चाहती हूँ कि जिंदगी में कभी तुझे अपनी खुशियों के साथ समझौता करना पड़े। बस, चाहती हूँ कि दुनिया की बुरी नजरों से बचने के लिए थोड़ा अपने ऊपर अंकुश लगाकर रखा कर।"

तब मैं भी मजाक में कहती, "तो ठीक है, मैं रेनकोट पहनकर भीग लिया करूँगी।"

माँ तब हँसते हुए मेरा माथा चूम लेती थीं।

माँ कोई भी बात कभी न तो गुस्से से समझाती थीं, न ही जोर-जबरदस्ती करने में यकीन करती थीं। प्यार और धैर्य की वह जैसे खुद एक पूरी दुनिया थीं।

दूसरी शादी करने के लिए पापा पर दादी ने बहुत दबाव डाला, पर वह नहीं माने। माँ से बेइंतहा प्यार करते थे और उनकी यादों और मेरे साथ ही बस जीना चाहते थे। जीने भी लगे थे हम दोनों अपनी उस छोटी-सी दुनिया में··· फिर तुम उसमें आ गए···आए थे तो ठहरते भी, जाना ही तो आए ही क्यों थे?

बारिश आज भी पसंद है, पर भीगना नहीं। बूँदों के शरीर पर पड़ते ही अब एक सिहरन नहीं दौड़ती, बस मन बोझिल हो जाता है। यहाँ तक कि

खिड़की से हाथ बाहर निकालकर हथेलियों पर उन बूँदों के साथ अठखेलियाँ भी नहीं करती। मन तो जैसे रेगिस्तान जैसा हो गया है। सहेलियाँ कहती हैं, "थोड़ा भीग ले, निक्की। फुहार तुझ पर पड़ेंगी तो तेरे भीतर की तपिश कम हो जाएगी।" लेकिन उन्हें कैसे समझाऊँ कि मेरा मन तो तुम्हारे जाने के बाद से बंजर हो गया है। माँ के जाने के बाद पापा ने मुझे माँ की कमी महसूस नहीं होने दी और हम दोनों ने किसी तरह एक-दूसरे को सँभाल लिया था, लेकिन तुम्हारे जाने के बाद कैसे सँभालूँ अनिकेत अपने आपको?

मैं बंजर हो गई हूँ!

तुम्हें बारिश पसंद नहीं थी। दो बूँदें कपड़ों पर गिर जाती थीं तो खीझ उठते थे, शायद इसीलिए चाहकर भी कभी तुम्हारे साथ भीग नहीं पाई। सोचती थी कि माँ के जाने के बाद जो सावन सूख गया था, वह तुम्हारे आने से फिर से लबालब भर जाएगा। चारों ओर फैली हरियाली के बीच झूला डालकर मैं झूलूँगी और तुम्हारा हाथ थामकर नंगे पैर घास पर दौड़ूँगी। तुमने कहा, बारिश का मतलब होता है गंदगी, हरियाली में कीड़े-मकोड़े पनपते हैं। मैं मान गई थी कि नहीं झूलूँगी झूला, नहीं लगाऊँगी मेहँदी, नहीं खड़ी होंगी खुले आकाश के नीचे बरसते मौसम में, घास पर पाँव तक नहीं रखूँगी।

मैं तो तुम्हारे प्रेम में सब मान गई थी, फिर भी तुम चले गए। पापा ने कहा तो था कि वह पूरी कोशिश करेंगे तुम्हें विदेश में सैटेल करने की। वह अपना घर, माँ के गहने तक बेचने को तैयार हो गए थे, लेकिन तुम्हारे सपनों की चौखट इतनी बड़ी थी कि उनमें तुमने हर उस चीज को रखा जो तुम्हारी महत्त्वाकांक्षा को पंख देती और मुझे एक छोटी-सी खिड़की भी देने की जरूरत नहीं समझी। तुम तो कहते थे कि मुझसे प्यार करते हो, मैंने भरोसा किया तुम्हारी हर बात का, मैंने मानी तुम्हारी हर बात, फिर भी चले गए।

शुभदा से तुम प्यार नहीं करते थे, लेकिन उसके पापा ने अपनी तिजोरी खोलकर रख दी थी तुम्हारे सामने। कितनी निष्ठुरता से तुमने कहा था, "निक्की, प्यार ही सबकुछ नहीं होता। मुझे अपने सपने पूरे करने हैं। मुझे जाना

ही होगा। शुभदा के साथ शादी कर मैं लंदन जा रहा हूँ। थोड़े दिनों में तुम भूल जाओगी मुझे और हाँ, मेरे जाने के बाद जितना चाहो भीगना…"

कितना आसान था तुम्हारे लिए यह कहना! प्यार का मजाक उड़ाया था तुमने अनिकेत…तुम कैसे समझ सकते हो कि भीगने के लिए केवल बारिश का बरसना, सावन का आना ही काफी नहीं है। अपने भीतर उस रिमझिम फुहार की थपकी को महसूस करने के लिए मन का हर झरोखा खुला रखना भी जरूरी है। तुम्हारे जाते ही वह जो थोड़ी-सी खिड़की तुमने खोली थी, वह भी बंद हो गई है।

"मत सोच निक्की इतना। वह तेरे प्यार के काबिल नहीं था। देख तो, बाहर कितनी तेज बारिश हो रही है? जा, भीग ले।" पापा ने प्यार से उसके सिर पर हाथ फेरा।

"अपने मन को पत्थर मत बना। तू तो पत्थरों में जीवन भरती है। मेरी शिल्पकार बेटी ने कितने पत्थरों को तराशकर सुंदर आकृतियों में ढाला है, उन्हें मूर्त रूप दिया है और खुद को खँडहर बना रही है। नहीं, यह तो तू गलत कर रही है। अपने जीवन में किसी को भी इतना अधिकार नहीं देना चाहिए कि वह तुम्हें रेगिस्तान बना दे।"

पापा का चेहरा उसे माँ के चेहरे में बदलता लगा, जैसे माँ ही उसके सामने खड़ी है और कह रही है, "सावन आ गया है, जा भीग ले। बंजर मन को पूरा भिगो ले। नहीं टोकूँगी मैं आज तुझे बारिश में भीगने से। जा निक्की, जा।"

□

30

मीरा बावरी

यह सब क्यों हुआ, कैसे हुआ, इसके बार में बात करने का अर्थ है समय व्यर्थ करना। सदियों से चली आ रही रूढ़ियों पर बहस करना बेवकूफी कहलाता है या बगावत। दो तरह की सोच हमेशा समाज में चलती है। एक वह जो आधुनिकता का जामा पहन छलाँग लगा खुली सड़कों पर दौड़ती है और दूसरी वह जो संकीर्ण मानसिकता को धरोहर की तरह सँभाले अभी भी सँकरी गलियों में घिसट-घिसटकर चल रही है। यही सोच दो चाहनेवालों को, एक-दूसरे को समझने वालों को अलग कर बेमेल व्यक्तित्वों का गठजोड़ कर देना अपना सबसे बड़ा उत्तरदायित्व समझती है।

उस समय उन्हें कुछ भी समझाना फिजूल होता है। वैसे भी इन सबसे बहुत ऊपर भावनाएँ होती हैं दूसरों की, जो अपने किए एहसानों की कीमत किसी-न-किसी रूप में चाहते हैं। उनकी अपेक्षाएँ, उनके अरमान जब आड़े आ जाते हैं, तब दिल की बात न मानकर सामाजिक बंधनों को गले लगाना पड़ता है—अनिच्छा से भी।

पड़ोस में रहते हुए पारिवारिक संबंधों की घनिष्ठता के बीच पले-बड़े बच्चे, जो धीरे-धीरे गहरे दोस्त बन गए थे और आत्मीयता की डोर से बँधे अगर एक दूसरे को चाहने लगे तो इसमें न कोई बुराई है न ही अस्वाभाविकता। एक-दूसरे की छोटी-छोटी बातों से परिचित और हर चीज को आपस में बाँटने वाले हम दोनों यानी मैं-लेखा और मिलिंद की आत्मीयता अचानक दोनों परिवारों को खटकने

लगी। हम हैरान थे कि इससे पहले तो हमारे मिलने पर कोई रोक-टोक नहीं थी, फिर आज क्यों जब उन्होंने विवाह करने की बात उठाई तो सैकड़ों पाबंदियाँ लगा दी गईं। मुझे 'बेशर्म' कहा गया और मिलिंद पर लड़की को बहलाने का आक्षेप। घनिष्ठता को और मजबूत करने के बजाय एक दीवार खड़ी कर दी गई।

मान-सम्मान, औकात, दौलत और न जाने किस-किस का विश्लेषण होने लगा। मिलिंद के लिए चटपट एक अमीर बाप की इकलौती बेटी को ढूँढ़ा गया और एक सजी-धजी गुड़िया उसकी बगल में बिठा दी गई। नियति का फैसला माना हम दोनों ने, इस निर्णय के गरल को चुपचाप पी लिया। स्वीकृति-अस्वीकृति का तो कोई प्रश्न ही नहीं था, लेकिन मेरे और मिलिंद के बीच जो एक सहज रिश्ता था, वह अब भी कायम था। प्यार और विश्वास ऐसे दो स्तंभ होते हैं, जो या तो एक झटके से गिर जाते हैं या फिर उनकी नींव इतनी पुख्ता होती है कि बड़े-बड़े थपेड़े सहने पर भी अपनी जगह से हिलते नहीं हैं। हमारे मिलने पर रोक थी, पर प्यार करने से मुझे कौन सकता था? जरूरी तो नहीं कि इसके लिए मिलना जरूरी हो, दिल के कोने में उसे सँभाल कर रखा भी जा सकता है। मिलिंद का विवाह हो गया है, यह सोच मैं अपने प्यार को मिटा तो नहीं सकती थी। मेरे अहसास क्षणभंगुर तो थे नहीं। भावनाओं का यह जो रिश्ता होता है न, वह मन से जुड़ा होता है।

यह जरूरी तो नहीं कि जिससे शारीरिक संबंध हों, उससे मन भी जुड़ा हो। अग्नि के समक्ष जो दो लोग फेरे लेते हैं, उन्हें समझौते की गाँठ से तो बाँधा जा सकता है, लेकिन उनके भीतर फैले प्यार के तंतुओं को तो हवन कुंड की अग्नि में झोंक तो नहीं सकते। वह प्यार मिलिंद के पास अभी भी सुरक्षित था। नहीं, इसे पत्नी के प्रति की गई बेवफाई या गैर-जिम्मेदाराना व्यवहार नहीं कहा जा सकता, क्योंकि वह प्यार मात्र सँजोकर रखा हुआ था। विवाह के बाद उस संदूकची को खोलकर मिलिंद ने नहीं देखा था। मैंने भी उसे छिपाकर रख लिया था। कहीं कोई यह न समझे कि मैं मिलिंद और उसकी पत्नी के बीच आने की कोशिश कर रही हूँ। मेरे लिए उसके प्यार का अहसास ही काफी था जीने के लिए।

'मीरा बावरी!' सहेलियाँ यही कहती थीं मुझे और मैं मीरा बनकर बहुत

खुश थी। मिलिंद के सामने जाकर रोती तो वह स्वयं को असमर्थ पा नाहक ही अपराध बोध में जीता। मैं जानती हूँ कि जी तो अभी भी रहा होगा, वह इस गिल्ट के साथ कि आखिर क्यों नहीं विरोध कर पाया वह माँ का। मैं जानती थी कि वह नहीं कर पाएगा, क्योंकि माँ की अवहेलना करना, उन्हें दुख देना उसको कचोटता। इसलिए उसने अपने प्यार को दाँव पर लगा दिया था। वैसे भी वह मौन साधक अपने प्यार की नुमाइश करना पसंद नहीं करेगा, यह मैं जानती थी।

मिलिंद को अपने वैवाहिक रिश्ते का पूरा मान रखते देख उसकी माँ खुश थी, इसलिए दोनों परिवारों के बीच से दीवार की कुछ ईंटें उठा दी गई थीं। मेरी माँ के बिना वैसे भी उनकी जिंदगी चलती नहीं थी। बरसों से दोनों एक-दूसरे के साथ दुनिया भर की बातें साझा करती आ रही थीं, लेकिन मुझे मिलिंद से मिलने पर अभी भी पाबंदी थी।

"मेरा बेटा बहुत खुश है, लेखा की माँ। तभी तो देखो न, सारे दिन उसके कमरे का दरवाजा बंद रहता है और बहू भी तो लाखों में एक है। इतना कुछ आया है उसके पीहर से, साथ ही मिलिंद को भी अपने पिता के व्यवसाय में लगाने को कह रही है।" उनका गर्व मिश्रित स्वर शायद उस समय यह कहते भूल जाता था कि उनका प्रोफेसर बेटा जो बचपन से ही बहुत स्वाभिमानी है, इस उलझन में कभी नहीं पड़ेगा। वह कोई एहसान नहीं लेगा और अगर उस पर दबाव डाला गया तो वह चाहे उसे स्वीकार कर ले, लेकिन जब वह अंदर ही अंदर टूट जाएगा।

एक साल बीतने के बाद, जब मिलिंद की माँ बहू की चाकरी करते-करते थकने लगीं तो उसके पीहर से आया सामान और हर कुछ दिनों बाद किसी-न-किसी बहाने से भेजे जानेवाले उपहार, उन्हें घर में बढ़ते कूड़े की तरह लगने लगा। उनके स्वर में क्रोध के साथ बोझिलता भी झलकने लगी। "क्या फायदा सारे दिन कमरे में बंद रहने का? अभी तक तो पाँव तक भारी न हुआ। न जाने क्या पाप किए थे मैंने। मिलिंद से कुछ कहा कि बहू किसी काम को हाथ नहीं लगाती तो बिल्कुल तटस्थ बना रहता है। न जाने किस मिट्टी का बना है, जो कुछ असर ही नहीं होता और वह महारानी उसे तो सारे दिन नींद आती है। दूध तो ऐसे पीती है, जैसे पानी पी रही हो। न जाने कितना दूध चाहिए उसे।"

मिलिंद के सुख का आभास हो गया था मुझे। पीड़ा की लहर दिल को कचोट गई थी। काश! एक बार उससे मिलकर उसे सीने से लगा पाती। उसके भीतर के दुख को स्वयं अँजुरी में भर पी पाती। मीरा की तरह बस तड़पती रहती थी मैं यह सोचकर कि मिलिंद तो मेरे सिवाय और किसी से कभी अपने दिल की बात शेयर ही नहीं करता है।

"अरे, वह बड़े बाप की बेटी कहती है कि मिलिंद ही बाप बनने लायक नहीं," सारी दीवार गिराकर मिलिंद की माँ घर आ गई थीं। माँ हक्की-बक्की सी खड़ी सुन रही थीं और मैं जड़ हो गई थी, फिर क्रोध का ज्वाला मेरे अंदर फूटने लगा था।

मिलिंद पर ऐसा इल्जाम''''ऐसा आक्षेप वह कदापि सहन नहीं कर सकती। मन के कोने में छिपी वह छवि जो कभी धूमिल नहीं हो सकती, उसे क्या गंदला होने देगी? मुझे पता है, मिलिंद कुछ नहीं कहेगा, कोई प्रतिवाद नहीं करेगा बल्कि हमेशा की तरह चुप्पी साध लेगा। विष तो वह भी पी रहा है!

उसे ही कुछ करना होगा! फाल्गुन की बयार उसके मन में हिलोरें ले रही थी। चारों तरफ खिलते फूलों की खुशबू और मौसम की सुगंध की सिहरन, मिलिंद कमरे में ही एकांत में ही महसूस कर रहा होगा यह वह जानती थी। होली वह हमेशा मेरे साथ खेलता आया था। पत्नी मायके गई हुई थी। आज का ही दिन है, जो मिलिंद पर फेंकी गई धूल को साफ कर सकता है। न जाने कहाँ से उसमें हिम्मत आ गई। सारी दुविधाओं और रोक-टोक को ताक पर रख मैं मीरा बन विष पीने को तैयार हो गई। मैं जानती थी कि इस तरह मेरा प्यार और निखर उठेगा, क्योंकि मेरे प्यार में श्रद्धा और विश्वास के रंग जो घुले हुए थे।

"तुम?" अवाक रह गया था मिलिंद।

"मैं तुम्हारे ऊपर लगे आक्षेप को मिटाने आई हूँ।"

"तुम पागल तो नहीं हो गई हो, लेखा? इसका अंजाम जानती हो? क्या जवाब दोगी दुनिया को और मैं तुम्हें अपना जीवन बरबाद करने नहीं दे सकता। अपनी पवित्रता को दाँव पर लगाने का अधिकार तुम्हें किसने दिया?"

"जब मैं तुम्हारी मीरा हूँ तो मेरे अपवित्र होने का तो कोई सवाल ही नहीं है। सारे नैतिक बंधनों को तोड़कर तुम्हारे आत्मसम्मान पर लगे घाव पर

मरहम लगाने का यही तरीका है। आज तुम्हें मुझे स्वीकार करना ही होगा। यह मानकर ही कर लो कि मेरे प्यार का प्रतिदान कर रहे हो।" मिलिंद की सशक्त बाँहों में लिपटी एक सुखद अहसास से परिपूर्ण जब वह लौटी तो सचमुच उस पर ऐसा रंग लग चुका था, जो कभी नहीं उतरनेवाला था।

"आज बहू मिलिंद की जाँच करवाने के लिए कह रही है।" मिलिंद की माँ कह रही थीं।

"दोनों ही जाँच करा लें एक साथ? वैसे दीदी अभी एक सवा साल ही तो हुआ है ब्याह को। आप ही उन्हें थोड़ा समय दे दें।" माँ ने थोड़े सकुचाते हुए मिलिंद की माँ से कहा था। दीवार अभी भी पूरी तरह से गिरी कहाँ थी! मन पर तो उनके भी घाव थे।

"एक महीने से उसे समझा रही हूँ कि बहू, पहले अपनी जाँच करवा लो, पर बड़े बाप की बेटी इसमें अपनी तौहीन समझती है। मेरे बेटे में ही उसे खराबी नजर आ रही है।"

"खबरदार जो किसी ने मिलिंद पर कोई खरोंच भी लगाने की कोशिश की, मौसी।"

माँ और मौसी, दोनों ही मेरे इस अप्रत्याशित व्यवहार से अचंभित रह गईं। इतना दुस्साहस कैसे आ गया इस लड़की में! कैसे विश्वास से दिपदिपा रही हैं इसकी आँखें। चेहरे पर एक अजीब सी अनूठी आभा झिलमिला रही थी मानो कोई सुखद और तृप्तिपूर्ण अहसास उसके भीतर पल रहा हो। अनुभवी आँखों ने सबकुछ ताड़ लिया था, फिर भी अपने यकीन की पुष्टि करने के लिए मिलिंद की माँ ने पूछा, "क्या कहना चाहती है?"

मिलिंद की माँ का बहुत दिनों से उसके प्रति क्रोधरूपी जमा लावा पिघला और आँसुओं के रूप में बह उठा। उसे बहू न बनाने का पछतावा भी उसमें छलक रहा था।

"मैं कुछ कहना नहीं चाहती हूँ, सिर्फ समझाना चाहती हूँ कि मैंने अहं के झूठे आक्षेपों को अपने प्यार की पवित्रता से धो दिया है।" अपने भीतर पल रहे अहसास को मैंने थपथपाया और दनदनाती हुई कमरे में चली गई।

□

31

लव बाई चांस

"ओह! वाह! थैंक्स, मैं आपको तुरंत अपनी फोटो मेल करती हूँ," फोन पर बात करते-करते पंखुरी अपने उत्साह को काबू में नहीं रख पा रही थी। फोन मेज पर रख, उसने स्वयं को संयत करने के लिए एक गहरी साँस ली और खुद को यकीन दिलाने लगी कि वह कोई सपना नहीं देख रही है। अपना नाम प्रिंट में देखने का उसका सपना आखिरकार सच हो ही गया। उसकी कहानी को बेस्ट सेलिंग एंथोलॉजी के लिए चुन लिया गया था। यह पुस्तक वह शिखर को उसके जन्मदिन पर उपहार में देगी। सरप्राइज होगा यह उसके लिए।

कोई तीन महीने पहले उसने फेसबुक के एक पेज पर पढ़ा था कि नए लेखक बेस्ट सेलिंग एंथोलॉजी सीरीज के लिए 'प्यार' विषय पर कहानियाँ भेज सकते हैं। कहानियाँ सच्ची हों तो उन्हें वरीयता मिलेगी।

यह पढ़कर पंखुरी ने फैसला किया था कि वह जरूर अपनी कहानी भेजेगी, वैसे भी उसका जीवन प्यार की पींगें झूल रहा था। उनके खूबसूरत पल, लंबी दूरी का दर्द और साथ में खुशी, मीठी नोक-झोंक। हर गुजरते दिन के साथ उनका प्यार और मजबूत होता जा रहा था। एक-दूसरे से एक हजार मील दूर होने के कारण उनको लगा था कि अब यह रिश्ता चल नहीं पाएगा, लेकिन उनका बंधन और मजबूत हो गया था, एक-दूसरे को पाने की चाह और बढ़ गई थी।

पंखुरी को समझ नहीं आ रहा था कि क्या लिखे। प्यार एक अंतहीन महासागर की तरह है और इसमें कई तरह के विषय शामिल हो सकते हैं, चाहे त्याग हो या किस्मत की मर्जी, खूबसूरत रोमांटिक क्षण, लालसा और जुनून, समय को पीछे छोड़ देनेवाला प्यार, कुछ भी हो सकता है। वह मानती थी कि प्यार हर जोड़े के लिए, सबसे खास, सबसे आश्चर्यजनक चीज होती है। वह अपनी और शिखर की प्रेम कहानी को उन हजारों पाठकों की नजर में कैसे खास बना सकती है, जो उनकी तरह प्राइड एंड प्रेजुडिस, रोमियो एंड जूलियट, लव स्टोरी आदि कहानियों में चिरस्थायी प्रेम के 'महाकाव्य' पढ़कर बड़े हुए थे? लेकिन वह हमेशा मानती थी कि छोटी-छोटी बातें भी प्यार को विशाल बना सकती हैं। वह भी अपनी कहानी के माध्यम से अनूठे प्यार का संदेश देना चाहती थी।

वह अपनी और शिखर की पहली मुलाकात के बारे में सोचने लगी। लगभग दो साल पहले की बात है। वह तब तक नियति पर विश्वास नहीं करती थी, लेकिन शिखर से मिलने के बाद वह इस बात को लेकर आश्वस्त हो गई थी कि नियति आपको उससे मिलाती है, जो आपका साथी बनता है, क्योंकि उनकी पहली मुलाकात इतनी आकस्मिक, इतनी अजीब थी। जब आप उम्मीद नहीं कर रहे होते तो प्यार आपके दरवाजे पर दस्तक दे देता है। उसे दो साल पहले अपनी रूममेट कविता के जन्मदिन का दिन याद हो आया...

"पंखुरी, उठो! हमें शो के लिए देर हो जाएगी।" कविता ने चिल्लाते हुए उसे नींद से जगाया था। उसने बड़ी मुश्किल से अपनी आँखें खोली थीं। कविता चेहरे पर मेकअप की परतें चढ़ाए जा रही थी। उसने अपनी दो रूममेट—पंखुरी और मीता को अपनी शनिवार की झपकी का त्याग करके फिल्म देखने के लिए मना लिया था। पंखुरी जाना नहीं चाहती थी, खासकर इसलिए कि और भी कोई आ रहा था, जिसे वह जानती तक नहीं थी।

"तुम अपने उस क्रश के साथ अकेले क्यों नहीं फिल्म देखने चली जातीं। हमें क्यों घसीट रही हो?" पंखुरी ने ऑटो में बैठते हुए उबासी लेते हुए कहा था।

"मीता तो कुछ नहीं कह रही। तू भी चुपचाप बैठी रह। अच्छा प्रॉमिस, फिल्म के बाद तुम दोनों को ट्रीट दूँगी।" कविता ने कहा, पर उसका ध्यान जैसे कहीं और था।

हॉल के बाहर रोहित, जिस पर कविता का क्रश था, खड़ा था। उसके साथ ही उसका एक दोस्त भी था। उसे देखकर साफ लग रहा था, जैसे उसे भी जबरदस्ती लाया गया हो। एक-दूसरे से हाय, हैलो की औपचारिकता निभा वे हॉल के अंदर चले गए थे। फिल्म भी रोमांटिक कहानी थी। वही आम घिसी-पिटी। रोना, बिछुड़ना, फिर मिलन। पंखुरी मन-ही-मन कविता को गालियाँ दे रही थी, जबकि वह रोहित से चिपकी हाथों में हाथ डाले मजे से फिल्म देख रही थी। उसके बगल में बैठी मीता की निगाहें भी स्क्रीन पर टिकी हुई थीं। वह इसलिए खुश थी, क्योंकि उसमें उसका फेवरेट हीरो था। पंखुरी बार-बार अपने मोबाइल को देख रही थी। रोहित का दोस्त दो सीट दूर बैठा था। उसके बराबरवाली सीट खाली थी। उसने पंखुरी को देखा, पंखुरी ने उसे देखा…बस इतना ही…पर न जाने कौन से भाव एक-दूसरे से टकराए।

"प्यार के भी अजीबोगरीब तरीके होते हैं, पंखुरी," शिखर ने बहुत समय बाद कहा था। "अगर फिल्म इतनी बेतुकी-उबाऊ न होती तो हम फिल्म देखने में तल्लीन हो गए होते, तब हमारी नजरें यूँ न मिली होतीं और उसके बाद मुलाकातों का सिलसिला न शुरू हुआ होता।"

पंखुरी बेसब्री से इंटरवल होने का इंतजार कर रही थी। अब तक भूख भी लगने लगी थी। शिखर, यानी रोहित का दोस्त बीच में ही उठकर बाहर चला गया था, शायद कोई फोन आया था। पंखुरी मुसकराई थी। सही निर्णय लिया था उसने। उसने सोचा कि थोड़ी देर वह भी बाहर चली जाए, तभी वह उसकी बगलवाली खाली सीट पर आकर बैठ गया। "मुझे भी बहुत बोरियत हो रही है। आप कहें तो मैं आपको कंपनी दे सकता हूँ।" पंखुरी ने कोई जवाब नहीं दिया तो उसने उसे उसकी सहमति मान लिया।

और फिर दोनों हॉल से बाहर निकल आए। फिल्म के अत्यधिक नाटकीय संवादों व दृश्यों पर बात करते हुए हँसते रहे। फिर वे सड़क के पार

बने सनशाइन कैफे में जाकर बैठ गए। उसने रोहित को मैसेज कर दिया कि वे फिल्म खत्म होने के बाद वहीं आ जाएँ।

कोल्ड कॉफी के साथ अपने पसंदीदा चॉकलेट मफिन खाते हुए पंखुरी को महसूस हुआ कि शिखर को भी इस तरह की बेतुकी फिल्में पसंद नहीं हैं, फिर वे इस तरह न जाने कौन-कौन से विषयों पर इस तरह बातें करने लगे, मानो पुराने दोस्त हों और यह उनकी पहली मुलाकात न हो। बाकी समय जल्दी गुजर गया। जब वे तीनों लौटे, तब तक उनके बीच भी एक दोस्ती कायम हो चुकी थी। पंखुरी के चेहरे पर एक बड़ी मुसकान थी और अपने अंदर वह एक अलग ही तरह की ऊष्मा महसूस कर रही थी।

फोन पर दिन और महीनों तक देर रात तक की जानेवाली चैट, बार-बार एक-दूसरे को तथा कविता, मीता और रोहित के सामने यह दोहराने के बाद कि हम सिर्फ दोस्त हैं, कॉफी पर होनेवाली मुलाकातों और मूवी डेट, जो शानदार फिल्में हुआ करती थीं, पंखुरी और शिखर को अहसास हुआ कि वे सोलमेट हैं। उसके बाद शिखर के एसाइनमेंट के लिए सिंगापुर जाने के बाद, यह महसूस होने पर कि लॉन्ग डिस्टेंस रिलेशन कायम रखना कितना मुश्किल होता है, फिर भी उसे बचाए रखने के बाद, उनका साथ न टूटना और प्यार के और प्रगाढ़ हो जाने ने पंखुरी को यकीन दिला दिया कि वही उसकी नियति है और उनकी प्रेम कहानी भी किसी रोमियो जूलियट के प्रेम से कम नहीं है, फर्क इतना है कि वे अब भी साथ हैं, उनकी तरह बिछड़े नहीं हैं और संयोग से रोहित और कविता ने तीन मुलाकातों के बाद ही तय कर लिया 'वे एक-दूसरे के टाइप के हैं।'

शायद शिखर और उसे मिलाने के लिए ही वे उस दिन मिले थे और कविता के लिए वह क्रश से कम न था।

पंखुरी ने तब अपनी पहली मुलाकात की प्रेम कहानी को लिखा और उसे नाम दिया, 'लव बाई चांस।'

मेल पर उसने अपनी फोटो भेज दी। शिखर दो महीने बाद लौटनेवाला था। उसे पुस्तक और अपने प्यार दोनों का इंतजार था।

□

32

दो द्वीप

वह सामने खड़ा था। उस पार। मैं इस पार खड़ी थी। वह उसका द्वीप था, यह मेरा, जहाँ मैं खड़ी थी। हमारे बीच एक नदी बह रही थी। नदी इतनी भी गहरी और बड़ी नहीं थी कि उसे पार न किया जा सके, लेकिन फिर भी हम एक–दूसरे से दूर थे, एक–दूसरे को नजरअंदाज कर रहे थे, एक–दूसरे से मिलने से कतरा रहे थे।

नहीं, हमें किसी ने अलग नहीं किया था। किसी ने हमें दो अलग–अलग द्वीप बनाने के लिए नहीं कहा था। न समाज ने, न घरवालों ने, न किसी और तरह की बाध्यता थी। थी तो बस अहं की चट्टानें, जो हमारे बीच आकर खड़ी हो जाती थीं। गलतफहमियों की कँटीली झाड़ियाँ हमारे बीच अकसर उग आती थीं।

वह नदी भी कहाँ थी, बस पानी की धारा कहीं से बहकर आ रही थी। बड़े शहरों के कंक्रीट के विस्तार में जहाँ ऑफिस की इमारतें, मॉल और आधुनिक दुकानें शान से खड़ी हों, वहाँ नदी का होना मुमकिन नहीं। द्वीप बनने के लिए पानी का विस्तार हो, ऐसा जरूरी भी तो नहीं है।

लंच टाइम खत्म होने में कुछ समय था। हम दोनों ने आज साथ खाना नहीं खाया था। वह अपने वर्क स्टेशन पर बैठकर खा रहा था और मैं अपने। स्नेहा खाना खाना छोड़ अपने नए बने बॉयफ्रेंड से फोन पर गप्पें मार रही थी। खाना खाते हुए हम दोनों एक–दूसरे को देख जरूर रहे थे, पर बात करने

की पहल कौन करे, इसी सवाल पर अटके हुए थे। अहं की चट्टान क्या कम मजबूत होती है, जो आसानी से गिर जाए, फिर प्यार भी कहीं दूर सरक जाता है।

वह तो लंच टाइम में सिगरेट पीने छठी मंजिल पर स्थित ऑफिस से नीचे उतरा था और मैं न जाने क्यों नीचे आई थी। शायद लंच टाइम है, इसलिए ऑफिस के माहौल से निजात पाने के लिए। स्नेहा भी साथ आ गई। मेरे साथ चुंबक की तरह चिपकी स्नेहा न आए, ऐसा संभव नहीं था। हम दोनों ने एक ही समय ऑफिस जॉइन किया था और तब से ही एक अच्छी बॉन्डिंग हो गई थी हमारे बीच। वह तो पहले से ही काम कर रहा था वहाँ। प्यार भी तो इसी ऑफिस में हुआ था उनका।

मैंने कहा भी, खाना तो खा ले तो मस्ती से बोली, "यार, मूर्ति पिल्लै से बात करके पेट भर गया है। उसने कहा है कि वह मेरे लिए अपनी अम्मा के हाथ का बना इडली-डोसा लेकर एक दिन आएगा ऑफिस।"

"वैसे तुम दोनों को कुछ समझ नहीं आता।"

"क्या समझ नहीं आता?" यह समझते हुए भी कि उसका आशय किस तरफ है, मैंने अनजान बनते हुए पूछा।

"यही कि कभी तो चाशनी की तरह मीठे बने एक-दूसरे से चिपके रहते हो, हाथ-में-हाथ डाले घूमते रहते हो और ऑफिस में भी आँखों-ही-आँखों में एक-दूसरे पर प्यार छलकाते रहते हो, फिर अचानक तुम दोनों के बीच खटास पैदा हो जाती है, मानो बहुत सारे नींबू जीभ पर रख लिये हों। प्यार करते हो या फिर कोई खट्टे-मीठे का खेल चल रहा है तुम दोनों के बीच," स्नेहा ने उसकी ओर चिप्स का पैकेट बढ़ाते हुए अपने खास अंदाज में कहा।

उसका इस तरह से बातों को पेश करना लोगों को बहुत आकर्षित करता है। इसीलिए उसके दोस्तों की लिस्ट भी बहुत लंबी है।

"कोई खेल नहीं चल रहा है हमारे बीच," थोड़ा झुँझलाते हुए मैंने कहा। वह ठीक मेरे सामने खड़ा था। आँख बचाकर उसे मैं देख भी लेती थी। कितने मजे से धुएँ उड़ा रहा है। इस समय कितना मासूम लग रहा है।

"हम एक-दूसरे से बहुत प्यार करते हैं। एक ही ऑफिस में काम करते हैं, जिससे मिलने की भी कोई दिक्कत नहीं है। तो यह समस्या भी नहीं कि कई-कई दिनों तक एक-दूसरे को देख भी न पाएँ, फिर भी कभी वह तुनक जाता है तो कभी मैं। हमारा अहं आड़े आ जाता है और बेकार की गलतफहमियाँ भी। यह बात अलग है कि बाद में उन्हें दूर कर लेते हैं, लेकिन ऐसा क्यों होता है, समझ नहीं आता। नहीं होना चाहिए।"

"मैं करूँ क्या शरद से बात?" स्नेहा ने पूछा।

"नहीं। हमारे बीच की बात है, हम ही सुलझाएँगे।"

"लेकिन इस बार किस बात से तुम दोनों मुँह फुलाए बैठे हो?" स्नेहा ने लिफ्ट में घुसते हुए पूछा।

"वजह ही तो पता नहीं चलती कभी। बात करते-करते कभी मैं तुनक जाती हूँ कभी वह। वैसे इस बार उसने कुछ ऐसा कहा, जो मुझे बुरा लगा। उसकी माँ चाहती है कि वह शादी कर ले, क्योंकि कमाने तो लगा ही है। वह उसके लिए लड़कियाँ भी देख रही है और उसने उन्हें ऐसा करने से रोका तक नहीं। मैंने जब कहा कि तुमने माँ को हमारे बारे में बताया क्यों नहीं तो वह बोला, 'तुम तो शादी करना ही नहीं चाहती हो। वैसे भी कौन सा मैं 'हाँ' कह दूँगा।' "

"सच, तू शादी नहीं करना चाहती?" स्नेहा ने पूछा।

"फिलहाल तो नहीं। पर ऐसा नहीं है कि कभी करूँगी भी नहीं। यही बात मैंने शरद से कही तो हँसने लगा। जैसे मेरा मजाक उड़ा रहा हो। मेरी बला से चाहे जहाँ शादी कर ले। प्यार करने का मतलब यह तो नहीं कि शादी करनी ही पड़ेगी।"

"बच्चे हो तुम दोनों। ग्रो अप। प्यार करते हो यार, कोई साँप-सीढ़ी तो नहीं खेल रहे हो जो साँप ने काटा तो रूठ गए और खेल बीच में ही छोड़ दिया। छोटी-छोटी बातों पर दो द्वीप बनाकर खड़े हो जाते हो। वे भी ऐसी, जिनका न सिर होता है, न पैर। उसने कोई लड़की पसंद कर ली, या शादी कर ली जो तू रूठकर बैठ गई है। हद है। कैसा अनोखा प्यार है। मेरा फंडा सही

है। जब मन किया बॉयफ्रेंड बदल लेती हूँ। न कोई एक्सपेक्टेशन, न ही प्यार की सिरदर्दी। मस्त लाइफ जीती हूँ। कोई सही बंदा मिला तो बिना एक भी पल गँवाए मंडप में जाकर बैठ जाऊँगी। अब जाकर कुट्टी खत्म कर। तुम दोनों के चेहरों पर छाई उदासी अच्छी नहीं लगती।"

स्नेहा की बात सुन मुझे हँसी आ गई। एकदम बिंदास है।

"मुझे लगता है, तुम दोनों में से एक को जॉब बदल लेनी चाहिए।"

"क्यों?" मैंने आँखें तरेरते हुए पूछा। हम दोनों ऑफिस के रिसेप्शन पर ही रुक गए थे।

"एक-दूसरे से रोज मिलते हो, शायद इसलिए लड़ते रहते हो। नजदीकियाँ बनी रहें, इसके लिए थोड़ी दूरियाँ होना अच्छा है। आई मीन, कुछ स्पेस दो खुद को भी और शरद को भी।"

"अपनी अच्छी-खासी नौकरी इसलिए बदल लूँ, ताकि हम विरह में तड़पते प्रेमी युगल बन एक-दूसरे की राह में पलकें बिछाए बैठे रहें। कितनी फिल्मी है तू।"

"मैं फिल्मी हूँ तो तू ही इसका समाधान ढूँढ़ ले मीता! मैं तो चली।" अपनी सीट पर बैठी तो देखा, शरद अपने कंप्यूटर स्क्रीन पर आँखें गड़ाए बैठा है। हम दोनों की सीट आमने-सामने ही थी। बीच में शीशे का पार्टीशन था।

मुझे लगा कि बेकार ही मुँह फुलाए बैठी हूँ मैं। स्नेहा ने ठीक ही कहा कि हम बच्चों जैसा व्यवहार करते हैं। क्या प्यार सचमुच ऐसा होता है?

मैं शरद की ओर देख मुसकराई। वह भी मुसकराया।

मैंने अपनी सीट से उठते हुए फुसफुसाते हुए उससे कहा, "प्यार के चक्कर में बेकार ही हम अपने-अपने द्वीप बना दो किनारों पर खड़े हो जाते हैं। थोड़े दिनों के लिए दोस्त की तरह रहते हैं या कुलीग की तरह। क्यों करके देखें यह एक्सपेरिमेंट?"

"वाह! क्या आइडिया है! तो आज शाम पिज्जा पार्टी करते हैं और जो बिल आएगा, उसे बाँट लेंगे। दोस्ती का यह सबसे पहला रूल है," शरद ने भी फुसफुसाते हुए कहा।

"कंजूस।" स्नेहा ने पेपर की बॉल बनाते हुए उसकी ओर फेंकते हुए कहा और झट से सीट पर बैठ गई।

बॉस ने वहाँ से गुजरते हुए उन दोनों पर एक नजर डाली और मुसकराते हुए बोले, "लगता है आज फिर युद्ध चल रहा है।"

"नहीं सर, सीज फायर हो गया है," शरद ने मीता की ओर देखते हुए कहा।

"कमाल का इश्क है।" बॉस बुदबुदाए।

□

33

फोटोग्राफ

फोटो के किनारों का रंग फीका पड़ गया था। कहीं-कहीं से किनारे झड़ने भी लगे थे। पिछले दिनों हजारों बार उसकी उँगलियों ने प्यार से उसे थामा था और उनकी छाप उस पर दिखती थी, लेकिन फोटोवाले लड़के के लिए उसके भीतर जो प्यार था, वह कभी मिट नहीं सकता था। उसकी उँगली को फोटो के पीछे पेन की स्याही का अहसास हुआ, जिस पर उन्होंने फोटो खींचने की तारीख और अपने-अपने नाम के पहले अक्षर लिखे थे। तारीख के नीचे शब्द थे, 'तुम्हारे बिना नहीं रह सकता।'

वह सोच रही थी, क्या उन शब्दों का कोई हिस्सा अभी भी सच है। वह उसे प्यार करता था और वह ऐसा प्यार था, जो केवल दो युवा दिलों के बीच उठनेवाली कशिश के साथ आता है। वे दिल, जो एक-दूसरे को देखकर धड़कने लगते थे।

उसने उसकी आँखों को ध्यान से देखा, वही आँखें, जो उसकी आत्मा में इतनी गहराई से पहले भी कई बार उतर चुकी थीं। फोटो में आँखों में वही जादुई शक्ति थी, जो उसकी आँखों में दिखती थी। क्या अब भी उसके अंदर उसके लिए वही भावनाएँ होंगी, जो फोटो खिंचवाते समय थीं। वह जहाँ है, वह चाहकर भी अभी वहाँ नहीं पहुँच सकती। काश! कोई तो संकेत उसे मिल जाता। काश! वह जान पाती कि वह उसे अभी भी देख रहा है। उसे प्यार करने को बेचैन है।

उसे देख कोई भी उसका दीवाना हो जाता था। गजब का आकर्षण था उसमें। लड़कियाँ मरती थीं उस पर। माँ कई बार चेताती थीं उसे, "पायल, ठीक से परख लो उसे। कहीं भँवरा न निकले। कितनी तितलियाँ उसके आसपास मँडराती रहती हैं।" पर वह जानती थी कि वह केवल उससे प्यार करता है, वह केवल उसका है। लड़कियाँ चाहे कितनी ही क्यों न उसके पीछे पड़ें, वह तो उन्हें नजर उठाकर भी नहीं देखता था।

उसे विश्वास था कि जिस तरह से फोटो में वह उसे देख रहा है, अब भी कहीं छुपा उसे देख रहा होगा। बस वही नहीं देख सकती उसे, छू नहीं सकती उसे···क्या जरूरी था तुम्हारा जाना शेखर? तुम तो कहते थे कि मेरे बिना नहीं रह सकते, फिर क्यों दूर हो गए?

नजरों से ध्यान हटाकर वह उसके मुँह को देखने लगी। हलकी सी तिरछी मुसकान के बीच झाँकते कतार में सजे दाँत। गाल पर नजर के टीके की तरह लगा तिल। उसने अपनी आँखें बंद कर लीं और याद करने लगी, जब पहली बार उसके होंठों ने उसे चूमा था। वह उस समय रो रही थी, आँसू, जो अकसर तब निकल आते थे, जब वह एक साथ कई पैग पी जाती थी। वह उसका चेहरा हाथों में थामे लगातार उसके आँसू पोंछ रहा था और तब जिन नजरों से उसने उसे देखा था, वह कुछ अलग ही था। यह उस तरह का क्षण था, जिसे केवल हॉलीवुड के निर्देशक ही फिल्मों में उतार सकते थे। उसके शरीर के प्रत्येक रेशे में तब सिहरन उठी थी, मानो वे उस पल का न जाने कब से प्रतीक्षा कर रहे थे। उसका मन पहले से ही जानता था कि यही वह है, जिसे वह हमेशा प्यार करेगी, यही है वह, जो उसे हमेशा प्यार करेगा।शेखर!

ठीक नहीं किया तुमने···

कोई बात, कोई और इनसान उसके चेहरे पर वैसी मुसकान नहीं ला सकता है। आँसू बहने लगे थे। कहीं उस खारे पानी से उसकी यह निशानी भी खराब न हो जाए, यह सोच उसने फोटो सँभालकर दराज में रख दिया। वहीं जहाँ से उसे निकाला था। मोबाइल में फोटो खींचने की बात उसे जँचती

नहीं थी। कहता, "जो बात कैमरे से खींचकर फोटो खिंचवाने में आती है, वह मोबाइल से नहीं। कैमरे की रील पूरी होने का इंतजार करना और फिर उसे डेवलप कराने ले जाने का मजा कुछ और ही होता है।"

दराज में ही वह इसे छिपाकर रख सकती थी, ताकि कोई बाहर रखा देख यह न कहे कि सब भूलकर आगे बढ़ो। दराज में, फोटो के साथ, उसने अपनी असुरक्षा और डर को भी बंद कर दिया। डर कि इतना सच्चा और जान से भी ज्यादा चाहनेवाला प्यार उसे अब कभी नहीं मिल सकेगा। ऐसा अहसास फिर कभी नहीं होगा जब आपका दिल जोर-जोर से धड़कने लगता है, कभी लगता है कि वह धड़कना बंद कर देगा, लेकिन आप जानते हैं कि वह उस समय किसी भी क्षण की तुलना में प्यार से लबालब है।

एक गहरी साँस लेते हुए, दराज बंद करते हुए वह जानती थी कि अपने एकांत में वह उसे जब चाहे खोल सकती है। यह फोटो उसके निजी पलों का हिस्सा है, सबसे खूबसूरत हिस्सा। मोबाइल में उसके ढेर सारे फोटो हैं, क्योंकि जब भी वह उसके साथ होती थी, तुरंत फोटो खींच लेती थी, लेकिन वे सब यूँ ही यकायक खींचे गए फोटो थे। उनमें भी उसके चेहरे पर प्यार की लकीरें वह पढ़ सकती है, लेकिन इस फोटो में वे दोनों साथ हैं। बेशक उसकी नजरें फोटोग्राफर पर थीं, क्योंकि वह लगातार निर्देश दे रहा था, पर उसकी आँखों और चेहरे पर जो चमक थी, वह प्यार के सतरंगी रंगों को बयाँ कर रही थी। होंठों पर छाई मुसकान प्यार की जुंबिश को बयाँ कर रही थी।

दरवाजे पर लगातार दस्तक हो रही थी। उसने अपने कुरते की सिलवटें ठीक कीं। कितनी देर से वह लेटी हुई थी। वह सीढ़ियाँ उतरकर नीचे जाने लगी। बालों पर उसने अंगुलियाँ फेरीं। नीचे आकर ड्राइंगरूम की लाइट जलाई। शाम के बाद का अँधेरा उतरने लगा था। दर्द अभी भी उसे घेरे हुए था और झुँझलाहट भी थी कि जब वह इस समय शेखर के साथ होना चाहती है तो कौन परेशान करने चला आया था।

कोरियर वाला था। "मैडम, बहुत समय से यह पैकेट पड़ा था। आप घर पर मिलती ही नहीं थीं।" उसके चेहरे पर नाराजगी थी।

कैसे बताती उसे कि वह दरवाजा क्यों बंद रहता था। तेरह दिन का क्या शोक भी न मनाए वह? यह उसका निजी शोक था, ये पल भी उसके गोपनीय पल थे, कैसे आने देती किसी को तब···माँ को भी लौट जाना पड़ा था और बाकी किसी को क्या पता कि वह शोक क्यों मना रही है···वह उसका था, उसका प्यार था···तो उसके जाने का दर्द वह किसी के साथ कैसे बाँट सकती है? उसके साथ बिताए सुख के पल जब उसके थे तो दुख के पल कैसे दूसरों के साथ साझा कर सकती थी?

डाइंगरूम की लाइट बंद कर वापस सीढ़ियाँ चढ़ते हुए अपने कमरे में आ गई। लिफाफे पर लिखे अपने नाम को देखा तो काँप उठी। वह पहचानती है इस लिखाई को···जिस पेन से लिखा है यह वही है, जिससे उन्होंने उस फोटो के पीछे अपने-अपने नाम के पहले अक्षर लिखे थे। पेन उसी ने तो दिया था उपहार में। पर कोरियर···वह उसे खुद दे सकता था? लिफाफे पर वे तारीखें लिखी थीं, जिस-जिस दिन पैकेट घर बंद होने के कारण वापस गया था। पहली तारीख 13 दिन पहले की थी···यानी उससे एक दिन पहले कोरियर किया होगा! तब क्या वह जानता होगा कि ऐसा हादसा हो जाएगा? कोई भी नहीं सोच सकता···तो क्या पैकेट उसका भेजा संकेत है?

लिफाफे के अंदर फोटो थी, जिस पर एक नोट लगा था—

मेरी पायल,

तुम ही मेरी सबकुछ हो। हमेशा तुम्हें प्यार करूँगा। मेरा इस तरह फोटो भेजना तुम्हें नाटकीयता लगे, पर क्या करूँ, तुम्हें सरप्राइज देने का मन किया। कैमरे की रील खतम हो रही थी तो सोचा, एक फोटो खिंचवा लूँ तुम्हारे लिए···यादें ढेर सारी होनी चाहिए। मिलते ही तुम फोन करोगी और तुम्हारी उस खुशी को महसूस करने मैं तुरंत तुम्हारे पास पहुँच जाऊँगा। अच्छा लगेगा न तुम्हें? जानता हूँ, तुम ऐसे पल मुट्ठी में कैद करके रखना

पसंद करती हो और मैं तब तुम्हारी आँखों में उतरते अपने लिए प्यार को देख अपने को दुनिया का सबसे खुशकिस्मत इनसान मानता हूँ। मिलते हैं कल...

—तुम्हारा शेखर।

पायल एक बार फिर शेखर के फोटो में खो गई। वह सोचने लगी कि फोटोग्राफ का चलन शायद इसलिए शुरू हुआ होगा, ताकि पास न होकर भी पास होने का अहसास बरकरार रहे।

□

34

खुशबू

श्रीनिवासन रोज उसे भीकाजी कामा प्लेस जाते हुए देखता था। वह लाजपत नगर में रहता था। वह शायद कहीं और रहती थी, लेकिन दोनों का काम पर जाने का समय लगभग समान होता था और वह उसे दिखाई दे जाती थी। वह बहुत शान से अपनी स्कूटी चला रही होती थी। पतली, छरहरी काया थी उसकी। अकसर जींस और कुरती पहनी होती थी। उसका चेहरा श्रीनिवासन नहीं देख पाता था, क्योंकि वह हमेशा दुपट्टे या स्कार्फ से ढका होता था। श्रीनिवासन ने उसका चेहरा नहीं देखा था, फिर भी न जाने क्यों वह उसकी ओर आकर्षित महसूस करने लगा था।

वह कभी उसके आगे तो कभी बगल से निकल रही होती थी। सिग्नल पर वह उसकी स्कूटी के ठीक पीछे होता था और एक खुशबू उड़ती हुई उस तक पहुँचती थी। आज परफ्यूम की खुशबू है या किसी शैंपू की, यह अनुमान वह कार में बैठे-बैठे लगाता रहता। हो सकता है बॉडी स्प्रे हो।

श्रीनिवासन कोई 20-25 साल का युवा तो है नहीं कि बस लड़की देखी और दीवाना हो गया। वह 35 साल का हो चुका है, लेकिन अपनी पसंद की लड़की न मिलने के कारण अभी तक कुँआरा ही है। अपनी पसंद को वह शायद ठीक से जान भी नहीं पाया है, लेकिन इस लड़की का चेहरा देखे बिना, उससे कोई परिचय या मुलाकात हुए बिना, उसको लेकर मन में कुछ हलचल जरूर हो रही है। वह सुबह एक मिनट की भी देरी या जल्दी नहीं

करता निकलने में। वह नहीं चाहता था कि वह उससे पहले निकल जाए। एक दिन भी उसे न देखे, यह खयाल उसे अच्छा नहीं लगता है।

किसी तरह बहुत जुगाड़ लगाने और थोड़ी जासूसी करने के बाद वह जान गया कि वह कहाँ रहती है। स्वयं को बहुत रोकने के बावजूद वह एक इतवार उसके घर पहुँच गया। जो होगा, देखा जाएगा, उसने सोचा।

एक बूढ़े व्यक्ति बाहर बालकनी में रॉकिंग चेयर पर बैठे अखबार पढ़ रहे थे। उन्होंने मुझे ऐसे देखा मानो पूछ रहे हों कि क्या किसी को ढूँढ़ रहे हो।

"बैठो," उन्होंने श्रीनिवासन से ऐसे कहा, जैसे वह उसे जानते हों।

"मैं तुम्हें नहीं जानता। तुम मुझे नहीं जानते, फिर भी तुम यहाँ कुछ खोजते हुए आ गए हो," उन्होंने श्रीनिवासन की ओर देखते हुए कहा।

श्रीनिवासन को लगा कि वह जैसे कोई चोरी करते पकड़ा गया है। वह मुसकराया।

"लेकिन मैं जानता हूँ कि तुम किसी ऐसी चीज की तलाश में हो, जो यहाँ इसी घर में है," बूढ़े व्यक्ति ने मुसकराते हुए कहा।

"सर, मुझे समझ में नहीं आ रहा है कि आप किस बारे में बात कर रहे हैं।"

"परेशान मत हो। तुम मुँह से चाहे जो बोलो, पर तुम्हारी आँखें सबकुछ बता रही हैं।"

श्रीनिवासन को समझ में नहीं आ रहा था कि वह क्या कहे, लेकिन वह व्यक्ति उसे एक दोस्त की तरह लगा।

"मुझे लगता है कि तुम्हें मिठाई पसंद है?"

श्रीनिवासन को आश्चर्य हुआ कि वह इस बारे में कैसे जानते हैं। कहीं यह कोई फेस रीडर तो नहीं या कोई ज्योतिषी जो माथे की रेखाओं को पढ़ लेते हों। यह सच है कि श्रीनिवासन को मीठा बहुत पसंद है।

"मैत्रेयी! मिठाई और कॉफी लेकर आओ।"

कुछ ही मिनटों में वह आ गई। मैसूर पाक, नारियल की बर्फी, केले के चिप्स लिये वह उसके सामने खड़ी हो गई। फिल्टर कॉफी की ट्रे भी उसने

मेज पर रख दी। उसका चेहरा ढका हुआ नहीं था। पहली बार श्रीनिवासन ने उसे देखा था। साँवली रंगत, पर खिलते नैन-नक्श…वह बहुत ही खूबसूरत थी। उसे लगा जैसे उसके दिल ने धड़कना बंद कर दिया है। इस समय उसने सलवार-कुरता पहना हुआ था। पतली होने के कारण अपनी उम्र से कम लगती थी, लेकिन 30 साल की तो होगी ही, उसने अनुमान लगाया।

"मेरी पोती है। हाउस सर्जन है।"

श्रीनिवासन हिचकिचाते हुए बोला, "सर, मैं श्रीनिवासन हूँ। एम.एन.सी. में पी.आर.ओ. के तौर पर काम करता हूँ।"

मैत्रेयी अपने दादा के बगल में बैठते हुए बोली, "जानती हूँ। मैंने आपको अपनी स्कूटी के पीछे कम-से-कम 150 बार देखा है।"

उसके दादा तुरंत बोले, "तुमने तो 130 बार कहा था।"

"उसके बाद और बीस बार ऐसा हो चुका है," मैत्रेयी ने थोड़ी झुँझलाहट के साथ कहा।

श्रीनिवासन झट से बोला, "150 बार नहीं, 200 बार पीछे था, आपने सही ढंग से गिनती नहीं की।"

"इस गणना के बारे में बहस करने का क्या फायदा," मैत्रेयी बोली। श्रीनिवासन ने इस बार निडरता से उसे देखा। आखिर वह उससे प्यार करता है, अब तक वह जान चुका था।

"कुछ जाँच-पड़ताल की जानी जरूरी है तुम्हारी," उसके दादा हँसते हुए बोले।

वह मेरे प्यार के दिन की शुरुआत थी, लेकिन वह उसे कब से देख रहा था। इसलिए कह नहीं सकता कि कैसे और कब शुरू हुआ यह प्यार करने का सिलसिला, लेकिन वह जानता था कि वह उसी के लिए बनी है और शायद इसीलिए वह अब तक कुँआरा था।

उसके बाद कुछ शाम एक-दूसरे को समझने में बीतने लगीं। तब श्रीनिवासन को महसूस हुआ कि मैत्रेयी बहुत पजेसिव है उसे लेकर। वह उसकी हर बात में दखल देने लगी है। प्यार का मतलब किसी की स्पेस में

घुसना तो हरगिज नहीं होता है। कुछ दिनों बाद उसे लगा कि वह अकेला और अविवाहित ही ठीक है।

"मैत्रेयी, मैं तुमसे प्यार करता हूँ, पर शादी करने के बारे में हमें अभी सोचना चाहिए। तुम मुझे अपने मरीज की तरह ट्रीट करने लगी हो, जो तुम्हारी हर बात माने।"

उसके बाद श्रीनिवासन ने अपना रास्ता बदल लिया।

मैत्रेयी ने कभी फोन नहीं किया, मैसेज नहीं भेजा। श्रीनिवासन फिर से अकेला था और हर दिन और रात वह उसे याद करने से खुद को रोक नहीं पाता था। उसे ऐसा लगता, वह उसकी जिंदगी है और उसके बिना सब व्यर्थ है, लेकिन उसने फिर भी पहलेवाले रास्ते पर जाने के बारे में नहीं सोचा। एक बार फिर से उसकी स्कूटी के पीछे चलने के बारे में नहीं सोचा।

कुछ महीने बीत गए। किसी ने उसे बताया कि मैत्रेयी की शादी मयूर विहार के गुरुवायुरप्पन मंदिर में हो रही है। यह खबर उसे तोड़ गई। आखिर ऐसा कैसे हो सकता है। वह उससे प्यार करता है। वह मंदिर में पहुँच गया। भीतर वह तैयार हो रही थी।

"तुम विवाह कैसे कर सकती हो?"

वह कुछ नहीं बोली। उसे हैरानी से देखने लगी।

"मैं तुमसे बहुत प्यार करता हूँ।"

"हाँ, मुझे पता है।"

"मैं तुम्हें खोना नहीं चाहता, क्योंकि हम एक-दूसरे से प्यार करते हैं।"

"मैं कैसे विश्वास करूँ? तुम मुझसे अलग हुए थे। मेरे साथ तुम्हारा दम घुटने लगा था।"

"तुम मुझसे प्यार करती हो न?"

"हाँ।"

"फिर शादी क्यों कर रही हो?"

"शादी? मैं तो यहाँ अपनी दोस्त की शादी में शामिल होने आई हूँ।"

"तुम मुझसे शादी करोगी?"

"मुझे कुछ समय चाहिए," मैत्रेयी बोली।

"मैं जानता था, तुम यही कहोगी। तुम समय ले लो, लेकिन मुझे कुछ आश्वासन तो दो, किसी किस्म की गारंटी।"

तभी बाहर से विवाह की मंगल ध्वनि आने लगी। पुरोहित कह रहा था, "शुभ समय हो गया है। देरी न करें। ताली (मंगलसूत्र) पहनाएँ।"

तभी श्रीनिवासन ने अपनी जेब से ताली (मंगलसूत्र) निकाली और मैत्रेयी के गले में तीन गाँठ लगाते हुए बाँध दी। वह पल भर को समझ नहीं पाई कि क्या हो गया है, तभी उसे बुलाने आए उसके दादा ने यह देखा और मैत्रेयी और श्रीनिवासन दोनों पर अक्षत फेंक दिए।

"मुझे कुछ गारंटी चाहिए थी। अब चाहे जितना समय लो। मुझे विश्वास है कि तुम मेरी पत्नी हो।"

मैत्रेयी ने मंगलसूत्र को गले में झूलते हुए देखा और उसकी आँखों में एक संतोष उभर आया। वह मुसकराई और उसने श्रीनिवासन को अपनी बाँहों में कस लिया। उसके गालों पर अपने अधर रख दिए। श्रीनिवासन ने बहुत पास से उसकी खुशबू को महसूस किया। वह खुशबू उसके भीतर तक उतर गई थी। इस बार वह आश्वस्त था।

□

35

पेंटिंगवाली लड़की

ऑफिस में बिल्कुल मन नहीं लग रहा था। वह तो आज नहीं आई थी। बार-बार बस घड़ी की ओर देख रहा था। शाम की चाय आ चुकी थी, यानी अभी एक घंटा और बैठना होगा। चाय पाँच बजे आती थी। मन हुआ कि एक घंटा पहले निकल जाऊँ, पर तभी चपरासी मेरी मेज पर एक फाइल रखकर चला गया। फाइल पर नोट लगा था, 'अर्जेंट, अभी चाहिए।' बॉस को मन-ही-मन दो-चार गालियाँ निकालकर मैं काम निपटाने लगा। काम खत्म होते-होते छह बज गए। चलो इसी बहाने एक घंटा गुजर गया। बॉस को फाइल पकड़ाते हुए दिल किया कि इस समय काम देने के लिए उसे धन्यवाद बोल दूँ, पर खड़ूस बॉस के माथे पर हमेशा चढ़ी रहनेवाली त्योरियाँ देख मैंने अपना इरादा बदल दिया। 'साला, कितना ही काम क्यों न कर लो, कभी खुश नहीं होता,' इस बार मन में मोटी-मोटी गालियाँ दे मैं होंठों को गोल करता उसके केबिन से बाहर निकल आया।

फटाफट पार्किंग एरिया में भागा। देर हो जाए तो किसी से लिफ्ट मिलने की संभावना कम हो जाती है। कोई-न-कोई तो आधे रास्ते तक छोड़ ही देगा। वहाँ से पैदल चला जाएगा।

वह लीव पर है, रजिस्टर पर साइन करते हुए रेड मार्क लगा देख यह तो मैंने जान लिया था। पर क्यों? एच.आर. से जाकर यह सवाल पूछने का अर्थ था कि बहुत से सवालों का जवाब देना और अफवाहों को भी जन्म देना। उसे

देखने की बेचैनी में पूरा दिन कटा था। अब मैं उसे देखना चाहता था। मुझे उसका घर पता था। तीसरी मंजिल पर जो चार्टेड अकाउंटेंसी फर्म थी, उसमें काम करनेवाले जय ने मुझे देख खुद ही कहा कि वह मुझे छोड़ देगा। रास्ते में मैंने कुकीज का एक डिब्बा खरीदा। ऑफिस में चाय के साथ वह यही खाती थी। कुकीज का डिब्बा हमेशा उसकी मेज पर रखा दिखाई देता था। साथ में शाम को निकलनेवाला अखबार भी खरीदा। चेक किया कि उसके साथ सप्लीमेंट है कि नहीं, फिर मैंने सोचा, फोन करके पता करना ठीक रहेगा कि वह घर पर है कि नहीं।

"यहाँ से गुजर रहा था, सोचा तुमसे मिलता चलूँ," बहुत सारे विकल्पों के बारे में सोचने के बाद मुझे यही कहना सही लगा।

"घर पर ही हूँ।" उसने अलसाई आवाज में उत्तर दिया था। कोई एक्साइटमेंट नहीं दिखाई थी, उसने मेरे आने की बात सुनकर। पल भर को मेरा हौसला पस्त हुआ, फिर मैंने मिडाज अपार्टमेंट के फ्लैट नंबर 21 की बेल बजा ही दी। मेरे दिमाग में बहुत सारे विचार दौड़ रहे थे। 'जो हो, आज तो उसे बता ही दूँगा। आज बताना क्या ठीक रहेगा? कल ऑफिस आएगी तो बता दूँगा, लेकिन वहाँ उसने कोई तमाशा खड़ा कर दिया तो इज्जत की किरकिरी हो जाएगी। नहीं, यहीं बताना ठीक रहेगा। हम दो ही लोग होंगे, वह बुरा मानेगी या दो-चार बातें सुनाएगी तो कम-से-कम और तो कोई इसे जान नहीं पाएगा। सचमुच क्या मैं कह पाऊँगा?'

उसने दरवाजा खोला। चेहरे पर कहीं भी थकान या खीझ नहीं थी। फोन पर उसकी आवाज क्यों मुझे अलसाई-सी लगी थी। बेकार ही कुछ भी सोचता हूँ। मैंने मुसकराते हुए 'हैलो' कहा। उसने शॉट्र्स और टीशर्ट पहनी हुई थी। उसके हाथ में ब्रश था। वह पेंटिंग कर रही थी। कैनवास फर्श पर पड़ा था। वह नीचे दीवार के सहारे कुशन लगाकर बैठ गई और मुझसे भी बैठने को कहा। सोफे पर बैठने के बजाय मैं उसके बगल में ही बैठ गया।

वह बहुत सहज थी। कोई औपचारिकता भरा सवाल उसने मुझसे नहीं पूछा। मेरे साथ बातचीत करते हुए वह पेंटिंग करती जा रही थी। मैं उसे देख

रहा था। जी भरकर देखना चाहता था। पूरा दिन उसके बिना कैसे बिताया था, यह मैं ही जानता था, फिर आम बातें होने लगीं कि ऑफिस में क्या हुआ, वगैरह-वगैरह। उसने कहा कि वह पेंटिंग पूरी करनी चाहती थी, इसलिए ऑफिस से छुट्टी ली थी। पेंटिंग में एक लड़की थी, खिलखिलाती आँखोंवाली और किसी को हाथ के इशारे से बुला रही थी। मैं कल्पना करने लगा कि वह लड़की वही है और वह मुझे ही बुला रही है।

अपनी ही सोच पर झेंपते हुए मैंने उसकी ओर कुकीज का डिब्बा बढ़ा दिया। उसने ब्रश पैलेट पर टिकाया और कुकीज खाने लगी। मैंने हाथ में पकड़ा अखबार भी फर्श पर रख दिया था। उसने पूछा, "घर या ऑफिस में अखबार पढ़ने का समय नहीं मिला, जो साथ ले आए? कोई टेंशन है क्या?"

"मेट्रो से घर तक पहुँचने में पैंतालीस मिनट लगते हैं। इस दौरान मैं सुडोकू पूरा करता हूँ। यह मेरे लिए किसी नशे से कम नहीं है। रास्ता भी कट जाता है और दिमाग भी चुस्त रहता है इस तरह," मैं मुसकराया।

वह हँसी। उसकी आँखों की चमक मुझे दीवाना बना रही थी। मैंने उसकी आँखों में आँखें डालकर देखा, शायद इस तरह वह मेरे मन के भावों को पढ़ पाए। उसने भी देखा, फिर पेंटिंग करने लगी।

मैंने इस बार और ध्यान से पेंटिंग को देखा। उसके कुछ पास खिसककर। उसकी खुशबू मेरी साँसों में घुलने लगी। ऑफिस में उसकी और मेरी मेज दूर-दूर थीं। मैं इतने पास पहली बार बैठा था उसके। बातों के सिलसिले को बढ़ाने के लिए मैं कुछ सुझाव देने लगा। वह बस सुन रही थी। उसकी तल्लीनता को देख मुझे लगा कि अब जाना चाहिए, हालाँकि मैं रुकना चाहता था। रात होने लगी थी। जाना ही ठीक था।

"हाँ, तुम्हें निकलना चाहिए, वरना लेट हो जाओगे घर पहुँचने में और फिर रास्ते में तुम्हें सुडोकू भी करना है," उसने पेंटिंग में सोडुकू का पैटर्न बना दिया था।

"जिंदगी भी तो सुडोकू की ही तरह होती है। एक पहेली, इसलिए सोचा, पेंटिंग में डाल देती हूँ। पेंटिंगवाली लड़की भी तो पहेली ही है।"

वह दरवाजे तक छोड़ने आई, फिर काफी देर तक खड़ी रही जब तक कि मैं आखिरी सीढ़ी उतर नहीं गया।

"कल मिलते हैं," उसने हाथ हिलाते हुए कहा। शुक्र है, कल तो वह ऑफिस आएगी। मन हुआ वापस सीढ़ियाँ चढ़ जाऊँ और उसे बता दूँ, जो कहने आया था।

मैं सड़क पर चल रहा था। मेरे हाथ खाली थे, मेरा दिल···वह तो मैं वहीं छोड़ आया था। बस धड़कन चल रही थी। गुस्सा आ रहा था मुझे अपने पर। मुझे पता था कि मैंने इतना अच्छा मौका गँवा दिया था। पेंटिंगवाली लड़की, जिसे इशारे से बुला रही थी, वह मैं ही हूँ, मुझे बता देना चाहिए था। उसका इंतजार मुझे खत्म कर देना चाहिए था, फिर यकायक मुझे कुछ खयाल आया।

मैंने उसे मैसेज किया, "लगता है कि मैं उसे तुम्हारे घर पर ही छोड़ आया हूँ। वहीं होगा तुम्हारे पास।"

तुरंत उसका फोन आ गया। "हाँ, तुम यहीं भूल गए हो। रुको, मैं नीचे आ रही हूँ तुम्हारा अखबार लेकर, वरना रास्ते में सुडोकू कैसे करोगे?"

"लेकिन मैं अखबार की बात तो कर ही नहीं रहा! वह तो रास्ते में से दूसरा भी खरीद सकता हूँ," मैंने थोड़ा झुँझलाते हुए कहा। मैं चाहता था कि मेरे शब्दों की झुँझलाहट से वह मेरी बात समझ जाए। आखिर कब तक कोई चुप रह सकता है?

वह मेरा इशारा समझ गई थी। हो सकता है, पहले से जानती हो कि मेरे मन में उसे लेकर क्या है, पर जान-बूझकर अनजान बन रही हो।

उसने तुरंत मैसेज किया, "हाँ, वह मेरे पास ही छोड़ गए हो। मैं उसे सहेजकर रखूँगी उम्र भर।"

□

36

बहुत प्यार करता हूँ

"अगर मैंने तुम्हारे साथ ब्रेकअप कर लिया तो तुम क्या करोगी?" यों ही वह पूछ बैठा। एकदम अचानक और उसके लिए भी अप्रत्याशित था यह सवाल। वह भी तब जब दोनों एक-दूसरे के सामने रेस्तराँ में बैठे थे। एक-दूसरे के हाथों पर हाथ रखा हुआ था उन्होंने। उसने झट से अपना हाथ खींच लिया। उसे लगा जैसे किसी ने सर्दियों में उसके ऊपर बर्फ की सिल्लियाँ रख दी हों। उसने उसे शक भरी नजरों से देखा और बीयर पीने लगी, ताकि उसके गले में जो यह सवाल सुनकर एक गोला-सा अटक गया है, वह बाहर न निकल जाए। जिस दिन से उसे उसकी बीमारी के बारे में पता चला, वह बस उसे इसी बात के लिए आश्वस्त करती रहती है कि वह जल्दी ठीक हो जाएगा, लेकिन रिश्ता तोड़ने की बात? वह तो ऐसा सोच भी नहीं सकती है।

उसने उसकी ओर देखा और अपनी साँसों पर काबू करते हुए पूछा, "तुम मेरे साथ ब्रेकअप क्यों करोगे?" वह कुछ बोला नहीं चुपचाप अपना पिज्जा कुतरने लगा।

"मुझसे कुछ गलती हुई है या तुम्हें कुछ बुरा लगा है?"

वह चुप रहा।

उसने उसकी ओर देखा और मुसकराते हुए बोली, "तुम मजाक कर रहे हो न?" कोई जवाब दिए बिना वह पिज्जा खाता रहा।

"अगर मैं कहूँ कि मुझे याद नहीं कि मैं तुमसे प्यार करता हूँ या करता

था?" उसके शब्द उसे चीर गए।

उसने अपने होंठों को कसकर दबाया और अपनी आँखें ऐसे झपकाईं, मानो उनमें कोई तिनका आ गिरा हो। उसके दिमाग में कई सवाल घूम रहे थे, जिनका जवाब वह नहीं दे रहा था। एक गहरी आह उसके मुँह से निकली।

"तुम क्या कह रहे हो दिवाकर?"

उसने इस बार प्लेट पर से ध्यान हटाकर उसे देखा। उसकी आँखों में छाए दर्द को देख उसे लगा कि इसी समय वह उसे अपने सीने से लगा ले। बहुत मुश्किल से उसने अपने आप को रोका। वह बीयर की बोतल हाथ में पकड़ घुमाने लगा।

"मैं कह रहा हूँ कि हो सकता है, मैंने कभी तुमसे प्यार नहीं किया हो," बीयर की चुस्की लेते हुए वह शांत स्वर में बोला। एक उदास नजर दिवाकर पर डाल उसने अपने होंठों को फिर से कसकर दबाया, मानो अपने भीतर की पीड़ा को बाहर आने से रोक रही हो।

"तुम मेरे साथ ऐसा क्यों कर रहे हो?" उसकी आवाज भर आई थी। उसने फिर से पिज्जा का टुकड़ा कुतरा, मानो अपना दर्द छुपाना चाह रहा हो।

"बताओ अगर ऐसा हुआ तो तुम क्या करोगी?" उसने फिर पूछा। वह खुद से बहुत गुस्सा था, लेकिन इस समय मजबूर था। वह बीमार है, यह तो उसने दिव्या को बताया था, पर क्या हुआ है, यह सच छिपा गया था।

दिवाकर में अचानक आए इस बदलाव की वजह वह नहीं समझ पा रही थी। उसे खोने के बारे में सोचकर ही वह काँप उठी। "मैं मर जाऊँगी," उसने उत्तर दिया। वह सच बोल रही है, दिवाकर देख पा रहा था।

"लेकिन मैं चाहता हूँ कि तुम हमेशा जीओ। एक खुश जिंदगी जीना डिजर्व करती हो तुम। मैं तुम्हारे साथ हूँ या नहीं, हमारा रिश्ता बचे या नहीं, तुम मुझे याद करके न तो रोओगी, न ही जीवन के रंगों से अपने को दूर करोगी। वादा करो।"

वह महसूस कर रहा था कि उसका दिल जोर-जोर से धड़क रहा है। वह सिर्फ उसे बचाना चाहता है और ऐसा करने के लिए उसके साथ कठोर बनना ही पड़ेगा। वह हँसा, लेकिन चेहरे पर रूखापन लाने की कोशिश करने लगा,

हालाँकि ऐसा करना उसके लिए सबसे मुश्किल काम था।

"कैसा बेहूदा मजाक है? मैं ऐसा कोई वादा नहीं करूँगी, न ही तुम्हें अपने से रिश्ता तोड़ने दूँगी। मुझे समझ नहीं आ रहा कि तुम ऐसी बहकी-बहकी बातें क्यों कर रहे हो दिवाकर?" वह उठी और चुपचाप वहाँ से बाहर निकल आई। उसका दिल भर आया था, आँसुओं से आँखें धुँधला गई थीं।

"रोक ले दिव्या को। सीने से लगा ले उसे। कह दे कि वह उससे प्यार करता है, कह दे कि उसका साथ छोड़ने की बात वह सोच भी नहीं सकता है," वह बुदबुदाया, लेकिन वह जड़ हो गया था। शब्द गले में अटक गए थे। उसे रोकना चाहता था वह। फिर न जाने क्या हुआ, जैसे किसी ने उसे धक्का दिया हो, वह उसके पीछे-पीछे चलने लगा। जेब में हाथ गया तो उसके हाथ जैसे सुन्न हो गए। उसकी अंगुलियाँ एक डिब्बी को छू रही थीं। आने से पहले न जाने क्या सोचकर उसने यह डिब्बी जेब में डाल ली थी, जबकि वह उसे देना नहीं चाहता था।

उस डिब्बी में एक अँगूठी थी, जिसे उसने कुछ दिन पहले ही खरीदा था। एक बार फिर उसका दिल बेकाबू होने लगा। सच कई बार धुँधला, लेकिन नशे के समान लगता है, मदहोश करनेवाला, कई बार विष जैसा, लेकिन वह उसके लिए इस सच को भी निगल जाएगा। हालाँकि जो उसके साथ हुआ था, उसके लिए वह न तो ईश्वर से सवाल कर रहा था, न ही भाग्य को कोस रहा था, लेकिन वह बहुत नाराज था। वह उसे दु:खी कर रहा था, जिसे सबसे ज्यादा चाहता था। वह चीखना चाहता था, विलाप करना चाहता था और उसे थोड़ी और जिंदगी देने की भीख माँगना चाहता था। उसके साथ अन्याय क्यों हो रहा था?

वह पार्क में एक बेंच पर आकर बैठ गई थी। न जाने क्यों उस समय इतना सन्नाटा था, मानो कायनात उन्हें अकेले छोड़ देना चाहती हो, ताकि वे खुलकर रो सकें। एक-दूसरे का दर्द महसूस कर सकें।

अपने दर्द को बहने दिया उसने और चीखती हुई बोली, "मैं तुमसे अलग

नहीं होना चाहती। ऐसे कैसे तुम मेरे साथ ब्रेकअप कर सकते हो?"

वह उसके आँसू पोंछने के लिए बढ़ा, लेकिन वह दूर छिटक गई और बोली, "तुम अगर मुझे छोड़ना चाहते हो, फिर भी मैं तुम्हारे साथ रहूँगी। हमेशा, मैं तुम्हें कभी नहीं छोड़ूँगी। तुम कोशिश करके देख लो दिवाकर! कामयाब नहीं हो पाओगे।"

दिवाकर को कसकर उसने सीने से लगा लिया। दिवाकर की आँखें फैल गईं, उसका दिल जोर-जोर से धड़कने लगा। वह उसके आँसुओं की नमी को अपने शरीर पर ही नहीं, अपने भीतर भी महसूस कर पा रहा था। उसकी बाँहों में उसका शरीर शिथिल हो रहा था। वह चाहता था कि उसे वह अँगूठी दिखाए, पर वह कमजोर पड़ रहा था। 'तुमसे कौन दूर रहना चाहता है। तुम ही तो मेरा प्यार हो दिव्या, पर···पर' वह सोच रहा था, पर उसके शब्द उसका साथ नहीं दे रहे थे। टूटती साँसों के साथ इसी बात की तसल्ली थी कि वह आखिरी क्षण तक उसकी बाँहों में था। नहीं छोड़ा था उसने अपने प्यार को। वह कहना चाहता था कि दिव्या! मैं तुमसे बहुत प्यार करता हूँ, पर उसकी साँसें तब तक उसका साथ छोड़ चुकी थीं।

□

37

आखिरी मुलाकात

और वह दिन आ ही गया। एक लंबा सफर तय करके वह उसके शहर पहुँचा और एक कैफे में उससे मुलाकात की। वह बहुत कमजोर लग रही थी और वह जानता था कि उसने कितनी रातें रोते हुए बिताई हैं। फोन पर बात करते हुए भी वह रोने लगती थी। उसकी आँखों के नीचे काले गड्ढे आ गए थे। वह बीमार लग रही थी। वह उसे गले लगाना चाहता था। पूरे एक वर्ष बाद वे मिल रहे थे, लेकिन खुद को उसने रोक लिया। वह जिस कारण यहाँ आया था, उसके बारे में सोचकर उसने उसे चूमने का खयाल भी दिल से निकाल दिया। अलग होने से पहले वे आखिरी बार मिलना चाहते थे। उसने जो महँगी घड़ी उसे दी थी, वह उसे भी लाई थी, ताकि उसे लौटा सके।

उन्होंने दो कोल्ड कॉफी और एक प्लेट चीज सैंडविच का ऑर्डर दिया और कुछ मिनटों के लिए एक-दूसरे को देखते रहे। उसकी आँखें नम थीं और वह कोशिश कर रही थी कि आँसू बाहर न निकलें। जब ऐसा करना मुमकिन नहीं हुआ तो उसने सिर घुमाया और झटके से रूमाल से आँसू पोंछ लिये। अब उसकी आँखें एकदम सूख गई थीं, जैसे उन्होंने भी हालात से समझौता कर लिया हो।

"अब क्यों रो रही हो मिताली?" रूपेश ने पूछा। "क्या अलग होने का फैसला तुम्हारा नहीं था? तुमने ही तो मुझे इतनी दूर से सबकुछ खत्म करने के लिए बुलाया है। फिर रोना क्यों?"

वह चुप रही, लेकिन वह उसका जवाब समझ गया था। फिर उनकी कॉफी आ गई और उसने घड़ी का डिब्बा उसकी ओर बढ़ाते हुए कहा, "मैंने इसे कभी पहना नहीं, क्योंकि मैं अपनी शादी के बाद इसे पहनना चाहती थी। इसे वापस ले लो। इसे उसे दे देना जो तुम्हारी पत्नी बनेगी।"

अगले कुछ मिनट तक हम अपने रिश्ते के बारे में चर्चा करते रहे और इस पर भी कि कैसे हमारे पास अलग होने के सिवाय और कोई विकल्प नहीं बचा है, फिर हम जाने के लिए खड़े हो गए। मिताली ने कहा कि वह बाहर उसकी प्रतीक्षा करे। वह अपने चेहरे को धोना चाहती थी, इसलिए वाशरूम की ओर बढ़ गई।

वह उसे इस अवस्था में नहीं देख सकता था। वह कभी भी उसे रुलाना नहीं चाहता था और वह जानता था कि वह कभी भी यह रिश्ता खत्म नहीं करना चाहती थी, लेकिन वह मजबूर थी, क्योंकि वह शादी के लिए तैयार नहीं था, जबकि मिताली के माता-पिता उसे शादी करने के लिए कह रहे थे। उनका कहना था कि वह 27 साल की हो चुकी है और शादी के लिए और देर करना उचित नहीं है। वह अपनी जगह ठीक थे।

जब मिताली वाशरूम से वापस आई, तो उसने उसका हाथ पकड़ लिया और उसे पार्किंग की ओर ले गया, जहाँ उसकी स्कूटी खड़ी थी। उसने उसे चाबी दे दी, लेकिन स्कूटी के पीछे बैठी लगातार पूछती रही कि वह उसे कहाँ ले जा रहा है। रूपक ने कोई जवाब नहीं दिया और कहा कि वह थोड़ी देर में खुद जान जाएगी।

वह किसी एक ऐसे अपार्टमेंट को ढूँढ़ रहा था जो बन रहा हो और जहाँ कोई सुरक्षा गार्ड न हो। एक जगह उसे ऐसी दिखाई दी। वह उसे ऊपर छत पर ले गया। उसने उसका हाथ कसकर थाम लिया। उसे दीवार से सटाते हुए बोला, "तुम रो क्यों रही हो? मैं तुम्हें रोते हुए नहीं देख सकता।"

मिताली ने अपना सिर घुमाते हुए अपना चेहरा छिपाने की कोशिश की, लेकिन आँसू लगातार बह रहे थे। वह बोली, "मुझे अकेला छोड़ दो और तुम

वापस लौट जाओ। अपने शहर वापस चले जाओ। मैं खुद को सँभाल लूँगी और फिर मुझसे संपर्क करने की कोशिश मत करना।"

वह वापस जाने के लिए मुड़ा, लेकिन अचानक मिताली ने फिर से उसका हाथ पकड़ लिया। उसे अपनी ओर खींचते हुए वह उसके सीने से लग गई। वह अब जोर-जोर से रो रही थी और कह रही थी कि वह नहीं सँभाल सकती खुद को।

"मैं तुम्हारे बिना नहीं रह सकती रूपक!" उसकी आवाज में दर्द था, बेइंतहा पीड़ा। वह बोली, "मैं नहीं चाहती कि किसी और के हाथ मेरे शरीर को छुएँ, मैं किसी और के साथ एक ही बिस्तर पर सोने की कल्पना नहीं कर सकती। कोई और पुरुष मुझे चूमेगा, ठीक वैसे ही जैसे तुमने मुझे चूमा है। मेरे होंठों पर अपने होंठ रखेगा, जैसे कि तुम रखते थे। मेरी शादी किसी और से मत होने दो। मैं जीवन भर अविवाहित रहने के लिए तैयार हूँ, लेकिन अपने सपनों को किसी और के साथ नहीं बाँट सकती। मैंने तुम्हारे साथ रहने का सपना देखा था। मैं किसी और के साथ अपनी पूरी जिंदगी कैसे बिता पाऊँगी। मुझे छोड़कर मत जाओ रूपक! मेरे माँ-पापा से बात करो, उन्हें समझाओ। उनसे वक्त माँगो।"

रूपक उस पल को वहीं रोक देना चाहता था और उसे हमेशा के लिए अपने में समा लेना चाहता था। उसने उसकी पलकों को चूमा और वही फुसफुसाया, जो वह सुनना नहीं चाहती थी, "मैं अभी तुमसे शादी नहीं कर सकता, क्योंकि मैं अच्छी तरह से सैटल नहीं हूँ। तुम्हारे माता-पिता कभी नहीं चाहेंगे कि मेरे जैसे लड़के से तुम्हारी शादी हो, जिसके ऊपर ढेर सारी जिम्मेदारियाँ हैं और जो अभी इतना भी नहीं कमाता कि तुम्हें एक अच्छी जिंदगी दे सके। मुझे अभी अपनी बहनों की भी शादी करनी है। मैं तुम्हारे लिए सही जीवनसाथी हूँ, यह साबित करने के लिए मुझे समय चाहिए।"

मिताली ने उसे जोर से धक्का दिया और गुस्से में अपना हाथ दीवार पर मारने लगी। उसने उसे तुरंत वहाँ से चले जाने के लिए कहा। वह चला गया और वह वहीं बैठी रोती रही।

दो घंटे के बाद रूपक का मैसेज आया।

"तुम उस छत पर कब तक रहोगी? मैं तुम्हारे घर में तुम्हारा इंतजार कर रहा हूँ। तुम्हारे पापा चाहते हैं कि उनके सामने तुम अपनी मंजूरी दे दो कि तुम मेरे साथ खुश रहोगी। मैं अभी अच्छा नहीं कमाता, यह बात मैंने उन्हें बता दी है। पर न जाने क्यों उन्हें यकीन है कि जल्दी ही मैं अच्छा कमाने लगूँगा, शायद उन्हें मेरी काबिलीयत पर भरोसा हो गया है या उनकी नजरें पारखी हैं। जो भी हो, मैं और इंतजार नहीं कर सकता। जल्दी आओ। तुम किसी और की हो जाओ, यह मैं कैसे बर्दाश्त कर सकता हूँ। मैं तुम्हारे बिना नहीं रह सकता। मैं तुम्हें सीने से लगाना चाहता हूँ। मैं तुम्हें चूमना चाहता हूँ। तुम जल्दी आ जाओ।"

□

38

कल्पना जैसी ही हो

लहरें चट्टानों से टकरा रही थीं और उनसे निकलती आवाज उसे किसी धुन की तरह लग रही थी। ऐसी धुन, जो मन को तरंगित कर देती है। चेहरे पर जब लहरों से उठती पानी की बूँदें पड़तीं तो वह स्पर्श उसे किसी प्रेयसी के कोमल हाथों का अहसास दे जाता। चारों ओर एक कोलाहल था। लोग समुद्र किनारे टहल रहे थे। वह उनके कदमों की चाप को सुन सकता था।

बहुत समय बीत गया है उसे यहाँ आते हुए। आकर एक कोने में बैठ जाता है। माँ के देहांत हो जाने के बाद वह मुंबई शिफ्ट हो गया था। वह केवल कोलाहल को महसूस कर सकता है, लहरों के शोर को सुन सकता है, पर अपने आसपास की दुनिया को देख नहीं सकता। यहाँ आना उसे इसलिए अच्छा लगता था, क्योंकि समुद्र की आवाज उसे एक ऐसी दृष्टि देती थी, जिसे वह महसूस कर सकता था। वह यहाँ आकर उन स्वादिष्ट पूरियों की महक को सूँघ सकता था, जो यहाँ बने ढाबेनुमा रेस्तराँ से आती थी। एक प्लेट गरमागरम पूरियाँ और स्वादिष्ट आलू की सब्जी भी वह कभी-कभी खाता था। ढाबे के मालिक जयराम से अब तक उसकी काफी पहचान हो गई थी। समय मिलने पर वह उससे इधर-उधर की बातें भी कर लेता था।

"आप जैसे हीरो लगनेवाले युवा के साथ ऐसा अन्याय कर ठीक नहीं किया है ईश्वर ने," वह कहता। "इतना सुंदर चेहरा है, इतनी प्यारी आँखें हैं साहब आपकी, पर उनमें रोशनी भरना भूल गया वह।"

मुसकराकर रह जाता वह जयराम की बातें सुनकर। कहता भी तो क्या? जीवन तो अपने हिसाब से खेल खेलता है।

उस दिन वह देर तक बैठा रहा था। लहरों की आवाज सुन रहा था कि तभी उसे अपने पास पायल की झंकार सुनाई दी।

"कौन?" न जाने क्यों पूछ बैठा वह।

"क्या मैं यहाँ बैठ सकती हूँ?" बहुत ही सौम्य स्वर था। कोई युवा लड़की है, उसने आवाज से अंदाजा लगाया, लेकिन वह पूछ क्यों रही है? जो चाहे, जहाँ चाहे बैठ सकता है। समुद्र सबका है, समुद्र का किनारा सबका है। उसने गरदन घुमाई। न जाने क्यों लगा कि उस लड़की के साथ मन की दृष्टि मिली है।

"बैठिए!"

वह उससे ज्यादा दूर नहीं बैठी है, उसे अहसास हुआ।

"मैं जयराम की पूरियाँ स्वाद से खाती हूँ। समझ लो, उन्हें ही खाने यहाँ आती हूँ। पिछली बार जब मैं यहाँ आई थी, तब उसने मुझे तुम्हारे बारे में बताया था!"

वह कुछ कहता, उससे पहले ही जयराम वहाँ आ गया। दोनों को प्लेट पकड़ाते हुए बोला, "आज साथ बैठकर पूरियाँ खाओ। वरना साहब को अकेले खानी पड़ती हैं।" वे दोनों चुपचाप खाने लगे, मानो चुप्पी को तोड़ना न चाहते हों।

"आपने मुझे अपना नाम नहीं बताया?" अचानक वह पूछ बैठा। शायद चुप्पी तोड़ने के लिए।

"अनुराधा।" वह बोली।

"और तुम्हारा?"

"सुबीर।" और उसके बाद तो जैसे उनके बीच पसरी चुप्पी टूट गई। मानो अजनबी होने का अहसास मिट गया हो, वैसे भी जयराम उन दोनों के बीच काफी देर तक सेतु का काम करता रहा था। वे सभी प्रकार के विषयों पर बात करने लगे और सुबीर उसके बारे में कल्पना करने लगा। उसका कद

छोटा होगा, या वह लंबी है, गोरी है या साँवली? बाल लंबे हैं या कटे हुए, आँखें चमकदार हैं या भूरी? हँसते हुए उसके गाल पर गड्ढे पड़ते हैं या केवल होंठ मुसकराते हैं? चेहरे पर शरारत फैली रहती है या गंभीरता? बिंदी लगाती है या नहीं? उसे देखने की तीव्र इच्छा सुबीर के मन में जागी।

लेकिन क्या वह उसे दया भाव से देख रही होगी? जयराम से उसके बारे में जानने के बाद ही शायद वह उसके पास आकर बैठी होगी। उसे किसी की दया नहीं चाहिए!

समय दौड़ रहा थ, पर वे वहीं बैठे थे। ठंडी हवा बहने लगी थी। जयराम उन्हें चाय भी दे गया था। वह दुकान बंद कर जानेवाला था। सुबीर को भी घर जाना था।

"गुडनाइट, सुबीर," अनुराधा की आवाज उसके कानों में गूँजी।

"क्या मैं तुम्हें फिर से देख सकूँगा? मेरा मतलब है, मिल पाऊँगा।"

वह हँसी और बोली, "क्यों नहीं! तुम मुझे जयराम की पूरियों से दूर नहीं रख सकते!"

सुबीर को अपने दिल में एक अजीब सी पीड़ा महसूस हुई। पहले कभी ऐसा नहीं हुआ था उसके साथ। दिल में कभी कोई तूफान उठा ही नहीं था, ऐसा तूफान जो डराता नहीं है, बल्कि जीने की वजह बनता है, लेकिन वह यह सब क्यों सोच रहा है? वह देख नहीं सकता, तो अपने अधूरेपन के साथ सपने कैसे देख सकता है?

वह जा चुकी थी। वह वहीं बैठा रहा। अपने ही विचारों में डूबता, लहरों के शोर को सुनता। अनुराधा उसकी दोस्त बन सकती है क्या? कैसा तो सहज था उसका व्यवहार! उसे अपने भीतर एक चमक उठती महसूस हुई।

उसने फिर अनुराधा की कल्पना करने की कोशिश की। अवश्य ही उसकी बड़ी-बड़ी चमकदार आँखें होंगी, उसके अधर जादुई ढंग से मुसकराते होंगे और कंधे तक लहराते बालों को उसके गाल चूमते हुए लाल हो जाते होंगे।

एक निराशा ने उसे घेर लिया। "चलिए साहब, अँधेरा हो गया है।" देर होने पर जयराम ही उसे बाहर तक छोड़ता था।

"साहब, मैंने सोचा था कि अनुराधा मैडम से मिलने के बाद आप खुश होंगे! पर आप तो बहुत निराश लग रहे हैं।"

उठते हुए सुबीर अपनी छड़ी टटोलने लगा।

"जयराम, मुझे अच्छा लगा उससे मिलकर, लेकिन वह क्यों मुझ जैसे इनसान से कोई नाता रखना चाहेगी। आज दया भाव से कुछ देर मेरे साथ बैठ उसने मेरा मन बहलाने की कोशिश की। यही काफी है मेरे लिए। इससे ज्यादा कोई उम्मीद नहीं रखना चाहता मैं।"

"मुझे खुशी हुई यह जानकर कि वह आपको अच्छी लगी साहब! वह सचमुच एक प्यारी बच्ची है," जयराम की आवाज से छलकती खुशी से वह हैरान था।

"मैं पिछले कुछ समय से आप दोनों को एक साथ लाने की कोशिश कर रहा था। जब वह छोटी थी, तब एक दुर्घटना में उसकी आँखों की रोशनी चली गई थी! लेकिन उसने कभी भी जिंदगी को इस बात के लिए नहीं कोसा। वह खुश रहती है और जीने की चाह रखती है।"

सुबीर सुन रहा था, पर उसे विश्वास नहीं हो रहा था। वह अनुराधा को अपनी दोस्त बनने के लिए कह सकता है, वह उससे अपने मन की बात कह सकता है। वह कह सकता है कि उसके बारे में कल्पना करते-करते वह उससे प्यार करने लगा है, वह कह सकता है कि जैसी कल्पना उसने उसकी की है, वह बिल्कुल वैसी ही होगी, ऐसा उसे विश्वास है, क्योंकि कल्पना भी तो दिल से आकार लेती है और दिल तो दे ही बैठा है वह उसे!

□

39

वह शाम

सुबह उसने जोर से अँगड़ाई लेते हुए बाँहें फैलाते हुए यह सोचकर जब करवट ली कि सीधे उसके हाथ नलिन को छुएँगे तो पाया कि बिस्तर खाली है। आज नलिन उससे पहले सोकर उठ गया, हैरानी से उसने घड़ी की ओर देखा तो चौंक गई। आठ बज गए थे। आज इतनी देर तक कैसे सोती रह गई। माना उसने आज ऑफिस से छुट्टी ली थी, पर नलिन को तो काम पर जाना है। रात को वह सुबह के इंतजार में गुनगुने सपनों में डूबती-उतराती रही थी। शायद इसीलिए नींद नहीं खुली। वह लेटी रही यह सोचकर कि नलिन अंदर आएगा और उसे बाँहों में भर लेगा, लेकिन अगर उसे याद होता तो वह उसे जगाकर कब का उस पर चुंबनों की बौछार कर चुका होता। हो सकता है, याद न हो। काम की व्यस्तता और तनाव उसे घेरे रहता है, तभी तो उसे ही अकसर कहना पड़ता है कि चलो, थोड़ा रुमानी हो जाएँ।

ड्राइंगरूम से उसे नलिन की बुदबुदाहट की आवाजें आ रही थीं। उसे हँसी आ गई। जानती थी कि वह टी.वी. के रिमोट को ढूँढ़ रहा होगा।

"मृगा!" नलिन की आवाज ड्राइंगरूम से होते हुए, गलियारे से गुजरते हुए बेडरूम तक आई। "टी.वी. का रिमोट कहाँ है?"

एक पल को उसने सोचा, उसे कैसे पता लगा होगा कि वह जाग गई है। वह तो अभी तक बिस्तर से उठी भी नहीं है। न जाने कैसे सब जान जाता है, वह मुसकराई। उसने फिर से जोर से अँगड़ाई ली। नलिन अत्यधिक व्यस्त

रहता है और रात को नौ–दस बजे से पहले घर वापस आना उसके लिए मुश्किल ही होता है। इसलिए वह जान–बूझकर ऐसा करती है, ताकि जब नलिन घर पर हो और उसे काम करता देख, डिस्टर्ब न करने के खयाल से चुपचाप टी.वी. देखना चाहे तो वह उसे किसी तरह से डिस्टर्ब करे या उसके पास आकर बात करे। नलिन वैसे तो कम बोलने वाला इनसान है, लेकिन कई बार उसका बहुत ज्यादा खयाल रखना भी उसे चिढ़ा जाता था। आखिर पति–पत्नी में इतनी औपचारिकता क्यों हो!

"हो सकता है, किचन में हो। कल रात को जब दूध गरम कर रही थी तो हाथ में ही था, शायद वहीं भूल आई हूँ।" मृगा ने अपनी हँसी को रोकते हुए वहीं से कहा।

"ठीक है, मैं ले लेता हूँ।" नलिन ने बेडरूम में झाँकते हुए कहा। वह उस समय किसी मासूम बच्चे की तरह लगा उसे। काम के लिए बस निकलने ही वाला था। तैयार हो रहा था, इसलिए तौलिया लपेटा हुआ था। सुबह ग्यारह बजे के आसपास निकलता है, इसलिए मृगा को ज्यादा भागदौड़ नहीं करनी पड़ी सुबह। उसने नलिन को देखा। ढेर सारा प्यार आया उस पर। दो साल पहले, इसी के लिए वह घर से भागी थी। उसके माता–पिता इस रिश्ते के लिए तैयार नहीं थे। उनका कहना था कि उसकी जैसी बुद्धिजीवी लड़की के लिए व्यापार करनेवाला व्यक्ति सही नहीं रहेगा, लेकिन वह कहाँ मानी थी। सही फैसला ही तो लिया था उसने। नलिन के साथ वह खुश है।

नलिन की मुंबई के प्रसिद्ध जावेरी बाजार में हीरे के आभूषणों की एक दुकान थी। ज्यादा बड़ी नहीं थी, लेकिन पुश्तैनी काम होने के कारण अच्छी चलती थी।

मन–ही–मन गुनगुनाती हुई वह उठ गई और चाय बनाने लगी। नलिन के लिए नाश्ता और लंच भी बनाना था।

"क्या बना रही हो आज?" नलिन ने पूछा तो मृगा को हैरानी हुई। आमतौर पर वह कभी पूछता नहीं है। जो बना देती है, खा लेता है। उसकी पसंद–नापसंद सब जानती है वह। रसोई में आकर वह खड़ा हो गया तो प्यार

भरी नजरों से उसे देखने लगी। समझ गई थी कि उसे कुछ याद नहीं है। ठीक है, फिलहाल वह भी उससे कुछ नहीं कहेगी। शाम को सरप्राइज देगी। नाश्ता खाकर वह निकल गया। सामान्य दिनों जैसी ही उनके बीच बातचीत हुई।

शाम को बेशक वह जल्दी लौट आया था। बार-बार दरवाजे की बेल बजने से उसे हैरानी अवश्य हुई थी, क्योंकि नलिन का यह लौटने का समय नहीं था और लगातार बेल बजाते रहने की आदत केवल उसी की थी। उसके चेहरे पर मुसकान आ गई। जिस दिन वे भागे थे, वह उसके घर आया था। उस समय उसके माता-पिता बाहर गए हुए थे और मृगा के दरवाजा खोलने से पहले वह बार-बार बेल बजाता रहा था। हालाँकि दो साल बाद भी वह हमेशा ऐसा करता आ रहा है, जो उसके लिए किसी खेल से कम नहीं है। वह भी चिढ़ती नहीं है, बल्कि उसे आनंद ही आता है।

उसे देखकर वह खिल गई थी। वह तब रसोई में स्पेशल डिनर तैयार कर रही थी। उसने अपनी और नलिन दोनों की फेवरेट डिश बनाई थीं।

"कुछ खास है क्या आज? या कोई आनेवाला है?" नलिन ने पूछा। "इतनी सजी-सँवरी क्यों हो? लगता है कोई सरप्राइज देनेवाली हो। प्रमोशन हुआ है?"

मृगा मुसकरा दी, यानी कि इस भोले को कुछ याद नहीं। सुबह उसने इसलिए नहीं कहा था कि शाम तक शायद उसे याद आ जाएगा या उसे इतना तैयार देख ही वह समझ जाए। उसे जल्दी लौटा देख उसने यही सोचा था।

"बस ऐसे ही, थोड़ा दिमाग पर जोर लगाओ।"

इतने में वह किसी से फोन पर बात करने लगा।

"मुझे दुकान पर वापस जाना है।"

"क्यों?" मृगा को बुरा लगा। "मैंने सोचा था कि हम आज एक साथ खाना खाएँगे। तुम जल्दी आ गए थे तो मुझे यही लगा था।"

उसे रोना आ रहा था, आखिर वह शादी की सालगिरह कैसे भूल सकता है।

वह उसे यह बताने ही वाली थी कि वह बोला, "मैं एक घंटे में वापस आ जाऊँगा।"

"ठीक है, फिर आज ठंडा खाना ही खाना। मैं सो जाऊँगी।" वह खीझते हुए बोली।

"इतनी जल्दी सो जाओगी। मेरे बिना तुम्हें नींद आएगी क्या?" वह मुसकराया और बाहर निकल गया।

नलिन को लेकिन उनकी सालगिरह याद थी। कैसे भूल सकता था वह इसे। मृगा के प्यार ने उसकी जिंदगी बदल दी थी। वह उसे सरप्राइज देना चाहता था, इसीलिए घर जल्दी आया था। पर हीरे का नेकलेस, जो मृगा के लिए वह लानेवाला था, उसे दुकान पर ही भूल आया था। कितना अच्छा लगेगा मृगा की नाजुक गरदन पर वह पेंडेंट, सोचकर नलिन मृगा के प्यार को अपने भीतर महसूस करते हुए सिहर गया। वह बेशक बहुत ज्यादा नहीं बोलता, लेकिन मृगा के दिल की बातें समझता है। उससे बहुत प्यार करता है।

नलिन के जाने के बाद गुस्से से मृगा स्टडी में जाकर की-बोर्ड पर अंगुलियाँ चलाने लगी। उसका इंतजार करने से तो बेहतर है काम कर ले, ताकि गुस्सा शांत हो जाए, यही सोचकर वह लैपटॉप खोलकर बैठ गई थी। शाम से आसमान पर काले बादल छाए हुए थे। लग रहा था कि बहुत तेज बारिश होगी और बारिश के मौसम में उसे नलिन की बाँहों में बँधे रहना बहुत अच्छा लगता है। रोमांटिक हो जाती थी वह तब। थोड़ी देर बाद उसे अहसास हुआ कि बेडरूम में टी.वी. चल रहा है। वह उसे बंद करने ही लगी थी कि तभी एनाउंसर ने कहा, "ब्रेकिंग न्यूज। मुंबई फिर से धमाकों से हिल गया। मुंबई के जावेरी बाजार में बम धमाका। हीरे के व्यापार के लिए प्रसिद्ध जावेरी बाजार में अज्ञात लोगों ने बम फेंका। हमारी नजर लगातार इस खबर पर बनी हुई है, कहीं जाइएगा नहीं। जुड़े रहिए हमारे न्यूज चैनल से, जो आपको देता है पल-पल की खबर।"

एनाउंसर बोल रही थी, टी.वी. स्क्रीन पर तसवीरें दिखाई जा रही थीं। आग की लपटें चारों ओर उठ रही थीं। मृगा सुन्न हो गई थी। वह चिल्लाना चाहती थी, पर जैसे वह गूँगी हो गई थी। अचानक उसके जड़ होते शरीर ने हरकत की। फोन बज रहा था। उसने मोबाइल फोन उठाया। किसी बैंक से

फोन आ रहा था। उसने उसे काटकर नलिन का नंबर डायल किया। फोन बज रहा था। वह नलिन की आवाज सुनना चाहती थी। उसकी आँखें धुँधला गई थीं। उसे लगा शायद उसने की गलत नंबर मिला दिया है। उसने दुबारा नंबर डायल किया।

तभी दरवाजे की बेल बजने से उसके भीतर का हाहाकार शांत हुआ। कौन हो सकता है? कोई बुरी खबर? लेकिन बेल लगातार बज रही थी।

उसकी धुँधलाती आँखों में आशा की किरण चमकी। उसने दौड़कर जाकर दरवाजा खोल दिया और नलिन से लिपटकर रोने लगी।

"सालगिरह मुबारक हो," नलिन ने उसे चूमते हुए, नेकलेस पहनाते हुए कहा। "आधे रास्ते पहुँचकर मुझे याद आया कि मैंने नेकलेस के डिब्बे को कार के डैशबोर्ड में रखने को दुकान में काम करनेवाले लड़के से कहा था। इसीलिए लौट आया। पर तुम क्यों रो रही हो? सॉरी, मुझे सालगिरह याद थी, पर तुम्हें सरप्राइज देना चाहता था, इसलिए सुबह तुम्हें विश नहीं किया। इस दिन को मैं कैसे भूल सकता हूँ।"

मृगा रोए जा रही थी। टी.वी. पर खबर चल रही थी। नलिन ने रिमोट उठाया और टी.वी. बंद कर दिया। बहुत तेज बारिश होने लगी थी। मृगा ने नलिन को कसकर अपनी बाँहों में बाँध लिया था।

□

40

प्यार लौटकर आता है

20 जनवरी, 2002

"रितिक! तुम्हें निहारिका से इतनी बुरी तरह से बात नहीं करनी चाहिए थी," वीरू ने कहा।

"मैं किसी की परवाह नहीं करता। मेरी अपनी सोच है। अगर तुम्हारे मन में उसके प्रति इतनी ही सहानुभूति है तो उसके प्रेमी बन जाओ या बेस्ट फ्रेंड बन जाओ।" रितिक ने वीरू की बात के जवाब में उसे ताना मारते हुए कहा। वीरू के लिए रितिक का ऐसा व्यवहार कोई नया नहीं था। पिछले 6 वर्षों से वह उसे जानता था और अकसर उसके कटु शब्दों के घेरे में वह आ ही जाता था। निहारिका ने बस उससे इतना ही कहा था कि वह पढ़ाई में अगर अच्छा है और इस बात का उसे घमंड है तो उसे ट्यूशन पढ़ाना शुरू कर देना चाहिए। बेशक उसने यह बात मजाक में कही थी, पर रितिक ने उसे बुरी तरह से झाड़ दिया था। वीरू को यह बात बुरी लगी थी, शायद इसलिए कि वह निहारिका को पसंद करता था।

रितिक टॉप करनेवाले लड़कों में से था। अत्यधिक बुद्धिमान था, स्मार्ट था और एक बेहतरीन खिलाड़ी भी। हर लड़की के लिए आकर्षण का केंद्रबिंदु था और शायद इसी वजह से कि लड़कियाँ उस पर मरती हैं, वह जिद्दी और अकड़ू इनसान बन गया था।

"वैदेही, क्या तुम्हारे पास एक्सट्रा असाइनमेंट कॉपी है?" रितिक ने

पूछा। वह किसी लड़की का मजाक उड़ाने से नहीं चूकता था, पर पूरी क्लास में वैदेही ही उसकी एकमात्र सबसे अच्छी दोस्त थी।

"हाँ, मुझे पता था कि तुम कॉपी लाओगे नहीं," वैदेही ने मुसकराते हुए कहा और एक नई कॉपी निकालकर उस दे दी।

वैदेही बहुत सुंदर थी, लेकिन अपनी सुंदरता को लेकर इतराने के बजाय वह अपनी पढ़ाई पर ज्यादा ध्यान देती थी, लेकिन फिर भी वह अपने मासूम अंदाज में बहुत प्यारी लगती थी। उन दोनों ने एक ही दिन, एक ही कक्षा में प्रवेश लिया था। तीसरी क्लास से वे दोनों साथ हैं और तब से उनके बीच अच्छी दोस्ती है।

दसवीं की बोर्ड परीक्षाएँ शुरू होनेवाली थीं। "रितिक, अब तुम्हें अपनी पढ़ाई पर अधिक ध्यान देना चाहिए, न कि सॉकर खेलने में समय व्यर्थ करना चाहिए," वैदेही रितिक पर बिगड़ रही थी।

"नाहक चिंता कर रही हो। पढ़ाई पर पूरा ध्यान है मेरा। मैं कोई किताबी कीड़ा नहीं हूँ, जो सारे दिन पुस्तकें हाथ में लिये बैठा रहूँ। सॉकर मेरा पैशन है। तुम जाओ प्यारी न्यूटन और पढ़ो," उसने फुटबॉल को अपने पैरों से घुमाते हुए उस छेड़ा। वह उसे 'न्यूटन' कहकर छेड़ा करता था।

पहली परीक्षा से सिर्फ दो दिन पहले रितिक फुटबॉल के मैदान में फिसल गया जिससे उसके पैर में फ्रैक्चर हो गया।

"वैदेही, मैं अब एक्जाम नहीं दे पाऊँगा। मेरा एक साल खराब हो जाएगा," रितिक के आँसू रुकने का नाम नहीं ले रहे थे।

"रितिक, तुम ऐसे कैसे हिम्मत हार सकते हो? तुमने पूरी तैयारी की है। जानती हूँ, तुम्हें बहुत दर्द हो रहा है, लेकिन मत भूलो, पूरे स्कूल को तुमसे उम्मीदें हैं। इस तरह तुम अपना एक साल बरबाद नहीं कर सकते। मैं रात को तुम्हारे पास ही रुकूँगी। तुम्हारी पढ़ाई में मदद करूँगी।"

वैदेही अकसर ही रितिक के घर आया करती थी और दोनों परिवारों में भी अच्छी दोस्ती थी। रितिक के घर रुकने पर न तो उसकी माँ ने कोई आपत्ति की थी, न ही रितिक की माँ ने। उन्हें तो तसल्ली हो गई थी कि वैदेही उसे सँभाल लेगी।

जिस दिन रिजल्ट आया, उस दिन रितिक की खुशी का ठिकाना नहीं था। वह वैदेही के गले लगते हुए बोला, "मैंने टॉप किया है। 95 प्रतिशत अंक आए हैं। मैं बहुत खुश हूँ और यह सिर्फ तुम्हारी वजह से हुआ है, न्यूटन! तुम्हारे कितने प्रतिशत आए हैं?"

"मैं भी पास हो गई हूँ।" उसने कहा और वहाँ से चली गई। अपनी खुशी में और दूसरे दोस्तों के साथ जश्न मनाने की प्लानिंग में डूबे रितिक ने उसके इस तरह चले जाने पर ज्यादा ध्यान नहीं दिया।

"बस करो रितिक," वीरू ने उसके कंधे झिंझोड़ते हुए कहा। "तुम इतने मतलबी कैसे हो सकते हो? तुमने वैदेही को नहीं देखा?"

"तुम्हें पढ़ाने और मौरल सपोर्ट देने में उसने अपनी पढ़ाई पर ध्यान नहीं दिया। वह तुम्हारे लिए रात भर जागती रही और इस वजह से मैथ के पेपर में वह सो गई थी।"

रितिक चौंका। यह क्या हो गया? वह उसके घर की ओर दौड़ा। उसे गले लगाते हुए बोला, "आई एम सॉरी वैदेही! मेरी वजह से···"

"कोई नहीं," बीच में ही उसकी बात काटती हुई वह बोली, "मैथ में कंपार्टमेंट ही तो आई है। मैं क्लीयर कर लूँगी और वह भी अच्छे नंबरों से।" वैदेही उसे दिलासा देने लगी।

और पहली बार रितिक के मन में उसे लेकर अलग तरह के अहसास जन्मे। हर गुजरते दिन के साथ वह उस गुफा में घुसता गया, जिसे लोग प्यार कहते हैं। यह भी सच है कि हर गुजरते दिन के साथ सबकुछ सामान्य हो जाता है और कंपार्टमेंट के रिजल्ट में वैदेही ने वास्तव में बाद में 99 प्रतिशत अंक स्कोर किए।

लेकिन रितिक बदल गया था। वैदेही उसे बेस्ट फ्रेंड से ज्यादा कुछ लगने लगी थी। वह सोचता कि क्या उसे यह बात बता देनी चाहिए। एक दिन वह उन दोनों की सारे फोटोग्राफ की एक एलबम बनाकर और एक ब्रेसलेट लेकर उसके घर पहुँचा। ब्रेसलेट पर भी उसने उन दोनों की बहुत छोटी-सी फोटो जड़वा दी थी।

वैदेही ने दरवाजा खोलते ही कहा, "मेरे पास तुम्हारे लिए एक खास खबर है।"

"मैं भी तुमसे कुछ कहना चाहती हूँ।" वैदेही कुछ बताती, उससे पहले ही उसकी माँ आ गई।

"रितिक, अच्छा हुआ तुम आ गए। मैं तुम्हारी माँ से मिलने आने ही वाली थी। हम इसी हफ्ते लंदन जा रहे हैं। वैदेही के पापा का वहाँ भारतीय दूतावास में तबादला हो गया है। मैं वैदेही से कह ही रही थी कि तुम्हें बुला ले। बैठो, मैं तुम्हारे लिए कुछ खाने के लिए लेकर आती हूँ।" वह रसोई में चली गईं।

रितिक का चेहरा पीला पड़ गया था। जिस लड़की से वह अपने दिल की बात कहने आया था, वह देश छोड़कर जा रही है। "मुझे खुद नहीं पता था। मेरी कंपार्टमेंट की परीक्षा में कोई व्यवधान न आए, इसलिए माँ ने मुझे यह बात नहीं बताई थी।" रितिक के चेहरे पर छाई उदासी को देख वह बोली।

रितिक उसके बाद वहाँ रुका नहीं। हाथ में पकड़ी एलबम उसे देने की हिम्मत नहीं हुई, लेकिन वह तब जान नहीं पाया था कि ब्रेसलेट उसके हाथ से फिसलकर नीचे कालीन पर गिर गया था। उसके बाद उसने वैदेही के फोन भी नहीं उठाए। वह अपने भाग्य से नाराज था और वैदेही से भी। वैदेही उसके लिए एक नोट लिखकर छोड़ गई थी, जो वीरू ने लाकर उसे दिया। रितिक ने वह नोट कभी नहीं पढ़ा, लेकिन हमेशा अपने पर्स में रखे रहा।

समय बीतता रहा। उसने कभी उससे संपर्क नहीं किया। उसने पूरा ध्यान अपनी पढ़ाई पर लगा दिया, लेकिन अब वह न तो सॉकर खेलता था, न ही अन्य गतिविधियों में हिस्सा लेता था। वह सिर्फ पुस्तकों में घुसे रहनेवाला किताबी कीड़ा बन गया था। उसने आई.आई.टी. क्लीयर कर ली। हर कोई उसकी प्रशंसा करता, उसे शाबाशी देता, लेकिन वह उसे याद कर रहा था, उसकी कमी उसे खल रही थी।

वह अब जिद्दी और अकड़ू इनसान नहीं था, लेकिन अब वह हँसता भी नहीं था। वीरू ने भी आर.ई.सी. में प्रवेश ले लिया था।

समय भाग रहा था। रितिक को एक उच्चस्तरीय एम.एन.सी. में जॉब मिल गई थी। हर कोई खुश था और उसने भी वास्तविकता को स्वीकार कर जीना सीख ही लिया था या शायद समय ने उसे ऐसा करने को मजबूर कर दिया था।

20 जनवरी, 2012

"क्या यहाँ कोई बैठा है?" किसी ने पूछा।

"नहीं," रितिक ने जवाब दिया और उसे बैठने का इशारा किया। वह उसकी टेबल पर सामनेवाली कुरसी पर बैठ गई। शाम का समय था और इस समय कोई जगह खाली नहीं थी। लड़के-लड़कियों का झुंड सारे रेस्तराँ पर कब्जे जमाए बैठा था, शायद कोई पार्टी चल रही थी।

"कहाँ से हो?" रितिक ने उससे पूछा। क्यों पूछा, उसे नहीं पता, शायद टाइम पास करने के लिए या अकेलापन भरने के इरादे से।

"मैं आज ही भारत लौटी हूँ। मसाला चाय पीने और पाव भाजी खाने की चाह मुझे इस रेस्तराँ में खींच लाई है। विदेश में यह मिलता है, पर स्वाद यहीं आकर आता है। यह रेस्तराँ हमेशा से मेरा फेवरेट रहा है। मुझे उम्मीद नहीं थी कि इतने सालों बाद भी यह मुझे खुला मिलेगा।" लड़की ने जवाब दिया। वे परिचय को और आगे बढ़ाते, उससे पहले ही रितिक का फोन बज उठा। "मुझे तुरंत निकलना होगा," औपचारिकतावश वह बोला।

जाने के लिए वह उठा ही था कि अचानक उसके जूते के फीते अटक गए और वह उस लड़की के ऊपर जा गिरा। 'सॉरी' बोलते हुए उसने खड़े होने की कोशिश की, लेकिन तभी उसके कोट से कुछ टकराया। वह उसका ब्रेसलेट था, जिस पर उनकी दसवीं क्लास की फोटो जड़ी हुई थी।

"तुम्हारा नाम क्या है और यह ब्रेसलेट तुम्हारे पास कैसे आया?" रितिक ने अधीरता से पूछा।

"वैदेही," उसने उसके कोट से ब्रेसलेट निकालने की कोशिश करते हुए कहा।

"एक मिनट। तुमने ब्रेसलेट के बारे में क्यों पूछा? तुम रितिक हो?" वह खुशी से चिल्लाई और उससे चिपट गई।

"मुझे उम्मीद नहीं थी कि तुम लौटकर आओगी?" रितिक को अभी भी विश्वास नहीं हो रहा था।

"प्यार हमेशा लौटकर आता है," उसने मुसकराते हुए कहा।

"प्यार?" रितिक हैरान था।

"हाँ, प्यार। मैं भी तुमसे प्यार करती थी। तुमने मेरा नोट नहीं पढ़ा?"

रितिक ने झट से अपने पर्स से वह नोट निकाला। जिसे पढ़ने की हिम्मत वह कभी नहीं कर पाया था।

'आई लव यू रितिक! मैं लौटकर आऊँगी। मेरा इंतजार करोगे न?'

रितिक की आँखें नम हो गई थीं। वैदेही ने कसकर उसका हाथ थाम लिया।

□□□

* 9 7 8 9 3 9 3 1 1 1 5 1 7 *
FCW - #0078 - 061026 - C0 - 216/140/11 - PB - 9789393111517 - Matt Lamination